LES PÉTILLANTES

Didier Fourmy

LES PÉTILLANTES

Roman

ÉDITIONS FRANCE LOISIRS

Édition du Club France Loisirs,
avec l'autorisation des Éditions Hugo & Cie

Éditions France Loisirs,
23, boulevard de Grenelle, Paris.
www.franceloisirs.com

ISBN : 978-2-298-07657-8

Ordinateur Chloé

Note n° 1

Je crois au destin.

Surtout ces jours, un peu trop rares, où il vous entasse les bonnes nouvelles les unes sur les autres, façon mille-feuilles. Quand ça vous tombe dessus, il faut d'abord avouer que c'est chouette, ne pas oublier de se pincer pour éviter de s'emballer, et admettre une fois pour toutes que, dans la vie, ça ne sera pas Noël, comme ça, tous les jours.

Mon stage était enfin terminé et, en allant rendre mon rapport au DRH, j'avais eu la première surprise en ressortant de son bureau avec une lettre d'engagement pour six mois. J'étais déjà folle de bonheur, alors quand, trois heures plus tard, la rédactrice en chef me confia ma première grande enquête, je me suis surprise à planer. Engagée et un sujet pour moi toute seule, dans la même journée, ça faisait beaucoup pour la même fille. Je suis descendue dans la rue pour fumer une clope, j'ai rallumé mon portable et je me suis mise à ameuter la terre entière.

Mes copines étaient toutes vertes de jalousie, ma famille bichait, et moi, finalement, j'étais morte de trouille !

J'avais 25 ans, une licence d'histoire pour tout bagage, et seulement six mois d'expérience dans ce grand magazine féminin. Simple stagiaire, non pistonnée, aussi obéissante et discrète qu'efficace et appliquée, c'est sans doute le fait d'avoir avoué, dès le premier jour, que la mode et la beauté ne me branchaient pas vraiment, qui avait suscité la curiosité de la direction du journal. En général, les filles de mon âge qui réussissaient à mettre un petit doigt de pied à la rédaction se voyaient toutes en diva dès la deuxième semaine. Moi ce qui me passionnait c'était le service « société » et tout ce qu'on pouvait apporter comme informations intéressantes pour les femmes, sans leur rabâcher inlassablement : « Sois belle et maigris ! »

La conférence de rédaction de ce jour béni avait été entièrement consacrée à l'émergence de nouveaux phénomènes de société. Les thèmes, jetés en vrac sur la table, étaient allégrement disséqués avant d'être acceptés ou rejetés. Ça allait de l'écologie, élevée au rang de religion, et la vie en bio sous toutes ses formes, aux problèmes multiples des familles nombreuses recomposées, de l'exode des jeunes couples vers la province, aux maternités de plus en plus tardives, de la législation du futur métier de mère-porteuse, au retour annoncé des couches lavables pour bébés ! Il y eut aussi une parenthèse sur la folie des bars à soupes, le énième engouement pour les yaourtières, et la multiplication des sites marchands pour faire son marché. Et puis, en abordant les nouveaux styles de vie, on en arriva à évoquer tous les aspects de la retraite pour tous ces jeunes seniors, trop tôt privés de boulot. Le débat se termina sur un vrai phénomène, la cohabitation et la colocation entre femmes seules. Cela mit tout le monde d'accord parce que ça fascinait tout le monde. Que ça puisse marcher, c'était déjà surprenant, mais comment ça ne tournait pas au pugilat ? C'est à cet instant que la rédactrice en chef en profita pour annoncer mon engagement et qu'elle me confia l'enquête :

— Évite les aigries et les écolos, Chloé, trouve-nous une communauté de femmes hors normes, fais-nous rêver et fais-nous rire, si c'est un petit peu trop bas de gamme, ça risque d'être pathétique ! Il faudrait qu'à la fin de ton reportage les lectrices puissent toutes se dire « pourquoi pas… » et, plus encore, qu'on ait, nous aussi, toutes envie d'y aller un jour, mais le plus tard possible !

J'ai passé des heures sur Internet, c'est vrai qu'il y en avait des pages et des pages. Communautés bizarres, genre retour aux champs pour soixantuitardes attardées, résidences-service, tristouilles maisons de retraite, j'ai éliminé bon nombre de pistes, il n'y avait vraiment rien de glamour dans tout ça. Et puis, quelques jours plus tard, après des dizaines et des dizaines de coups de fil, pistant l'amie d'une amie, d'une vieille cousine de ma propre grand-mère, je suis enfin tombée sur une femme charmante qui m'a raconté la vie rêvée des vieilles dans un vrai petit paradis. J'étais tellement bluffée par ce que j'entendais qu'il me fallait, à tout prix, le voir pour le croire. Je ne me suis pas déballonnée, j'ai retrouvé la bonne dose de culot qui m'avait permis de décrocher mon stage, et je suis arrivée à me faire inviter pour un week-end.

J'ai repris un look bon chic bon genre, en abandonnant à regret mes jean's slim taille basse, et j'ai pris le train pour Nîmes, le cœur battant, et le passeport en poche, comme si j'allais passer deux jours dans la jungle, pour étudier la vie quotidienne des femmes zoulous, une espèce en voie de disparition, comme chacun sait.

Vendredi 15 h 30

— Je vais avoir 70 ans, j'ai déjà enterré trois maris... Il me reste environ dix-huit ans à vivre, alors, crois-moi, j'ai envie de profiter de ces années ! Il me faut cet argent !

— Ne me regarde pas quand tu conduis, Lolotte, regarde la route devant toi s'il te plaît ! Et fais attention, tu as un énorme camion qui te colle sur la droite !

— Il attendra ce gros plouc et cesse de m'appeler Lolotte, on a passé l'âge !

— Mais tu as des problèmes en ce moment pour vouloir à tout prix récupérer ce fric ?

— J'ai des projets et nul n'est censé rester dans l'indivision, c'est la loi.

— O. K... O. K ! Mais quelle mouche t'a piquée pour te réveiller après toutes ces années et vouloir absolument ta part aujourd'hui !? Comment va-t-elle réagir la Thérèse ?

— Laisse-moi faire, surtout ne parle de rien, je lui ai dit qu'on venait visiter son « sweet home » et mieux connaître ses fameuses copines.

— Tu les connais ces bonnes femmes ? Comment ça marche leur communauté ? C'est un couvent ou une secte ?

— Rien de tout ça ! C'est simplement une colocation entre femmes, du style « on partage tout et on n'est pas seules », tu vois le genre.

— Elles se prennent pour les ados de *L'Auberge espagnole* ?

— Oui, un peu, sauf qu'il n'y a pas un seul homme dans leur auberge, qu'elles ont passé l'âge d'être sur les bancs de la fac et qu'elles sont toutes veuves ou divorcées ! La dernière fois que je l'ai vue, il y a quand même deux ans, Thérèse m'en a présenté une au mariage de sa petite-fille. Elle m'a paru plutôt sympa et beaucoup moins coincée qu'elle, je ne les crois pas toutes aussi « cul béni » !

— Ça doit faire un curieux mélange toutes ces bonnes femmes entre elles, un peu *Dortoir des grandes*, non ?

— Oui ! et ça me fait hurler de rire parce que Thérèse doit s'imaginer que ça m'intéresse.

— Toi en cohabitation ! Je voudrais bien voir ça, tu ne tiendrais pas vingt-quatre heures ! Mais qu'est-ce qu'elle a dit quand tu lui as annoncé que je venais avec toi ?

— Elle était ravie ! Je te rappelle que nous sommes sa seule famille du côté de son cher mari, tu oublies toujours que c'est également ta belle-sœur.

— Chérie tu sais bien qu'à part toi je ne suis pas famille-famille… et la Thérèse je ne l'ai pas revue depuis l'enterrement de notre abruti de frère !

— Je te signale qu'elle le pleure encore, elle a troqué son éternel uniforme bleu marine de mémé pour un *total look* noirissime ! Dans le fond c'est plus chic, ça la mincit et ça fait briller encore plus sa grosse croix en or, à laquelle elle a raccroché, bien en évidence, l'alliance de ce pauvre Hubert !

— Au secours ! On va avoir droit aux jérémiades et aux larmes, elle tortille toujours son mouchoir, la dame patronnesse ?

— Ce n'est pas à nos âges qu'on peut perdre ses tics, chéri, tu te grattes toujours sous le menton comme papa ?

— C'est marrant ce que tu dis parce que l'autre jour je me suis surpris avec un autre de ses tics, tu sais quand il secouait ses pulls avant de les enfiler et, souvent, quand je me vois dans une glace, j'ai comme un flash, je vois le visage de maman, j'ai ses yeux, son regard, c'est troublant parce que c'est venu récemment, avec l'âge…

— Pauvre coco, c'est en vieillissant qu'on réalise ce qu'on a vraiment pris à l'un ou à l'autre, et souvent ça saute même une génération ! On hérite aussi des gènes et des maladies de nos grands-parents, chéri, c'est ça l'atavisme !

— Excuse-moi mais je me souviens de nos deux grands-mères à ma première communion, elles devaient avoir dans les 70 ans toutes les deux et quand je te vois aujourd'hui au même âge, je me demande si tu as quelque chose de l'une d'elles !

— Ça n'a rien à voir, l'époque est différente, heureusement que les grands-mères ont évolué, maintenant elles veulent rester « glamour » ! Et moi à ta première communion, avec cette mode horrible, j'avais l'air d'être ta mère alors que nous n'avons que huit ans d'écart !

— Et aujourd'hui c'est moi qui ai l'air d'avoir huit ans de plus que toi, c'est écœurant !

— Arrête de t'habiller comme un vieux bourge, tu es à la retraite maintenant, tu peux ôter ton gris de travail, jeter tes vieilles cravates, porter des couleurs vives, et surtout fais-toi refaire les paupières !

— Salope ! Tu sais bien que c'est douloureux d'avoir été poussé dehors ! On vous jette comme un Kleenex, on a l'impression de ne plus valoir un clou, c'est affreux comme sensation !

— Tu as eu de la chance de travailler jusqu'à 62 ans ! Il y en a qui sont sur le pavé bien avant ! Tu as touché de l'argent, tu vas continuer à en toucher, de quoi te plains-tu ? Pense aux pauvres femmes comme moi, qui n'ont jamais travaillé de leur vie et qui se retrouvent veuves et seules du jour au lendemain.

— Arrête Lolotte, tu vas me faire pleurer ! Toi ton job c'était d'épouser, et de ce côté-là tu n'as pas chômé !

— Oui mon petit coco, seulement, pour les épousailles… ça me semble un peu râpé maintenant… Alors moi aussi je suis au chômage technique, et sans indemnités ! Il n'y a pas forcément de parachute doré dans le veuvage ! Alors je te le répète on va forcer la Thérèse à vendre « Le Champommier », elle ne peut d'ailleurs pas s'y opposer ! Il faut qu'on touche notre part puisque nous sommes coincés tous les trois dans cette indivision depuis qu'elle a hérité des parts d'Hubert.

— D'accord, mais tu as une idée de sa valeur ?

— Je suis déjà en contact avec un promoteur, ce terrain est parfaitement constructible, il pourrait faire un lotissement, un hôtel, ou un supermarché, je m'en fous ! De toute façon, ça va nous rapporter beaucoup plus que les kilos de pommes à cidre qu'il donne depuis des lustres ce foutu verger ! Et puis c'est de l'argent qui dort, chéri, et aujourd'hui, tu ne vas pas me contredire, ça coûte trop cher de ne pas faire vivre l'argent !

— Ce que tu peux être faux cul quand tu parles fric… ! Mais à ton avis pourquoi elle ne nous a jamais proposé de le vendre ? Quand Hubert est mort elle a dû avoir besoin de liquidités ?

— Mais c'est ça le mystère ! On ne sait jamais comment font les autres avec l'argent… et tant que j'étais mariée, je n'y pensais pas, au « Champommier »… Elle le gérait et se contentait de nous envoyer à tous les deux un chèque ridicule pour la vente annuelle de ces foutues pommes... Et puis récemment, en cherchant des papiers dans mon secrétaire je suis tombée sur le dossier de la succession des parents. Tu sais bien qu'il ne restait que ce terrain en indivision, tout le reste avait été réglé.

— Je t'avouerai franchement que je n'y pensais plus non plus. Il ne faut rien exagérer, ça ne représente pas des centaines d'hectares !

— C'est de l'argent, chéri, et moi je préfère claquer des billets que croquer des pommes !

— Si ça se trouve, elle va être ravie, ça ne doit pas être donné sa petite pension-mimosa ?

— Je n'en ai aucune idée... Je ne sais pas ce que l'on va trouver, mais je suis grisée à l'idée de lui faire croire que je viens tester l'endroit !

— Et moi je suis angoissé de me retrouver seul homme au milieu de ces bigotes, j'espère au moins qu'on aura droit à un verre de vin au réfectoire... Tu es vraiment diabolique de m'entraîner dans cette galère !

— Surtout que je ne t'ai pas tout dit.

— Vas-y, je crains le pire.

— Elles ont toutes un surnom, elles ne s'appellent jamais par leurs prénoms.

— Tu plaisantes ? Style « sœur Thérèse du Perpétuel-Secours » !?

— Mais non idiot ! Je doute que ce soit le carmel, mais elle a bien été obligée de me prévenir, elle doit sans doute avoir peur de nos réactions.

— Et alors… ?

— Alors elle a choisi le surnom que nous lui avions donné étant jeunes, c'est pas beau ça ?

— Quoi ? « Grenouille de bénitier » ?

— Tu brûles…

— Pas « GRENOUILLETTE » quand même !?

— Si… si… tout le monde l'appelle Grenouillette là-bas !

— C'est ahurissant ! Comment va-t-on faire pour ne pas éclater de rire ?

— Je te laisse la surprise quant aux autres surnoms, qu'elle s'est empressée de m'énumérer…

— En attendant mets ta flèche, c'est la prochaine sortie.

— Oh là là, frérot, ça ne fait pas très jeune « mets ta flèche » ; il y a quand même quelques décennies qu'on appelle ça des clignotants !

— Concentre-toi, Lolotte, tu vas finir par la louper cette sortie d'autoroute !

— Je t'ai dit cent fois de ne plus m'appeler Lolotte ! Sinon je vais t'appeler « Patty » devant tout le monde !

— Charlotte, tu veux que je te dise, tu es définitivement une salope !

— Oui Patrice, ça fait des années que tu me le dis, aujourd'hui je suis prête à te croire !

Note Chloé n° 2

C'est dans le TGV, en relisant les notes que j'avais prises directement sur mon ordi, que j'ai trouvé comment attaquer mon papier.

La cheftaine du lieu que j'allais visiter avait une voix d'homme, alors moi, tout bêtement, j'avais commencé par dire : « Bonjour monsieur ! » Ça l'a fait rigoler, elle m'a avoué qu'elle avait l'habitude. N'empêche que ma gaffe nous a tout de suite rapprochées et qu'elle a été drôlement bavarde au bout du fil. On a piapiaté, pendant carrément une plombe, comme deux vieilles copines. Finalement j'avais bien aimé sa façon de me raconter l'histoire, alors je me suis contentée de traduire son baratin :

« – Pas d'hommes ! avait décrété la première.

– Pas d'hommes ? s'était écriée la seconde.

– Oui, elle a raison ! Pas d'hommes à demeure ! avait conclu la troisième.

Ainsi ces dames, au début de leur extravagante association, avaient voté en priorité pour la volonté commune de rester entre elles.

Il faut donc impérativement être une femme seule, veuve ou divorcée, pour résider au Patio secret.

Les hommes n'en sont pas totalement exclus, loin de là, ils peuvent, à l'occasion, venir y séjourner sur invitation, mais ne peuvent nullement en devenir résidents. »

Ça avait le mérite d'être clair, après tout je m'adressais à trois générations de lectrices. Maintenant fallait voir, je me demandais ce que j'allais vraiment trouver, et comment j'allais être accueillie. Je me suis tortillée un chignon, j'ai enlevé mes lentilles bleues, et j'ai remis ma vieille paire de lunettes, fallait pas les affoler, ces bonnes femmes.

Vendredi 17 h

Le Patio secret se cachait derrière de hauts murs dans une petite rue calme du vieux Nîmes.

Ils ne trouvèrent aucun numéro de ce côté de la rue parce que le mur courait sur toute la rue, et le long de ce mur il n'y avait qu'une petite porte en fer, peinte en vert.

Après avoir hésité, Charlotte et son frère ne surent qu'ils étaient enfin arrivés à destination que lorsqu'ils découvrirent la minuscule plaque en cuivre à moitié cachée par la végétation qui retombait sur la rue :

« Le Patio secret. Propriété privée. Sonnez trois fois. »

Ils se regardèrent pour parier en silence, elle opta pour « couvent », il aurait pu jurer « secte » ! Ils sonnèrent trois fois et se cachèrent mutuellement la petite angoisse qui les tenaillait à l'idée de ce qu'ils allaient pouvoir vivre dans les jours suivants.

Ce fut une charmante femme de chambre à l'ancienne, avec petit chignon, robe noire et tablier blanc, qui leur ouvrit la porte en souriant. Elle les salua très poliment, avec un petit accent local, et les pria de déposer leurs bagages derrière la porte.

— José est occupé, il montera vos valises dans vos chambres tout à l'heure. Madame vous attend dans son salon, c'est par ici…

Ils découvrirent, au premier coup d'œil, un jardin splendide qui les laissa sans voix.

Le gazon, « à l'anglaise », était harmonieusement parsemé de volumineux massifs d'hortensias et de centaines de touffes de lavande. Dans un ensemble surprenant, des oliviers côtoyaient des palmiers, les bananiers des bougainvillées, et les lauriers-roses des bambous. De majestueuses boules de buis trônaient par dizaines dans de magnifiques pots d'Anduze émaillés de vert, quelques vases Médicis en pierre laissaient dégouliner des pétunias, tandis que çà et là traînaient, volontairement abandonnés, de vieux arrosoirs cabossés et toute une collection d'antiques ustensiles de jardinage. Dans tous les coins d'ombre se nichaient de petits bancs en teck alors qu'en plein soleil quelques confortables chaises longues entouraient un jacuzzi en pierre. Enfin, comme pour vous souhaiter une joyeuse bienvenue dans cet univers si préservé, quelques piaillements mélodieux s'échappaient de deux imposantes cages à oiseaux. On avait envie de s'arrêter pour profiter de ce spectacle, de toute cette douceur et de ce mélange si artistiquement orchestré et puis on réalisait tout à coup qu'en pleine ville, et même dans cette rue, de l'autre côté du mur, personne ne pouvait imaginer la luxuriance de ce jardin, ni la beauté et le raffinement du lieu.

En traversant, médusés, ce petit paradis de verdure, ils s'envoyèrent à tour de rôle de violents coups de coude. Elle se dit qu'il y avait beaucoup de goût, de talent et d'argent derrière cette étonnante mise en scène, et lui soupira d'aise en constatant qu'il n'y avait absolument rien de monacal dans toute cette exubérance végétale. Tout à leurs réflexions personnelles, ils ne prêtèrent aucune attention à l'arche majestueuse qui s'ouvrait dans un pan de mur sur un tout autre jardin.

La maison n'avait qu'un étage, c'était une belle bâtisse ancienne aux proportions parfaites.

Sa façade était peinte en vieux rose, et ses volets en vert délavé, ces teintes chaudes et un peu passées de la région. C'est en pénétrant dans le vestibule qu'ils réalisèrent à quel point ils avaient fait fausse route, ils n'étaient pas du tout dans une quelconque maison de repos pour bigotes vieillissantes, encore moins dans le repaire obscur d'une mystérieuse secte. Ils se retrouvaient au contraire dans une exquise gentilhommière au décor le plus raffiné qui soit.

— In-cro-ya-ble… chuchota Charlotte, sans même s'en rendre compte, en regardant autour d'elle.

Patrice, encore plus stupéfait, lui répondit à voix basse :

— Tu as l'air aussi médusé que la Belle pénétrant chez la Bête...

Mais tous les deux ne purent s'empêcher de pousser un « oh ! » d'admiration quand ils rentrèrent dans le salon de « Madame ».

À cet instant précis leur émotion fut si intense qu'ils eurent la même impression, celle d'être passés à travers un miroir pour se retrouver, en une seconde, projetés deux siècles en arrière.

Ils étaient bien dans un salon boudoir au XVIIIe siècle !

C'était une pièce magnifique, tant par sa taille que par sa décoration. L'ensemble n'était qu'harmonie et raffinement, la cheminée de marbre et les miroirs au mercure, les fauteuils de damas et les chaises cannelées, le lustre à pampilles et les bougeoirs en argent. Les murs, tendus de soie prune, étaient couverts de portraits et de scènes bucoliques, et de nombreux objets de porcelaine ainsi que de grands vases de cristal, regorgeant de roses anciennes, trônaient sur les consoles dorées. Les volets mi-clos domptaient délicatement la lumière pour donner à l'ensemble un éclairage si particulier qu'ils pensèrent tous les deux être en visite chez Barry Lindon !

Mais la femme qui les attendait les tira très vite de leur « cinéma » !

— Bienvenue au « Patio secret » ! leur dit-elle d'une voix snob de fumeuse, aussi grave que rauque.

Littéralement couverte de bijoux en or, et très élégante, en tailleur pantalon beige, elle paraissait plus grande qu'elle n'était en réalité parce qu'elle se tenait très droite, la tête rejetée en arrière. Son impressionnante masse de cheveux était coiffée à la lionne, et abondamment mèchée de plusieurs teintes de blonds, du plus pâle au plus doré. Elle avait visiblement gardé ses rides et affichait sans problème son âge et les dommages qu'avait causés à son teint son amour du tabac et du soleil !

Charlotte se dit qu'elle était trop bronzée, trop blonde et trop harnachée pour son âge, mais en constatant que son sublime tailleur Armani n'avait rien de la robe de bure d'une mère supérieure, elle réprima un fou rire. Patrice tomba sous le charme immédiatement et plongea dans un baisemain mondain en se présentant.

— Je suis enchantée de vous rencontrer, Grenouillette nous a tellement parlé de vous deux ! Je suis Antoinette, la maîtresse de maison, mais tout le monde ici m'appelle « Ladygold » ! Avez-vous fait bon voyage ? Pas trop fatigués ? Avez-vous trouvé facilement ? Je vous en prie, mettez-vous à l'aise… Aimeriez-vous boire quelque chose ? Ou préférez-vous attendre que nous soyons toutes là ? Vous êtes vin ou champagne ?

Patrice faillit éclater de rire, sa peur d'un régime sec au réfectoire venait définitivement de s'évanouir. Charlotte admira le débit aussi mondain que chaleureux, et trouva d'emblée sympathique cette forte personnalité.

— Excusez-moi... Lady... comment... !? s'écria-t-elle amusée.

— LADYGOLD ! Nous allons vous expliquer tout ça pendant le dîner, vous verrez c'est amusant. Grenouillette ne vous a pas prévenus que nous étions toutes un peu folles !? Pendant que j'y pense, vous parfumez-vous ? Je ne parle pas d'une eau de toilette légère, non, portez-vous d'habitude un vrai parfum, dans le genre capiteux... ou un peu... particulier ?

— Quelqu'un est allergique !? demanda Charlotte plutôt intriguée.

— Pas du tout ! Au contraire ! Seulement nous avons dû établir quelques règles pour cette vie communautaire de bonnes femmes, et la première a été de se parfumer à tour de rôle pour les dîners assis, sinon c'était l'horreur absolue tous ces mélanges de parfums entêtants !

Ce soir, je crois que c'était au tour de Souris, hélas elle porte une de ces senteurs marines, alors nous en profitons pour manger du poisson, sinon tout est écœurant, et surtout nous nous abstenons de porter nos propres parfums... vous comprenez ?

Charlotte et Patrice échangèrent un regard complice, mêlant à nouveau la surprise à l'amusement.

— Souris ? demanda Patrice timidement.

— Oui... oui... Souris ! Elle clique toute la journée, elle est branchée « Internet » et jour et nuit, vous voyez ce que je veux dire… elle nous rabat les oreilles avec toutes ses histoires. Ah, vous allez voir, c'est une marrante la Souris !

— Vous avez dit « dîner assis » ? osa Charlotte, c'est, très protocolaire ?

— Non pas du tout ! Mais ce soir vous êtes des hôtes d'honneur et je parie qu'elles vont toutes vouloir vous en mettre plein la vue. Non, les dîners assis sont les dîners que nous prenons toutes ensemble à la salle à manger, sinon chacune est libre de grignoter où bon lui semble et quand elle veut, ou même d'improviser des dînettes à deux ou à trois dans un des salons ou dans une des suites. Nous avons même fini par instituer un « teaner », c'est comme un brunch d'après-midi, un « tea-time » un peu gourmand qui peut se prolonger pour éviter le dîner. Il n'y a pas vraiment de règles, nous varions souvent les plaisirs. Alors qu'au contraire, les dîners assis sont programmés et leurs dates inscrites « pour mémoire » sur une petite ardoise dans le vestibule !

— Mais comment donc vous sont venues toutes ces idées et surtout celle de cette vie… partagée ? se hasarda Charlotte.

— En pleurant ! Quand mon mari est mort et que mon fils m'a plantée là toute seule, je vous avoue que j'ai beaucoup pleuré ! Il faut dire que j'étais dans une « merde noire », pardonnez-moi l'expression ! C'est une longue histoire mais nous avons un peu de temps, Grenouillette et mes amies sont occupées, vous les verrez dans un instant, à propos vous aimez la sangria ?

Ils acquiescèrent en silence et leur hôtesse reprit son récit tout en allant d'un bouquet à l'autre pour replacer, çà et là, une fleur ou une feuille. Charlotte et Patrice, qui avaient pris place dans les majestueux fauteuils Régence devant la cheminée, remarquèrent alors qu'elle se déplaçait avec une légère claudication.

— J'avais hérité de cette maison-ci à la mort de mes parents. Pendant des années, avec mon mari, nous l'avons restaurée pierre après pierre, quand nous nous sommes retrouvés tous les deux à la retraite c'était devenu notre passe-temps, nous chinions en permanence et les travaux n'en finissaient jamais ! Et puis un jour mon fils a eu l'idée saugrenue de nous faire racheter la maison d'à côté, il voulait en faire une maison d'hôtes. Comme il ne savait rien faire de ses dix doigts et qu'il glandait depuis longtemps, nous nous sommes dit que c'était peut-être une bonne idée pour le faire travailler.

Si acheter ne causa pas de problème, faire les travaux fut un gouffre ! C'était un carrossier qui était à côté, il a fallu tout déblayer pour tout reconstruire, ça a duré beaucoup plus longtemps que prévu, et nous étions en permanence en lutte avec notre fils, qui n'avait absolument aucune notion d'argent ! C'est à ce moment-là que nous avons découvert « Le Patio »... suivant les époques et les différents propriétaires il avait fini par disparaître sous plusieurs couches de crépis, des tonnes de plâtre ou d'affreux parpaings ! Le Patrimoine et les Monuments historiques, prévenus par on ne sait qui, ont fait stopper les travaux ! Nous nous trouvions, soi-disant, à l'emplacement d'un ancien monastère du XVIIe siècle dont il ne restait comme vestige que ce pseudo-cloître ! Alors nous sommes rentrés dans une bagarre juridique affolante qui a duré plus de trois ans ! Je vous passe tous les affreux détails, la bagarre entre toutes les parties et surtout entre le père et le fils… et l'argent qui continuait à filer ! Mon mari en est tombé malade et il est mort trois jours avant le jugement. En fait de cloître il ne s'agissait que d'un patio, niché jadis entre les murs d'une vieille auberge, un ancien relais de poste ! J'étais brisée par la souffrance et tout s'est envenimé avec mon fils, il a voulu toucher sa part avant la clôture de la succession et s'est finalement envolé pour l'Australie, avec une affreuse Anglaise rencontrée lors de la Feria. J'étais anéantie, et tous les comptes ayant été bloqués j'étais vraiment en manque de liquidités, si bien que l'entrepreneur m'a laissée tomber, lui aussi, avant la fin des travaux ! Je ne savais plus quoi faire et j'avoue que j'ai failli sombrer.

— Quelle triste histoire, nous sommes désolés de remuer tout ça, intervint Charlotte.

— Aucun problème, rassurez-vous, ça me fait du bien d'en parler parce que la suite, heureusement, ne fut que bonheur ! Comme quoi, d'un mal vient toujours un bien, vous ne trouvez pas ?

— Oui, c'est souvent vrai, reprit Patrice, mais si vous voulez vous interrompre.

— Mais non ! La vraie histoire du « Patio secret », c'est que le destin a sonné à la porte alors que j'étais au fond du gouffre. C'était José, qui est aujourd'hui l'homme à tout faire de la maison. Il était arrivé de son Andalousie natale un an auparavant et il avait travaillé sur le chantier comme maçon, ce salaud d'entrepreneur ne l'avait évidemment pas déclaré et venait de le virer sans ménagement ! Il m'a proposé un marché, je lui offrais le gîte et le couvert et il me le terminait ce chantier ! Il a suffi d'un regard, de ses yeux noirs d'Andalou, pour me convaincre. Il avait l'air d'un gamin mais j'ai eu pleinement confiance en lui à la seconde précise où je lui ai serré la main pour sceller notre accord.

À cet instant une musique espagnole retentit derrière les volets.

— Ça y est, c'est l'heure ! s'écria Ladygold, je vous raconterai la suite là-haut, venez, suivez-moi.

Ils la suivirent en silence, sans oser se regarder, et traversèrent deux autres salons en enfilade, très différents du premier, mais tout aussi joliment décorés, puis une grande cuisine, qui semblait n'avoir pas bougé depuis cent ans. Patrice, qui adorait plus que tout faire référence au cinéma en toutes circonstances, s'extasia à voix haute :

— Sublime ! Nous sommes en plein *Retour à Howard Ends* !

— Gervaise, tu peux nous apporter la sangria, ordonna Ladygold, sans s'arrêter, à la gentille femme de chambre qui se trouvait là.

— Elle s'appelle vraiment Gervaise ? demanda Patrice amusé.

— Non ! en vérité c'est Germaine, mais comme elle s'occupe du linge comme personne, c'était facile… répondit Ladygold, en riant par-dessus son épaule.

Patrice glissa à l'oreille de sa sœur qu'il adorait cette femme et cet endroit. Charlotte, plus perplexe, se contenta de sourire.

Ils déboulèrent dans un petit couloir aux murs recouverts de bois de cerfs et prirent un ascenseur qui semblait les attendre, les portes miraculeusement ouvertes.

— Quand j'ai eu mon problème à la hanche, José a trouvé cette solution… Je ne sais pas comment il s'est débrouillé, avec ses copains, mais dix jours de travaux ont suffi pour que je n'aie plus aucune marche à monter !

Après les deux premiers chocs qu'ils venaient de subir, la traversée du jardin, et la visite du salon XVIIIe, une troisième surprise, encore plus époustouflante, attendait le frère et la sœur.

Vendredi 18 h

Quand ils ressortirent, à l'étage, ils se retrouvèrent sur la loggia qui surplombait, en coursive, le « Patio secret ».

— Nous y voilà ! dit fièrement Ladygold en montant d'un ton sa voix pour couvrir la musique.

— C'est magnifique ! s'écria Charlotte, en découvrant la vue sur les deux jardins.

Ils se trouvaient en effet sur le mur de séparation des deux maisons, juste au-dessus de la grande arche qu'ils n'avaient pas remarquée en traversant le premier jardin.

La loggia faisait tout le tour du Patio, et ils marchèrent à pas lents pour profiter de la vue. En contrebas, au rez-de-chaussée, il y avait juste un petit bassin, avec jet d'eau, au milieu d'une pelouse avec un oranger dans chaque angle. Entre les colonnes, qui soutenaient les arches, de grosses plantes vertes, en oreilles d'éléphant, se pavanaient dans des pots de fonte. Et, çà et là, quelques lianes grimpantes montaient le long des colonnes, jusqu'au premier étage, pour s'accrocher aux rambardes en fer forgé.

— Vous aimez notre Patio ? demanda Ladygold.

— C'est trop joli ! répondit Charlotte.

— C'est plus que ça, c'est divin ! soupira Patrice.

— Ça me fait plaisir, c'est la récompense de toutes ces années de galère, enchaîna Ladygold, mais... attention ! Voilà nos belles andalouses !

Au rythme d'une sevillana ils virent alors s'avancer, en file indienne, sous les arches du Patio, une troupe étonnante et colorée.

— Les jupes ont été faites à nos mesures, c'est très pratique elles se ferment avec du Velcro, comme ça on peut les mettre par-dessus n'importe quelle tenue sans avoir à se changer ! commença à expliquer Ladygold, qui n'avait pas remarqué les mines ahuries de ses deux visiteurs. José nous donne ce cours toutes les semaines, c'est plus amusant que la gymnastique, et ça nous fait à toutes un bien fou ! Laissez-moi vous les présenter.

Le frère et la sœur, appuyés à la rambarde, restaient médusés par la vision de cette troupe incroyable de danseuses espagnoles, en longues jupes noires à volants multiples, truffés de gros pois de différentes couleurs vives. La plus jeune devait avoir passé la soixantaine et la plus âgée, trop mignonne dans cet accoutrement folklorique, affichait certainement plus de quatre-vingts ans !

— Derrière notre José, qui mène la danse, la blonde vanille, plus que rondelette, dans sa jupe à pois rose c'est la « Souris », la cliqueuse infatigable qui passe sa vie sur Internet... Elle écume tous les sites de rencontres !... C'est notre benjamine, la dernière arrivée, elle nous fait bien rire !... Derrière elle, avec les pois blancs, c'est ma vieille amie « Rancunia », elle est à mes côtés depuis le début, elle râle sur tout et sur tout le monde, elle en veut à la terre entière, même à ses propres enfants, bref c'est une emmerdeuse mais on l'aime comme elle est, hélas ! Ensuite, avec les pois mauves, vous reconnaissez votre « Grenouillette »...

À la vue de leur belle-sœur, dans cette jupe à volants et à pois, avec sa croix en or sur son twin-set noir, coiffée de son éternel chignon mémère, tournant sur elle-même en rythme, en jouant des mains au-dessus de sa tête, Charlotte et Patrice restèrent bouche bée.

— Putain-bordel, je suis sur le cul ! s'écria Charlotte de sa voix snob.

— Pardonnez à ma sœur ses écarts de langage, s'empressa de dire Patrice, elle trouve ça chic !

Elle a raison, j'adore jurer comme un charretier, moi aussi ! répondit Ladygold, avant de poursuivre, comme si de rien n'était. À la suite, la grande perche aux pois bleus, c'est « l'Autruche », regardez-moi ce long cou, ce nez pointu et ces yeux exorbités, c'est vraiment une autruche, non ? Elle vous le dira très vite... elle aime afficher la couleur, c'est une « coquine » !

— « Primera ! » annonça José,

— Chaque sévillane a une chorégraphie différente, enchaîna Ladygold, et elles se dansent par série de quatre.

— En fait c'est la « séguedille », intervint Patrice, celle que Carmen dansait chez son ami Lillas Pastia ?

— Oui ! Bravo ! reprit Ladygold, c'est en effet une danse andalouse, très populaire, que l'on danse aussi ici lors des ferias. Notre Don José à nous vient de Carmona, une petite ville ravissante à côté de Séville, quand sa sœur est venue pour coudre nos jupes et tous les rideaux de la maison, ils nous ont fait une petite démonstration et nous avons toutes voulu les imiter ! Quel fou rire ! Mais regardez maintenant comme elles se débrouillent bien !

— « Bien parado ! » annonça José.

— Voilà la fin du premier quart, celui des passages enchaînés, on doit marquer un arrêt très net avant de reprendre, expliqua Ladygold.

— Hallucinant ! soupira Charlotte à la vue de ces mamies essayant de ne plus bouger, le buste plus ou moins rejeté en arrière, les bras levés en arrondi au-dessus de leurs coiffures sages, les paumes des mains retournées vers l'extérieur, certaines ayant du mal à garder la position tant leurs bagues et leurs bracelets semblaient lourds, ou tout simplement parce qu'elles souffraient d'arthrose.

— « Segunda ! » annonça José en changeant de partenaire.

— C'est une vraie danse de séduction… reprit Ladygold, la femme avance, puis se dérobe, elle aguiche d'un pli relevé de sa jupe ! Les corps doivent se frôler sans se toucher, ce sont les yeux qui jouent ! Les regards, comme les pas, ou les mouvements des bras, traduisent la rencontre, la séduction, la dispute… puis enfin la réconciliation et l'amour ! C'est grisant à danser comme à mimer, nous en sommes toutes folles, en fait ça nous fait bouger, ça nous dérouille, nous nous sentons séduisantes et ça nous met en joie !

Patrice, fasciné, se mit à taper des mains au rythme des couplets, si bien que toute la troupe, qui n'avait pas encore remarqué la présence de spectateurs, leva les yeux vers lui.

En annonçant « tercera », le troisième mouvement, José, en souriant tout en continuant de taper fermement des pieds avec ses bottes à talons, lui fit signe de venir se joindre à la danse.

— Je peux ? demanda-t-il à Ladygold, devant Charlotte de plus en plus sidérée par ce qu'elle était en train de vivre.

— Courez ! Ça va être le dernier quart ! lui répondit-elle en lui indiquant l'escalier à l'autre extrémité de la loggia. Il n'en reste plus qu'une à vous présenter dit-elle en se retournant vers Charlotte, nous ne sommes, hélas, que six en ce moment. La petite dernière, avec les pois verts, c'est « Lilibeth », notre doyenne, elle vous attend avec impatience depuis que Grenouillette lui a dit que vous aviez rencontré la reine d'Angleterre…

— Elle n'a quand même pas raconté ma vie ? s'étonna Charlotte.

— J'ai bien peur que si… tout du moins cette partie de votre vie, il faut vous dire que notre Lilibeth est née un 26 avril, le même jour qu'Élisabeth d'Angleterre, mais pas la même année, alors elle fait une véritable fixation sur sa… fausse jumelle ! Élisabeth n'est en fait que son troisième prénom, en vérité elle s'appelle Zélia, mais elle tient à ce que nous ne l'appelions que Lilibeth, elle vit, elle rêve, elle pense, elle s'habille reine d'Angleterre !

— C'est trop mignon, elle se coiffe aussi comme *the Queen* ! ajouta Charlotte amusée.

Quand Patrice arriva auprès des danseurs, après s'être débarrassé de son blazer, José annonça « cuarta », la dernière série de pas, et lui fit signe de se mettre en face de lui pour l'imiter. Les femmes, elles aussi, se placèrent par couple, face à face, et toute la troupe enchaîna diverses passes frontales endiablées.

José, dans sa chemise blanche à jabot et manches bouffantes et son pantalon rayé de gaucho, à taille haute, ondulait sobrement mais virilement face à Patrice. Il avait typiquement le physique de l'Andalou, petit, râblé, nerveux, le regard perçant, ses cheveux noirs gominés, bien lissés vers l'arrière et lâchés frisottés dans la nuque. Il dansait merveilleusement, jouant avec autorité de ses hanches et de ses bras, et Patrice, qui se sentait vraiment gauche à ses côtés, lui trouva tout à coup un faux air d'Antonio Banderas. Alors, en regardant au ralenti autour de lui la troupe hétéroclite de danseuses d'un autre âge, tout en essayant de continuer à danser avec son partenaire, il réalisa tout le comique de la situation et se dit, en cinéphile invétéré et obsédé qu'il était, que cette scène incroyable et surréaliste était digne d'Almodovar.

José annonça le dernier « bien parado », l'arrêt bien fait, et tous s'immobilisèrent, gardant la pose quelques secondes, chacun des couples formés se fixant intensément du regard, avant de lâcher prise et de s'applaudir mutuellement.

José salua la troupe, une main sur le cœur, avant de donner une petite tape discrète dans le dos de Patrice pour le féliciter. Ce fut alors une explosion de joie et de piaillements parmi les danseuses qui se jetèrent littéralement sur le nouveau venu pour les présentations.

Les deux femmes de chambre arrivèrent en se suivant, celle qui les avait accueillis dans le jardin portant un plateau rempli de verres avec deux cruches de sangria, et la seconde, celle que l'on appelait Gervaise, avec une immense panière à linge. La musique s'arrêta et l'on entendit alors tous les déchirements du Velcro, les danseuses se débarrassant une à une de leurs jupes espagnoles avant de les jeter négligemment, comme de vraies professionnelles, dans la panière de Gervaise.

Patrice assista, pétrifié, à la fin de la magie, en ôtant leur accoutrement folklorique chacune retrouvait sa vraie identité à moitié camouflée. La Souris était un peu boudinée dans son jean, l'Autruche était en pantalon à pinces, Grenouillette en jupe portefeuille, Rancunia en tailleur bon chic bon genre et la plus âgée portait une robe d'un classicisme ahurissant ! Adieu les joyeuses Andalouses, si aguichantes, la troupe, dans son ensemble, ne pouvait plus cacher son âge ! C'était aussi surprenant que touchant, et Patrice, dans son imaginaire, abandonna Almodovar pour les Hespérides !

Ladygold et Charlotte se joignirent au petit groupe pour boire la sangria et les présentations purent se poursuivre dans un charmant brouhaha. Il faisait un temps radieux en cette fin d'après-midi de septembre et toute cette ambiance délicieuse ne fut troublée que par un éclat de voix. Charlotte, n'y tenant plus, s'écria brusquement :

— Grenouillette arrête de m'appeler Lolotte ! C'est insupportable !

Ça jeta un léger froid et, dans le silence gêné qui suivit, Lilibeth osa s'approcher timidement de Charlotte pour lui répondre de sa petite voix délicieuse :

— Vous avez raison, c'est indigne de vous, ici, pour nous, acceptez qu'on vous appelle « Baronnette ».

Charlotte, prise de court, en resta bouche bée, et, devant la gentillesse de cette petite vieille fragile, si élégante dans sa désuète robe lilas, sans doute copiée sur son royal modèle, ne put qu'accepter ce surnom qui faisait référence à son lointain passé. Elle prit Lilibeth dans ses bras pour l'embrasser tendrement et toutes, soulagées, levèrent leur verre en criant :

— Bienvenue et longue vie à la Baronnette !

Patrice, époustouflé par ce baptême improvisé, leva lui aussi son verre et, en quittant le regard aussi paniqué qu'amusé de sa sœur, croisa tout à coup celui de José qui lui décrocha alors un clin d'œil complice plein d'humour.

Il s'étrangla en buvant sa sangria et Charlotte reprit la main aussitôt :

— Ce n'est pas grave, il est jaloux !... Vous devriez lui trouver un nom à lui aussi !...

Vendredi 19 h 30

Quand les cruches de sangria furent vides, José réapparut. Il s'était changé et portait désormais un pantalon noir et une petite veste blanche à double boutonnage, coupée court comme un spencer, suffisamment moulante pour souligner carrure, taille fine et cambrure des reins, et lui faire une vraie silhouette de matador.

— Vos bagaches sont déchà dans vos chambres, señora, señor, chi vous voulez bien mé souivre, dit-il avec son accent charmant et son sourire éclatant.

— Charlotte nous t'avons installée dans la suite « Touthermès », tu vas voir, elle te plaira beaucoup, et toi Patrice tu seras chez notre chère Nonnette, annonça Grenouillette.

— Nonnette est ma sœur aînée, précisa Ladygold, elle vient de nous quitter pour se remarier ! Nous sommes toutes allées au mariage, il y a juste quinze jours, c'était très gai !

José leur tendit leurs clefs, chacune attachée à une longue embrasse de rideau agrémentée de deux énormes glands de passementerie.

— C'était assommant de chercher nos clefs à tout bout de champ… comme ça nous avons chacune une couleur différente… expliqua Ladygold pour répondre à leurs mines ahuries.

Et pour le prouver elles exhibèrent toutes, dans un ensemble parfait, leur embrasse et leur paire de glands personnelles. Le frère et la sœur suivirent José en se mordant les lèvres pour ne pas en rire.

— Lé diner sera servi à la *nueve* de la *tarde*, leur annonça José quand ils furent tous les trois dans l'ascenseur. Cé soir cé moi qui couisine : *gaspacho andaluz, imperador a la plancha con patatas bravas* et *dulce del cielo* !

— C'est un dessert hyper sucré, non ? demanda Charlotte.

— Si… *mui bueno, las señoritas* adôrrrrent ! répondit José en faisant à nouveau un clin d'œil à Patrice.

— Vous savez aussi cuisiner ? enchaîna Patrice admiratif.

— Yé sais tout faire dans la *casa*, Señor, yé souis polyvalenté ! répondit José avec humour.

Quand Charlotte pénétra dans la suite « Touthermès », elle rappela immédiatement Patrice, qui était resté avec José sur la coursive du patio :

— Viens voir ! C'est insensé !

Les doubles rideaux, le ciel de lit, le dessus de lit, tous les coussins et même le petit canapé du dressing, tout était assemblé en patchwork de foulards Hermès, et certains carrés, sans doute les plus anciens, étaient encadrés sous verre, accrochés côte à côte pour couvrir tous les murs.

— C'est ahurissant, siffla Patrice, un vrai musée ! Il y en a certainement pour une petite fortune !

— Le problème c'est que je ne sais pas si je trouve ça beau ou si c'est le comble du kitsch ! se demanda Charlotte à voix haute.

— Moi j'adore ! soupira Patrice, je trouve ça d'un chic absolu !

— Mouais… tu as sans doute raison… Il faut que je m'y fasse, mais avoue que c'est surprenant ? répondit Charlotte dubitative.

— *Una reina* ! *Merveillosa* ! trancha José, tout en ressortant pour accompagner Patrice à sa chambre.

Les dix suites avaient toutes sensiblement la même superficie, elles se composaient d'une grande chambre, d'un petit salon-dressing et d'une belle salle de bains, avec baignoire et douche. Mais toutes les résidentes disposaient, en plus, d'un grand salon au rez-de-chaussée, et chacune pouvait choisir sa propre décoration, où laisser faire Madame qui avait beaucoup de goût, expliqua José à Patrice avec son accent chantant.

— Voilà la « Nonnetta » por vous señor, dit-il en ouvrant la porte.

C'était à peu de choses près la même chambre, avec un ciel de lit identique, mais dans celle-ci l'ensemble de la tapisserie était en toile de Jouy d'un bleu passé.

— C'est moins fou mais c'est charmant, dit poliment Patrice.

— La señora Nonnetta elle a emporté tous chés chouvenirs, dit José en montrant tous les emplacements laissés vacants des cadres où le dessin de la toile n'était pas décoloré, alors cha a marqué la *color* dé la toile zéjoui !

— Pas « zéjoui » José ! « De Jouy » ! dit Patrice en éclatant de rire.

— Né vous moquez pas dé moi señor, parfois zé m'embrouille dans les esspresionnes franceses !

— C'est trop drôle ce que vous venez de dire José !

— Alors vous m'esspliquérez *magnana*, cé soir j'ai encore beaucoup dé travail ! répondit José, sans oublier de refaire son petit clin d'œil plein d'humour avant de s'enfuir.

Une heure plus tard Patrice frappa à la porte de Charlotte :

— Divine, tu es prête ? En scène dans deux minutes !

— Rentre espèce d'idiot ! J'ai fait comme j'ai pu… Comment me trouves tu ?

— Parfaite, comme toujours !

— Je n'avais pris que du noir… après tout on était censés passer le week-end au couvent. Perchée sur des talons vertigineux dont les lanières de vernis noir laissaient apercevoir ses ongles vernis de rouge, elle portait un pantalon de gros grain, façon smoking, qui s'arrêtait au-dessus des chevilles, et un haut noir en fin cachemire, décolleté en V dans la nuque. Pour adoucir tout ce noir elle avait négligemment jeté sur une de ses épaules une immense écharpe de soie indienne, couleur safran.

— Tu n'as pas lésiné sur les talons dis donc ! À ton âge tu n'as pas peur de te foutre en l'air ?

— Il y a un ascenseur et on va faire trois pas ! Tu n'as qu'à rester derrière moi pour me retenir au cas où…

En se regardant dans la glace de la salle de bains, elle se mit un peu de rouge à lèvres et ébouriffa une dernière fois de ses doigts sa parfaite coupe de cheveux au carré. Sa couleur, d'un poivre et sel si subtil et naturel, rendait folles de jalousie toutes les fausses blondes de son âge qui, elles, n'assumaient pas.

— Ne dis rien ce soir à la belle-sœur, je veux trouver le bon moment pour aborder le problème indivision…

— C'est TON problème sœurette, tu feras comme tu veux, mais tu ne me demandes pas comment est ma chambre ? Eh bien c'est quasiment la même mais toute en toile « zéjoui » comme me l'a gentiment expliqué José !

Ils rirent à nouveau de bon cœur et se dirigèrent bras dessus bras dessous vers l'ascenseur, chacun avec son embrasse de rideau à la main.

— Mais tu n'as mis aucun bijou ? s'étonna tout d'un coup Patrice.

— Pas de parfum ! Pas de bijou ! Fais-moi confiance... Puisque nous sommes loin du carmel, elles vont toutes être emperlousées, ce n'est pas au réfectoire que nous allons, mais sans doute à un séminaire de « castafiores » échappées de la place Vendôme, tu verras !

— Ah j'adore cet endroit et tout ce folklore incroyable ! dit Patrice en riant.

— Tu adores toujours trop vite, mais j'avoue que je commence à apprécier. Ma petite cellule de novice n'est pas si mal, même si elle est un peu chargée... le menu espagnol est alléchant, mais je te conseille de faire l'impasse sur le dessert !

— Finalement j'ai l'impression qu'on ne va pas s'ennuyer pendant ces trois jours, lui répondit Patrice, sur un ton sarcastique.

Vendredi 20 h 45

Quand ils retraversèrent la salle à manger, pour rejoindre le salon de Ladygold, d'où venait le brouhaha, ils s'arrêtèrent une minute pour admirer la table dressée pour le dîner. Devant les chandeliers, les carafes en cristal, tout le service de table, l'argenterie, et la décoration florale, faite de minuscules bouquets de roses, ils ne purent que s'extasier à nouveau.

— C'est sublime, dit Patrice.

— Ouais… j'avoue que c'est incroyable, ne put qu'avouer Charlotte.

— C'est tellement raffiné, c'est du pur Visconti ! poursuivit Patrice.

— Tu n'as rien remarqué, mon coco ? Elles sont six et nous deux… Or il y a onze couverts… J'espère qu'on ne va pas se farcir le préfet, le maire et le curé ! soupira Charlotte.

Quand ils pénétrèrent dans le salon toutes les conversations cessèrent et Grenouillette se précipita pour faire les présentations. Une fois encore ils s'étaient trompés, il n'y avait ni soutane, ni écharpe tricolore, mais deux nouvelles créatures, tout aussi folkloriques que les autres, et une pâle jeune fille à lunettes, genre étudiante attardée, qui restait les bras croisés, volontairement en retrait.

Ils furent très surpris de constater que toutes les femmes présentes dans le salon arboraient des sortes de badges.

— N'ayez pas peur, leur dit d'emblée Ladygold en voyant leurs mines déconfites, vous n'êtes pas tombés dans un séminaire quelconque, ni dans une réunion Tupperware, mais c'est en fait le seul moyen, vraiment efficace, que nous ayons trouvé, lorsque nous avons de nouveaux invités, pour qu'ils s'y retrouvent, qu'ils puissent retenir nos affreux surnoms, et qu'ils sachent qui est qui !

— C'est certain que la moyenne d'âge de nos invités nous oblige à… leur faciliter la vie ! ajouta l'une d'elles avec humour.

— Je vous présente Charlotte et Patrice de La Rivière Thibouville, ma belle-sœur et mon beau-frère, annonça fièrement Grenouillette.

Charlotte n'en crut pas ses oreilles, et soupira intérieurement, le fait qu'elle fut trois fois veuve lui faisait toujours oublier son nom de jeune fille. Alors Grenouillette, voyant son air étonné, lui glissa perfidement à l'oreille :

— Désolée, Lolotte, j'oublie toujours le nom de ton dernier mari…

— … de La Rivière Thibouville, certes, mais aussi veuve X, veuve Y, et veuve Z ! répondit fièrement Charlotte.

Tout le monde esquissa un petit sourire, sans savoir si c'était réellement de l'humour.

Patrice, lui, plongea dans deux baise-mains protocolaires.

— Voici Bridgette, la partenaire de bridge de Rancunia… et voici notre chère dermatologue, que nous avons perfidement baptisée Botoxia !

— Nos dîners assis nous autorisent à faire des invitations extra-Patio. Nos deux petites amies sont des habituées qui adorent nous rendre visite. Comme vous le constaterez leurs badges ne sont pas de la même couleur que les nôtres et ils stipulent qu'elles sont « Visiteuses permanentes » précisa Ladygold, comme ça c'est clair comme de l'eau de roche, non !

— Plus on est de folles, plus on rit ! intervint Souris.

— Oh ! c'est une image évidemment ! Excusez-la, cher Patrice ! reprit Ladygold.

— Pas de problème… répondit sobrement Patrice, quand même un peu gêné, j'ai l'habitude des dîners de femmes, rassurez-vous, je peux tout entendre.

— Et voici Chloé, qui est la petite-fille d'une relation, enchaîna Ladygold, c'est une jeune journaliste qui vient d'arriver pour faire un reportage sur notre petit groupe. Il paraît que c'est très « tendance » de vivre entre femmes ! Le croiriez-vous ?

La jeune fille salua timidement de la tête avec un sourire un peu coincé.

— Rassurez-vous, reprit Ladygold, Chloé m'a juré de ne rien divulguer de tout ce qu'elle pourra entendre ici pendant le week-end ! Elle se fera discrète, elle veut juste comprendre comment nous réussissons à vivre ensemble ! Il paraît que c'est notre « style de vie » qui l'intéresse ! J'ai accepté de l'aider parce que je trouve formidable qu'une jeune fille de son âge puisse s'intéresser aux femmes… disons « d'expérience », que nous sommes, c'est une démarche sympathique, non ?

Un ange passa furtivement, puis Gervaise fit son entrée avec un plateau garni de flûtes de champagne et les conversations reprirent, par petits groupes.

Charlotte, qui s'accrochait toujours au bras de son frère, émit un sifflement :

— Après la sangria et avant le vin à table, j'ai l'impression qu'elles biberonnent sec les vieilles copines.

— Les deux « visiteuses » ne sont pas tristes non plus. Tu ne trouves pas que la Bridgette est ridicule avec sa jupe gitane et son chignon en choucroute dégoulinante ? susurra Patrice, elle s'est définitivement arrêtée au look Bardot, dernière époque, rides comprises…

— Tu as raison, Bardot a encore gardé quelques clones dans notre génération. Quant à la dermato, quelle allure ! Elle a tout compris, c'est une pub ambulante pour son cabinet, elle est tendue comme une peau de tambour, répondit Charlotte.

— Elle doit leur faire des prix de gros, quel boulot ! poursuivit Patrice.

— Oui mais comme tu peux le constater ça ne marche pas sur tout le monde ! N'empêche que j'avais raison, il y a du Boucheron, du Chaumet, du Cartier, du Dinh Vanh, du Chanel et du Burma, rien que ça ! On se croirait à Monaco.

— Laquelle a du Burma ?! s'étrangla Patrice.

— Lilibeth évidemment ! Il n'y a que là qu'elle a pu trouver de telles copies des bijoux de la Couronne, regarde sa broche en brillants, on dirait vraiment celle de la reine !

Tout comme sa royale jumelle, Lilibeth gardait en toute occasion son sac en vernis noir accroché à son bras, il ne lui manquait que le chapeau et les gants blancs pour que sa panoplie soit copie conforme. Ladygold avait troqué son tailleur Armani pour un pantalon noir et une veste Chanel dans les tons mordorés, sur laquelle dégoulinaient plusieurs sautoirs perlés largement griffés. Souris paradait en kaftan jaune poussin, qu'elle avait dû rapporter du Club Med de Marrakech. L'Autruche était rayurée de Rykiel et Rancunia, en veste Saint Laurent vintage, trop épaulée, n'arrêtait pas de faire tourner autour de son doigt, comme si elle avait peur qu'on le lui arrache, un solitaire en poire, gros comme un bouchon de carafe. Quant à Grenouillette, fidèle à elle-même, elle portait un twin-set noir, rebrodé de fils d'or et de perles de jais, sur lequel trônait sa grosse croix, toujours affublée de l'alliance de son défunt mari. Suprême audace, elle avait même piqué deux peignes dorés dans sa coiffure pour remonter ses cheveux en deux coques symétriques, ce qui lui donnait un petit air Renaissance, tout à fait désuet.

— La dermato est en Lacroix, ici ou en Arles il en reste, mais à Paris on n'en trouve plus, c'est *over* ! chuchota Charlotte à l'oreille de Patrice.

— Pour une fois tu es si sobre que tu as l'air d'une pauvresse au milieu de ces arbres de Noël ! lui répondit son frère.

— Pauvre crétin, c'est voulu !

Vendredi 21 h

Celle qui recevait des proches pouvait jouer à la maîtresse de maison.

Grenouillette avait donc fait le plan de table et placé naturellement Patrice à sa droite et Charlotte à sa gauche. Patrice se retrouva à côté de Ladygold et Charlotte avait la délicieuse doyenne à sa gauche. Elles rirent toutes les deux quand Charlotte découvrit le badge qui annonçait fièrement « Lilibeth the Queen ! ». Rancunia n'avait pas lâché sa partenaire de bridge, la fausse clone de Bardot, tandis que l'Autruche et Souris encadraient la seconde « Visiteuse permanente », Botoxia, la dermatologue. Ces trois dernières, tout en prenant leur place, poursuivaient une conversation animée sur la Feria, qui avait eu lieu le week-end précédent.

— Vous appréciez les corridas, mesdames ? s'étonna Patrice.

— Oh oui ! répondirent-elles en chœur.

— Il n'y a que Lilibeth, Rancunia et moi pour condamner la tauromachie, intervint Grenouillette, les autres se précipitent toutes aux arènes comme des folles !

— Tout ça c'est grâce à notre José, expliqua Ladygold, il nous a initiées l'une après l'autre.

— Oui, c'est un art qu'il faut « comprendre » rajouta l'Autruche perfidement.

— Je déteste cette boucherie à ciel ouvert, soupira Rancunia en levant les yeux au ciel.

— Ne vous étonnez pas, chers amis, notre chère Rancunia commence souvent ses phrases par « je déteste » précisa Ladygold.

— Quand une corrida est réussie c'est éblouissant ! Sinon, en effet, ça peut être éprouvant, ajouta Botoxia, la dermatologue, d'un ton snob.

— Le pauvre taureau n'a aucune chance, c'est dégoûtant ce qu'on lui fait subir, dit timidement Lilibeth.

— Mais il n'y a pas que le taureau ! s'écria Souris il y a surtout la force d'un homme, son courage !

— Oui il en faut du courage et du talent pour arriver à danser un pas de deux avec une bête sauvage de cinq cents kilos ! poursuivit l'Autruche.

— Et en plus ils sont tellement beaux dans cet habit de lumière moulant à souhait ! intervint Bridgette, la fausse Bardot.

— Que des beaux culs ! s'exclama Souris.

— Ne me dites pas que vous aimez regarder les fesses des matadors !? se hasarda à demander Patrice, très amusé par cette conversation.

— On ne fait pas que les regarder, on les note ! répondit Bridgette en riant.

— Vous les… notez !? s'étonna Patrice.

— C'est bien connu que les femmes aiment reluquer les culs des mecs ! En tout cas moi j'adore ! répondit Souris.

— Et avouez que ceux-là sont carrément provocants ! ajouta Bridgette.

— Et comme ils sont moulés recto verso... on reluque doublement, n'est-ce pas mesdames !? poursuivit l'Autruche.

— Moi je les trouve tous sexy en diable ! trancha Souris, et ce que je préfère c'est quand le maestro pose lui-même les banderilles, quelle sensualité ! C'est si... torride !

— Chérie, ne rêve pas ! C'est au taureau qu'il pose les banderilles ! Pas aux vieilles et grosses cochonnes comme toi ! lui répondit l'Autruche avec gouaille.

Toute la tablée éclata de rire, y compris Souris, qui avait un caractère en or.

Charlotte, elle, commençait à s'ennuyer. Pour ou contre la corrida était un des sujets classiques qui animaient souvent les dîners mondains qu'elle avait fuis depuis longtemps.

Elle se demanda ce qu'elle faisait là, au milieu de ces femmes qui semblaient toutes jouer un rôle. Elle se sentait si différente. En se repliant sur elle-même, comme elle en avait de plus en plus l'habitude, elle se jura de ne jamais finir comme ça, en communauté, simple pion sur un jeu de dames. Elle regarda tour à tour son frère, d'ordinaire un peu coincé dans ce genre de dîners, mais qui, ce soir, se tordait de rire, et sa belle-sœur qui, bizarement, semblait s'être épanouie dans cette curieuse assemblée. Alors elle repensa bien vite à son problème de terrain et secoua vivement la tête, pour chasser toute nostalgie et se remettre dans le bain.

C'est à cet instant que Lilibeth se rapprocha d'elle pour lui demander de sa petite voix timide :

— Baronnette, si vous nous racontiez votre présentation à la reine ? Ça me ferait tant plaisir.

— Ne lui en veux pas Charlotte, c'est de ma faute, et elle attend ce moment avec tant d'impatience, confessa Grenouillette.

— Vous avez été présentée à la reine !? C'est trop excitant ça ! s'exclama soudain la jeune journaliste, que tout le monde avait oubliée en bout de table.

Ladygold sembla s'excuser d'un regard quand toutes les autres se mirent à taper des mains pour encourager Charlotte à raconter dans quelle circonstance.

— C'est dommage qu'il n'y ait pas de cornemuse pour agrémenter l'histoire, dit perfidement Patrice pour bien montrer qu'il en connaissait déjà tous les détails.

— Ce gaspacho était certes délicieux... mais ce que je vais vous raconter va vous faire quitter l'Espagne pour l'Écosse et ses Highlands, dit Charlotte, en reprenant une gorgée de vin avant de poursuivre. À 20 ans je suis tombée amoureuse d'un voyou, pas un truand, ni un bandit, juste un très beau garçon, bon à rien, menteur, coureur, buveur. Bref, mes parents étaient horrifiés et, pour essayer de m'en détacher, ils m'ont envoyée un an en Angleterre, comme jeune fille au pair dans une famille hyper conservatrice. Pendant l'été nous sommes partis en vacances en Écosse, chez leurs cousins… et c'est là que j'ai rencontré Kenneth, mon futur mari, enfin… le premier ! Il se trouve qu'en tant que fils aîné de Lord Dingwall, il était Baronnet of Mountburn ! Petite noblesse écossaise, mais *baronnet* tout de même ! Quand je suis rentrée en France nous nous sommes écrit, il est venu à son tour, et je vous passe les détails des présentations à la famille… des fiançailles qui ont duré un an et bla bla bla… Mes parents étaient aux anges et moi j'étais surtout ravie d'échapper à leur autorité ! À cette époque lointaine, je n'ai pas besoin de vous le rappeler, le mariage était la seule échappatoire pour les jeunes filles de bonne famille. Nous nous sommes mariés en Écosse, dans le château familial.

— C'était magnifique ! enchaîna Patrice, tous ces kilts, ces cornemuses et ces danses écossaises ! J'en garde un souvenir impérissable, on se serait cru à la fois dans « Brigadoon » et dans « Quatre mariages et un enterrement » !

— Oui, votre frère aussi avait été ébloui, intervint Grenouillette, pour bien montrer qu'elle aussi connaissait l'histoire.

— Mais, hélas, je n'ai pas eu de nuit de noces ! poursuivit Charlotte.

— Vous étiez vierge !? s'étonna Souris.

— Ça te regarde ? lui cria l'Autruche.

Charlotte reposa son verre et répondit calmement :

— Ça a, en effet, une importance dans cette histoire… Non je n'étais pas tout à fait vierge… Enfin bon, je n'en dirai pas plus. Il fallait faire attention, à l'époque… sans pilule… et justement j'attendais ma nuit de noces pour ne plus rien contrôler, et disons… me laisser aller… enfin quoi ! Vous voyez ce que je veux dire !?

— On voit très bien, on est toutes passées par là, quelle époque ! dit l'Autruche compatissante.

— Il n'était pas question de fêter Pâques avant les Rameaux ! ajouta Ladygold, en regardant la petite Chloé, qui écoutait sans sourciller toute cette conversation, les filles d'aujourd'hui ne peuvent même pas imaginer ce qu'elles doivent à cette chère Simone Veil !

Lilibeth tapota doucement la main de Charlotte pour l'encourager à poursuivre.

— Kenneth n'est rentré dans la chambre qu'au petit matin… et s'est endormi comme une masse ! J'ai trouvé que son kilt était trop froissé pour être honnête, et j'en ai immédiatement déduit qu'on m'avait volé ma nuit de noces ! Qui ? Je ne le saurai jamais, et puis à quoi bon ? Mais j'ai commencé à douter de Kenneth.

— Ce poisson est divin ! s'écria Patrice, comme pour faire diversion, votre José est une perle !

— Chut ! lui répondit Ladygold, il le sait déjà !

— En septembre nous assistions aux fameux Highlands Games, à Braemar, enchaîna Charlotte, c'est magnifique, la reine vient de Balmoral pour y assister, alors toute l'aristocratie écossaise est là et chaque clan arbore fièrement ses couleurs ! Ce sont des jeux ancestraux où des colosses en kilt doivent faire démonstration de leur force. Tout le monde crie et applaudit pour soutenir son champion, mais en fait tout le monde ne regarde que la reine ! Kenneth m'avait laissée choir, au dernier rang de la tribune officielle, je ne voyais pas grand-chose, j'ai seulement entendu des cris d'effroi, j'ai aperçu un attroupement au loin, et puis l'on est venu me chercher. C'était un accident stupide... Kenneth avait reçu sur la tête un des troncs d'arbre que les candidats devaient porter à bout de bras sur cent mètres ! Il avait eu le crâne fracassé ! Voilà pour la version officielle.

Lilibeth lui caressa la main en poussant un petit cri.

— On m'a déconseillée d'aller le voir... Mais j'ai accepté le verre de scotch, c'est d'ailleurs depuis ce jour que je n'en bois plus !

Toute la table resta silencieuse, Souris allait sans doute dire une bêtise alors Ladygold lui fit les gros yeux. Lilibeth, qui n'avait pas lâché le poignet de Charlotte, s'excusa de lui faire raconter cette histoire, et Charlotte reprit son récit :

— En vérité mon cher petit mari avait glissé sa main sous le kilt du plus fort des candidats... Le costaud, plutôt surpris, en a lâché son tronc d'arbre ! Et le malheur a voulu que Kenneth soit en dessous ! C'est comme ça que j'ai appris que mon mari était pédé comme une couleuvre et que je me suis retrouvée veuve à 25 ans !

— Quelle horreur ! dit Rancunia d'un ton sec.

— D'être veuve à 25 ans ou d'avoir un mari homo ? lui demanda froidement l'Autruche.

— Mais la reine ? enchaîna rapidement Lilibeth.

— Elle a voulu me présenter ses condoléances, après tout c'était du direct-live ! J'ai dû faire une révérence maladroite... Je l'ai à peine vue... Je ne sais pas si c'est à cause de l'émotion ou du verre de scotch, que j'avais avalé cul sec ! Et elle a quitté les jeux très vite, au grand regret des officiels. Voilà toute l'histoire... N'empêche que le lendemain ma révérence faisait la une de tous les tabloïds et que la jeune veuve du Baronnet of Moutburn a reçu des milliers de condoléances de tout le pays... très attristé par ce regrettable « accident » mais si fier de sa reine qui, en dépit du protocole, avait tenu à soutenir moralement cette pauvre jeune veuve si éplorée !

Autour de la table personne n'osait broncher, alors Charlotte leva son verre :

— Buvons à Kenneth ! Qui, à part ça, était un charmant garçon !

— C'est vrai, ajouta Patrice, en se raclant la gorge.

— Alors buvons à Kenneth ! enchaîna promptement Ladygold.

Elles levèrent toutes leur verre, ne sachant trop quoi ajouter.

— Voilà, chère Lilibeth, vous savez tout sur ma présentation à la reine ! Mais rassurez-vous, mesdames, je n'ai pas pleuré très longtemps... et ce veuvage-là, finalement, a été le plus comique des trois !

— Charlotte tu m'épateras toujours, enchaîna Grenouillette, je ne pensais pas que tu raconterais cette histoire dans toute sa véracité.

— Pourquoi veux-tu que je mente ? Nous avons tous ici passé l'âge des mensonges, que je sache. Y aurait-il des menteuses parmi vous mesdames ? demanda joyeusement Charlotte avant de poursuivre, en s'adressant cette fois à Chloé, vous voyez, mademoiselle, qu'à partir d'un âge certain on n'a plus peur de se raconter, même devant des inconnus ! Gardez quand même tout ça pour vous, je n'aimerais pas que vos lectrices en profitent !

— Rassurez-vous, madame, lui répondit poliment Chloé, j'ai juré d'être discrète et je le serai.

Seule Lilibeth osa reprendre la parole :

— Ça a dû être tellement douloureux d'être veuve si jeune...

— Eh bien pas tant que ça... répondit Charlotte du tac au tac. J'ai été très entourée, même choyée, j'ai été invitée partout ! Pour une jeune veuve on a de la compassion, on veut à tout prix la consoler, l'entourer, les femmes vont jusqu'à pousser leur mari à vous aider, à vous soutenir dans vos démarches à essayer de vous divertir et même à vous inviter à danser ! La jeune veuve est cataloguée « inconsolable » donc inoffensive ! Tandis qu'une jeune divorcée, on s'en méfie, elle pourrait devenir dangereuse pour la paix des ménages... alors on l'écarte, on ne l'invite plus... Elle devient presque une pestiférée !

— Je suis cent pour cent d'accord ! s'écria Ladygold.

— Et les vieilles veuves alors ? demanda vivement Bridgette, la fausse Bardot.

— On les laisse choir parce qu'elles radotent vite et qu'on en a marre d'écouter les louanges hypocrites qu'elles débitent à longueur de journée sur leur affreux défunt mari ! lui répondit vertement l'Autruche.

— Si tu parles de moi, espèce de vieille taupe, c'est que tu as toujours été jalouse !... Mon mari était très beau, vous comprenez... dit Bridgette en s'adressant à Charlotte.

— Désolée, chérie, il lui manquait quand même un poil d'élégance... reprit l'Autruche.

— Il portait bien le costume ! Il dansait divinement, il avait beaucoup de succès ! s'écria Bridgette, c'était un charmeur, ajouta-t-elle à l'intention de Charlotte.

— Un charmeur ? Non un sauteur ! Il s'envoyait toutes les femmes… et surtout tes copines, en fait il était… très serviable ! répondit l'Autruche en riant.

— Salope ! s'écria Bridgette.

— Joker mesdames ! Ça suffit ! leur dit calmement Ladygold, on dirait des poissonnières, de vraies radasses !

— Ah non ! cria l'Autruche, tout, sauf radasses !

— Cette garce a raison, reprit Bridgette, tout sauf radasses !

— Soit ! Je retire le mot, mais par pitié taisez-vous ! Que vont penser nos amis et cette petite Chloé ? leur répondit Ladygold avec humour.

— Nous sommes en famille… et les repas familiaux sont souvent houleux… intervint Grenouillette un peu gênée.

— Avez-vous vu *Femmes* de Cukor ? demanda gaiement Patrice, pour éviter qu'un ange passe.

— Ah oui… oui ! répondit Souris, c'était avec qui déjà ?

— Joan Crawford, Norma Shearer et toute une flopée d'autres stars. C'est un des rares films où il n'y ait que des femmes, on ne voit jamais les hommes !

— Et qu'est-ce qu'elles se disent ces bonnes femmes ? demanda Rancunia.

— Elles se crêpent le chignon tout au long du film… à propos des hommes évidemment ! Entre chics New-Yorkaises c'est un régal ! répondit Patrice enjoué.

— Je vais le télécharger pour rigoler ! s'écria Souris la cliqueuse d'un ton espiègle.

C'est à cet instant que José fit une entrée théâtrale avec le dessert. À la manière d'un ventriloque, en faisant claquer sa langue contre ses dents, il parvenait parfaitement à imiter le crépitement des castagnettes.

Vendredi 22 h

Grâce à l'humour de José tout le monde avait retrouvé sa bonne humeur. Comme il avait l'habitude de ces petites prises de bec, il avait l'art de les court-circuiter, et Patrice pensa, intérieurement, qu'il avait sans doute beaucoup plus d'influence qu'on ne pouvait l'imaginer sur la vie quotidienne au Patio secret.

C'est alors que Charlotte en profita pour poser la question qui la tarabustait :

— Pourriez-vous m'expliquer qui était Touthermès ?

— On dirait le nom d'une princesse égyptienne, une cousine d'Hatshepsout, ou la sœur de Thoutmosis III peut-être... ? enchaîna Patrice sur un ton léger.

Autour de la table, toutes se regardèrent pour savoir qui allait pouvoir répondre. Le silence s'éternisant, Charlotte réalisa qu'elle avait dû poser une question épineuse.

Ce fut Ladygold qui, après s'être raclé la gorge en vain, prit la parole de sa voix cassée.

— La reine Touthermès, comme nous l'avions baptisée, pour sa plus grande joie, était une femme adorable et adorée de nous toutes. Elle a enchanté notre vie par sa fantaisie, sa délicatesse et sa grande élégance… Je suggère que nous portions un toast à sa mémoire.

Toutes levèrent leur verre dans un ensemble parfait et s'écrièrent :

— À la reine Touthermès !

Charlotte et Patrice, un peu décontenancés, se sentirent obligés de les imiter et répétèrent après elles :

— À la reine Touthermès !

— À ton tour Lilibeth… dit Ladygold, comme un ordre.

— Vous avez compris, ou mes chères petites amies ont dû vous le raconter, que j'avais une passion sans borne pour Sa Majesté la Reine, ma jumelle… commença à expliquer doucement Lilibeth. Eh bien mon amie Blanche avait, elle, une passion tout aussi dévorante pour la maison Hermès ! Ça ne s'explique pas les passions… ça se vit. Et il y a des jours où ça se savoure et d'autres, hélas, où ça vous pourrit la vie. C'est plus fort que tout, c'est de l'amour ! C'est violent ou bien doux, c'est amer ou c'est exquis. Quoi qu'il en soit il faut aller jusqu'au bout, assouvir sa passion c'est être capable de dire « je me damnerais pour… ». Alors moi je n'ai pas honte d'avouer que je me damnerais pour être présentée à la reine ! Et je n'ai pas dit mon dernier mot à ce sujet ! conclut-elle d'un air malicieux.

— Touthermès faisait plus que collectionner des foulards, elle aimait tout aussi passionnément les sacs, les bijoux ou les montres, et puis Calèche, son parfum fétiche dont elle s'inondait ! Notre règle du parfum unique aux dîners assis vient de là ! ajouta Rancunia.

— Elle avait fait de cette griffe son univers, elle ne vivait que pour Hermès ! Alors, avant de nous quitter, elle nous a légué sa collection ! intervint l'Autruche.

— Nous avons toutes au moins un sac Kelly, une montre ou une gourmette, ou des tas d'autres accessoires… poursuivit Grenouillette.

— Mais nous n'avons pas touché aux carrés de soie ! enchaîna Ladygold, et quand elle fut réellement condamnée par la médecine, nous en avons tapissé sa suite pour qu'elle revienne y passer une dernière nuit et qu'elle s'endorme au milieu de ses chers foulards !

— Nous lui avons même fait coudre un kimono en carrés Hermès, pour qu'elle l'emporte à jamais avec elle… ajouta l'Autruche.

— Vous voulez dire qu'elle est morte dans la chambre que j'occupe !? s'étrangla Charlotte.

— Non ! rassure-toi, lui répondit Grenouillette, mais elle était… disons « absente »… quand l'ambulance est revenue la chercher.

— Elle est partie heureuse d'avoir vu ce que nous avions fait, et la veille au soir elle a pu nous remercier de l'aider à partir, ajouta Souris.

— Comment ça ? Vous l'avez… aidée ? demanda Patrice, un peu surpris.

— Nous devons vous avouer quelque chose, reprit Ladygold, surtout à vous Charlotte… qui, peut-être, nous rejoindrez un jour ?

Patrice toussota et Charlotte, imperturbable, se contenta de sourire.

— En venant vivre au Patio secret, toutes en acceptent les règles, ou plutôt les us et coutumes, pour être moins stricte, poursuivit Ladygold, et, si nous sommes toutes d'accord sur beaucoup de choses, il y a un sujet primordial sur lequel nous avons signé un pacte moral entre nous… c'est de s'engager à abréger, si besoin est, la souffrance et l'agonie de chacune.

— Ne nous dites pas que vous avez… euthanasié la reine Touthermès !? s'étrangla Patrice.

— C'est à moi que Blanche l'avait fait jurer, dit Lilibeth de sa petite voix, de plus j'étais devenue son tuteur légal devant notaire, sinon l'État s'en serait mêlé, comme elle n'avait plus de famille…

— De toute façon elle était foutue et elle souffrait le martyre ! intervint l'Autruche.

— Quoi qu'on dise, je déteste aussi voir les gens souffrir ! ajouta Rancunia.

— On aide les animaux condamnés à mourir dignement, sans souffrir ! Et au contraire on instaure un acharnement thérapeutique pour les humains, c'est dégueulasse ! s'écria Souris.

— Je suis d'accord avec vous… dit calmement Charlotte, mais toi… Grenouillette, que fais-tu de ta conscience d'hyper catho ?

— Aimer… c'est aider… Nous n'avons fait que répondre à sa supplique, mais je suis en règle avec ma foi, répondit celle-ci, un peu gênée.

— C'est vrai ! Nous avions le choix… Il y avait deux flacons sur la table de nuit, et dans l'un d'eux il n'y avait que de l'eau sucrée. Chacune pouvait choisir quelle goutte elle déposerait sur les lèvres de Blanche, précisa Ladygold.

— Nous sommes à moitié dans *Le Crime de l'Orient-Express* et pour l'autre moitié dans *Arsenic et vieilles dentelles* ! s'esclaffa Patrice pour essayer de dédramatiser.

— Je vais les télécharger aussi pour les revoir ! s'écria Souris.

— Un dernier point, reprit Ladygold, que l'humour décalé de Patrice enchantait, mon mari était anesthésiste, et je connais encore beaucoup de monde dans l'univers hospitalier… On ne nous a permis de récupérer Blanche que parce qu'elle avait demandé par écrit de pouvoir rentrer chez elle, pour être entourée de ses proches, ce que nous étions réellement puisque nous étions, de fait, sa seule famille ! Le lendemain matin, son état semblant s'aggraver, nous avons préféré rappeler l'ambulance, c'est tout !

— Elle est partie dignement, lors de ce transfert, en caressant son beau kimono de soie, sinon ils auraient été capables de la rebrancher ! spécifia l'Autruche.

— Je n'oublierai jamais la joie dans ses yeux quand elle a vu sa chambre, ajouta Lilibeth, moi aussi, le jour venu, je voudrais qu'on me ramène une dernière fois dans mon salon.

— Vous n'avez pas encore visité l'antre de Lili... dit Grenouillette d'un ton léger.

— C'est Buckingham, Windsor, Sandrigham et Balmoral réunis en une seule pièce ! ajouta perfidement l'Autruche.

— Elles sont un peu moqueuses... dit Lilibeth en souriant.

— Non ! nous sommes résolument diaboliques ! ajouta Rancunia en lui faisant les gros yeux.

— Comment trouvez-vous le dessert de José ? demanda Ladygold pour changer de conversation.

— C'est... un peu... sucré, non ? répondit Patrice avec humour.

— Alors pas besoin de vous appeler l'ambulance de Touthermès ! lui dit Souris d'un ton caustique, plein de sous-entendus.

Vendredi 23 h

Après le dîner tout le monde se retrouva dans le salon de Grenouillette. C'était une coutume de finir la soirée chez « l'invitante ». La pièce, assez grande, ressemblait en tous points à une salle de réception chez de bons bourgeois de province. Le faux Louis XV côtoyait quelques bonnes pièces Louis XVI dépareillées, et pour la plupart recollées, les velours étaient sombres et un peu cuits, l'éclairage pauvre et blafard, les tableaux ressemblaient à de pâles copies de Corot et les gravures étaient toutes religieuses. Charlotte et Patrice s'amusèrent en silence à inventorier ce qui venait de leur frère et donc de l'héritage de leurs parents. Ça leur fit un drôle d'effet de retrouver quelques objets familiers, ou certains petits tableaux, qu'ils reconnurent sans peine, pour les avoir côtoyés pendant toute leur enfance dans la maison familiale.

— Vous vous souvenez de cette Vierge à l'Enfant ? leur demanda Grenouillette.

— Bien sûr, chérie, lui répondit Charlotte, elle trônait au-dessus du lit de grand-mère, c'est bien qu'elle te soit revenue… Elle n'irait pas du tout chez moi !

— Par contre je ne me souvenais plus du tout qu'Hubert ait choisi de prendre la tabatière en argent de papa… dit Patrice.

— Mais votre père la lui avait donnée de son vivant, répondit Grenouillette, après tout il était le seul à fumer la pipe !

— C'est logique… Qui fume encore la pipe de nos jours ? Dieu merci, au moins j'ai échappé à ça ! rétorqua cyniquement Charlotte.

Ladygold, qui avait l'art de pouvoir suivre plusieurs conversations à la fois, sentit qu'il fallait intervenir :

— Qui veut une tisane ? demanda-t-elle à la cantonade.

— Ça c'est pour le côté des mamies ! dit Rancunia, Lilibeth va se siffler son bourbon et l'Autruche, Souris et moi nous sommes au Jet 27 ! Il paraît que ça fait dormir.

— Vous c'est différent, intervint Bridgette, la « Visiteuse », on ne vous appelle pas les « mamies-biture » pour rien !

— Alors je choisis ce camp-là ! répondit Charlotte, et Patrice va aller sagement boire sa tisane…

— Venez près de moi cher ami, dit Ladygold, vos allusions au cinéma m'enchantent ! Vous allez boire la meilleure tisane de la région, c'est un mélange que nous prépare notre Maguelonne avec toutes les bonnes herbes du jardin !

— Maguelonne ? Joli prénom ! On pourrait se croire dans la trilogie de Pagnol ! répondit Patrice, elle aussi vous l'avez rebaptisée ?

— Non, c'est son vrai prénom ! C'est en effet très régional, répondit Grenouillette sans humour.

— Alors vous venez de marier votre sœur ? Celle de la suite Nonnette, demanda poliment Patrice.

— Oui, incroyable cette histoire… répondit Ladygold, figurez-vous que Nonnette a retrouvé son amour de jeunesse après plus de soixante-cinq ans ! Mes parents les avaient empêchés de se marier, il faisait du vélo ! Il a même été champion de France de vitesse sur piste en son temps… Cette pauvre Nonnette, effondrée, a fini par en épouser un autre, par dépit. Elle a quand même eu une vie heureuse, des enfants, des tas de petits-enfants, mais elle n'a jamais oublié son Paulo ! Et un jour, il y a un peu plus d'un an, il a téléphoné ici, vous imaginez le choc ! Il l'avait retrouvée grâce à un des petits-enfants de Nonnette qui est radiologue à Angers, notre ville natale. Mon petit neveu était en train de lire les radios des genoux foutus de ce pauvre Paulo quand ce vieil homme lui demande tout à coup si sa grand-mère n'est pas Nonnette… « Nous nous sommes aimés autrefois… a-t-il dit tout ému, mais c'était au siècle dernier ! Est-elle toujours en vie ? » Et voilà… Ils se sont téléphoné toutes les semaines, puis tous les jours, il en fallait du temps pour se raconter leurs vies respectives ! Ils étaient veufs tous les deux depuis belle lurette… Alors il est venu ici trois jours, évidemment c'était un vieillard ! Ils ont vite réalisé que dans leurs vies parallèles ils n'avaient en fait jamais cessé de s'aimer !

— Quelle belle histoire, quelle émotion ! intervint Grenouillette.

— Elle a voulu repartir avec lui pour Angers, ils voulaient se présenter leur descendance respective, comme pour demander la permission… Mais comment voulez-vous raisonner des adultes de 91 et 92 ans !? C'est elle qui ne voulait pas entendre parler de concubinage.

— Elle ne voulait pas vivre dans le péché, souligna Grenouillette.

— Quel péché ? Comme si ce vieux croûton pouvait encore ! s'écria Rancunia.

— Bref ils se sont mariés à la cathédrale d'Angers devant une foule immense parce que le journal local avait publié leur histoire et leur photo ! poursuivit Ladygold.

— Ça a dû faire rêver des tas de petits vieux, soupira l'Autruche.

— Après tout, comme l'a dit Nonnette, en jetant son bouquet dans l'assistance : « La vie n'est jamais finie ! » ajouta Souris.

— C'est moi qui ai récupéré le bouquet de la mariée ! dit Lilibeth d'une voix de petite fille espiègle.

— Alors, selon la légende, vous serez la prochaine à convoler ! lui répondit Patrice en souriant.

— *Who knows?* Si vous voulez m'épouser on en parlera dimanche pour le *tea time* dans mon salon, vous êtes tous invités ! Maintenant je vais me coucher, *good night* à tous ! dit Lilibeth en reposant son verre vide avant de tourner les talons.

Tout le monde se regarda, amusé par cette sortie théâtrale.

— Quel humour, elle est adorable ! dit Patrice.

— Et vous ne savez pas le plus beau, lui chuchota Ladygold, pendant toute sa vie elle a donné des cours privés de langues à des étudiants étrangers.

— À part l'anglais, combien parle-t-elle de langues ?

— Aucune, c'est ça le gag ! L'anglais encore, elle le baragouine, mais l'allemand, l'italien et l'espagnol, *niet* ! Pas un mot !

— Comment a-t-elle pu faire, c'est inouï ? demanda Patrice médusé.

— Elle achetait la méthode Assimil dans chaque langue et apprenait chaque leçon par cœur ! Il lui suffisait d'avoir un chapitre d'avance sur ses élèves pour leur donner un cours ! Pas mal, non, comme culot !? Aujourd'hui elle s'occupe d'un club du troisième âge en ville qui fait des échanges de retraités avec l'Angleterre. Les vieux Anglais viennent passer quinze jours pour apprendre un peu de français et vice versa ! Ils organisent des visites guidées dans la région ou font des visites à thèmes : à la banque, au supermarché…

Ils ont des cahiers et doivent tout noter. Ils font aussi toutes sortes de jeux et, tenez-vous bien, Lilibeth, à 82 ans, s'est mise à jouer au babyfoot avec un certain Harold, un jeunot de 72 ans !

Ils éclatèrent de rire tous les deux.

— Nous on s'en va, il est tard ! lança Bridgette, tu peux me déposer Botoxia ?

— Ce que tu peux être fatigante de toujours vouloir qu'on te conduise comme une star ! intervint l'Autruche, tu ne peux pas prendre ta voiture de temps en temps ?

— De quoi te mêles-tu toi !? lui répondit sèchement Bridgette.

La petite troupe ne fit aucun commentaire et partit, en souriant, raccompagner les deux « Visiteuses permanentes » jusqu'à la grille du jardin.

La jeune Chloé en profita pour demander poliment la permission de se retirer.

Charlotte et Patrice s'effondrèrent sur deux fauteuils branlants.

— Enfin seuls ! Quelle journée ! s'écria Charlotte, et en plus j'ai trop bu !

— Moi je n'ai pas rigolé comme ça depuis bien longtemps ! avoua Patrice en comptant sur ses doigts, que des chocs ! Ça a commencé avec le salon de Ladygold, puis le Patio, la sevillana, et la reine Touthermès !

— Moi j'avoue que j'ai du mal à m'y retrouver dans leurs surnoms ridicules.

— Ce n'est pas très compliqué, elles ne sont que six ! Tu pars de Grenouillette, la belle-sœur, ensuite tu as Ladygold, la maîtresse de maison, bijoutée comme une grande châsse, puis sa vieille copine Rancunia, plus aigre que du vinaigre, après il y a la rondelette marrante, Souris la cliqueuse, et puis la Grande Autruche, qui n'a jamais sa langue dans sa poche et enfin la reine mère, la petite et douce Lilibeth ! Moi, c'est marrant, c'est comme si je les connaissais toutes depuis toujours.

— Et les deux autres alors ?

— Elles viennent sans doute tout le temps... Ce sont les deux « Visiteuses permanentes » comme elles disent, tu as la fausse Bardot, celle qui joue au bridge, qu'elles ont justement baptisée Bridgette, et l'autre c'est Botoxia, leur dermato à toutes, qui est plus tendue qu'une peau de tambour, c'est même toi qui me l'as fait remarquer ! Ne te fais pas plus gâteuse que tu n'es, Lolotte, c'est pourtant simple de les reconnaître, elles sont si différentes, toi quand tu ne veux pas faire d'effort !

— Je n'aurais peut-être pas dû déballer ma vie devant cette petite journaliste ?

— On ne sait même pas dans quel canard elle est censée écrire ! C'est une gamine, elle doit être encore plus sidérée que nous, imagine !

— T'as raison, elle n'a rien dû comprendre !

Ils continuèrent, en s'amusant, à énumérer une à une toutes les surprises de cette visite quand, tout à coup, ces dames revinrent en bloc dans le salon.

— En vous voyant si gais, j'ose espérer que vous ne vous moquez pas de nous ? demanda sévèrement Grenouillette.

— Pas du tout, ma pauvre Thérèse, au contraire... lui répondit Charlotte, mais il faut qu'on vous avoue, à toutes, qu'avant d'arriver ici nous étions persuadés passer trois jours de retraite dans une sorte de couvent pour bigotes coincées ! Imaginez le choc !

Et en terminant sa phrase elle éclata d'un rire nerveux.

— Excusez-la mes sœurs, cette petite novice a peut-être un peu trop bu... Il va falloir l'aider à retrouver son dortoir... ! enchaîna Patrice en riant lui aussi aux éclats.

Tout le monde se souhaita bonne nuit dans une franche et folle gaieté.

En embrassant Patrice, à la porte de sa suite, Charlotte lui glissa à l'oreille :

— Demain matin petit déjeuner avec la belle-sœur, on passe aux choses sérieuses !

Il la quitta rassuré. À un moment précis, pendant le dîner, il avait remarqué que Charlotte avait décroché et qu'elle devait se poser des questions. Il craignait qu'elle ne renonce tout à coup à son plan pour fuir comme une voleuse parce que cette ambiance débridée la déroutait. Ces bavardages de bonnes femmes devaient lui faire prendre conscience de sa propre solitude. Coup de chance, ou signe du destin, la douce Lilibeth lui avait posé la bonne question, au bon moment, ouf !

« Parlez-lui d'elle, il n'y a que ça qui l'intéresse ! » se surprit-il à chantonner en se glissant dans les draps frais et amidonnés de la suite Nonnette.

Note Chloé n° 3

Merde ! Mais où suis-je tombée !? C'est carrément hallucinant !

Personne à la rédaction ne croira à cette histoire !

Elles sont toutes marrantes et sympas ces vieilles mais rien ne semble les atteindre. Elles ont du fric, elles s'éclatent, et en plus qu'est-ce qu'elles picolent, le champagne et tout le reste coulent à flots ! Et ce qu'elles se racontent est insensé, par moment c'est limite *hard* ! Je me demande si elles ne le font pas exprès quand elles ont un auditoire, on dirait même qu'elles ont répété, tant ça peut être théâtral par moments !

Je regrette de ne pas avoir planqué un petit magnéto sous la table ! Je n'ai pas dit un mot et je n'ai même pas pu prendre de notes, j'étais trop bluffée par tout ce que j'ai vu et entendu !

En tout cas je pouffe carrément de rire en repensant à la fin du brief de la rédac' chef qui voulait que je fasse ressortir le « reflet sociologique exact des sexagénaires lambda, confrontées aux différentes formes de misère qui les menacent, économique, sociale, sexuelle… pour finalement avoir choisi la cohabitation » !

Je ne trouve rien ici de « politiquement correct » et tout ça pourrait même choquer certaines lectrices ! Comment vais-je m'en tirer ? Il faut que je digère…

En attendant, je vais juste taper une phrase, qui m'est venue à l'esprit, avant d'essayer de dormir, j'ai rendez-vous demain matin pour mon interview.

« Ni maison de retraite, ni maison de repos, et pas vraiment maison d'hôtes, le Patio secret ressemble en fait à une pension de famille de luxe, dont les très féminines colocataires se choisissent, comme dans un club très privé, par cooptation. »

C'est bien ça ! Et en même temps, derrière ces murs, quel cirque !

À la fine pointe de l'aube

C'était le grand jour. Celui où la reine remonte l'allée of the House of Parliament en grand apparat pour prononcer le discours du trône. Lilibeth était somptueuse, avec sa couronne et tous les bijoux sortis pour l'occasion de la Tour de Londres. Les cloches sonnaient à toute volée et les trompettes retentissaient à mesure que la haie d'honneur, formée par les lords emperruqués, s'inclinait au passage du cortège qui s'avançait à pas lents vers le trône. Le lourd manteau d'hermine de Sa Majesté était discrètement soulevé à son extrémité par José, plus souriant, plus fier et plus moulé que jamais dans son habit de lumière de matador d'un blanc pur, couleur « perle andalouse ». Derrière lui s'avançaient les dames d'honneur, qui, elles aussi, avaient sorti tous leurs bijoux de la place Vendôme et de la rue de la Paix. La première, Ladygold, portait une robe à panier volumineuse, entièrement repiquée de camélias d'un ton « ivoire Coco », sans doute cueillis rue Cambon. Elle était suivie par deux autres dames de la maison de la reine, en longues robes espagnoles à volants, dans des tons « croissant de lune » et

« écume de mer ». L'Autruche et Souris étaient aussi souriantes que resplendissantes dans ces teintes immaculées. Grenouillette et Rancunia fermaient la marche, avec un air revêche de duègnes, dans de lourdes robes de cour d'un noir de jais. Grenouillette portait une fraise et une coiffe de dentelle à la Catherine de Médicis. Sur sa forte poitrine rebondissait à chaque pas un énorme crucifix d'or et, derrière elle, un serviteur nain, au visage caché par une cagoule, charriait avec peine un gros tas de pommes dans une brouette en bois peint. Rancunia portait une longue mantille noire à l'andalouse, rehaussée par un peigne géant.

À quelques mètres de distance se forma un autre cortège. La reine Touthermès, ceinte de la couronne de la Haute et de la Basse-Égypte, s'avançait, elle aussi, à pas lents dans une somptueuse robe longue faite de centaines de foulards assemblés dont les pans plissés étaient relevés de chaque côté, comme des ailes de papillon, par Gervaise et Maguelonne. Ces deux dernières ayant curieusement gardé leur tenue quotidienne de femmes de chambre.

Bridgette et Botoxia, exagérément enturbannées, à une hauteur vertigineuse, de foulards Hermès, la suivaient en dames d'atours, portant chacune un coussin de daim orange sur lesquels trônaient les deux mêmes sacs Kelly en croco vert. Enfin, pour clore ces deux défilés, un colosse chauve, en kilt et torse nu, suivi par deux joueurs de cornemuse, portait sur son épaule un Kenneth triomphant, saluant la foule en délire, sans se soucier le moins du monde de son kilt déchiré en lambeaux.

Patrice arriva en smoking et claqua dans ses mains pour faire taire d'un coup les cloches, les trompettes et les cornemuses. On entendit alors, du fond de cette longue salle, le grondement des djembés, ces tambours de rythme africains, et Patrice tapota sur un micro avant de prendre la parole :

— Bienvenue à cette 100e cérémonie des Golden Rings du Cinéma secret ! Nous avons le plaisir de vous annoncer que cette année la présidente du jury sera… cette vieille salope de Charlotte de La Rivière Thibouville, veuve X, veuve Y et veuve Z !

À ces mots Charlotte s'étrangla et finit par se réveiller en sursaut et en nage !

— Putain-bordel de merde ! J'ai trop bu ! s'écria-t-elle, en reprenant inconsciemment l'expression favorite de son dernier mari, puis elle se jeta sur sa bouteille d'eau pour en boire une bonne rasade au goulot.

Samedi 9 h 30

Il faisait un temps de rêve, alors Grenouillette avait eu la bonne idée de faire porter leurs trois plateaux de petits déjeuners au premier étage, sur la loggia du Patio, « … comme ça ils pourraient rester en robe de chambre pour se retrouver devant la suite Nonnette où il y avait une petite table et des chaises en teck ».

Charlotte arriva un peu chancelante, les yeux cachés par d'énormes lunettes de soleil.

— Ne me regardez pas, je suis chiffonnée de partout ! Quelle nuit, j'avais un peu trop bu non ? J'ai fait un rêve tellement insensé que j'ai eu un mal fou à me rendormir !

— Raconte ! C'est toujours instructif les rêves, lui dit Patrice d'un ton suspicieux.

— Tu sais les interpréter ? demanda naïvement Grenouillette.

— Bien sûr que non, mais ça me fait toujours rigoler, finalement on y met ce qu'on veut dans les rêves.

— Ah oui ? Tu crois ça ? lui demanda Charlotte perplexe.

— Les vrais rêves, ceux de l'inconscient, on ne se les rappelle pas vraiment… Mais si tu demandes à quelqu'un de te raconter son rêve en détail et qu'il le fait, c'est qu'il le peaufine, il l'arrange à sa manière, il l'enjolive, il le rêve son rêve !

— Mais si c'est flou… si tu ne sais plus… si… ? demanda Grenouillette.

— Si c'est un peu glauque, c'est un cauchemar, chérie ! Et en général tu ne le racontes pas, tu essaies d'oublier ! Alors Lolotte : rêve ou cauchemar ?

— Me titille pas dès le matin, Patty ! Tu m'emmerdes ! répondit Charlotte en haussant les épaules.

— Ne sois pas si grossière ma grande… Regarde plutôt ce somptueux petit déj, quelle merveille, c'est d'un raffiné ! Regarde cette vaisselle, ces petits pains, et toutes ces verrines de confitures ! Mais c'est incroyable, vous vivez toujours dans un tel luxe ? On se croirait dans le meilleur des cinq étoiles ! enchaîna Patrice.

— Maguelonne et Gervaise sont des fées, tout est fait maison ! Quant à la vaisselle ça c'est le goût exquis de notre hôtesse, elle a voulu vous honorer… répondit Grenouillette.

— C'est pour toi Charlotte, n'oublie pas que tu es une… potentielle… éventuelle… future… candidate-résidente… dit Patrice avec humour, volontairement caustique.

— C'est vrai ? Tu viendrais vraiment nous rejoindre ? demanda Grenouillette toute excitée.

— Écoute Thérèse… après tout ce que j'ai déjà vu ici… je doute d'avoir les moyens, répondit Charlotte d'un ton sec.

— Tu plaisantes j'espère ? Tu veux qu'on en parle… sérieusement ? demanda Grenouillette, de toute façon si tu dois venir ce sera moi ta marraine, il faudra bien parler « budget » !

Charlotte resta sans voix. Patrice, avec ses gros sabots, l'avait un peu court-circuitée, elle ne se sentait pas prête à aborder le problème argent avec sa belle-sœur de cette façon ; elle préféra louvoyer :

— Il y a un léger quiproquo… Je te l'ai dit, nous venions te voir, nous pensions que tu étais dans une espèce de communauté religieuse… Ça a été vraiment une surprise ce Patio secret… Je ne me vois pas encore abandonner ma vie… pour me retrouver au milieu de vous… même si cet endroit est plus qu'accueillant !

— Ça doit te coûter la peau des fesses, non ? demanda Patrice à sa belle-sœur tout en servant le thé.

— Non ! enfin… oui, mais non… mais bon…

— Ça ne nous regarde pas, en fait ! Chacun fait ce qu'il veut, enchaîna Charlotte, en tout cas bravo ! Tu te débrouilles bien ma petite Thérèse.

— Eh bien oui, dans le fond… ma vie est bien organisée et je suis très bien ici, ça a l'air de vous déranger tous les deux…

— Pas du tout ! Nous sommes au contraire tout à fait rassurés sur ton sort, répondit Patrice en se beurrant une tartine.

— N'oubliez pas qu'en plus de l'héritage de votre frère, j'ai également hérité de mes parents… se justifia Grenouillette.

— Tu n'as aucun compte à nous rendre, Thérèse, c'est vrai que la famille Brûlé avait pas mal de terres autour de leur ferme… Tu les as toutes vendues… ? demanda perfidement Charlotte.

— Écoute Charlotte on ne va pas retomber dans cette vieille querelle de famille, vous êtes venus me voir et ça me fait très plaisir… Votre frère, de là-haut, doit se réjouir aussi de cette visite, alors ne gâche pas tout avec des sous-entendus désobligeants, vous voulez encore un peu de thé ?

— Tu crois que je pourrais avoir un café maintenant ? demanda Patrice.

Grenouillette se leva pour aller commander le café du haut de la coursive, elle allait appeler une des femmes de chambre quand elle aperçut, au rez-de-chaussée, le petit groupe traversant le patio. Elle demanda alors à ses deux invités de venir la rejoindre pour dire bonjour.

— Ladygold, Souris et l'Autruche vont chez le coiffeur, quant à Rancunia elle va aux Halles avec José, leur expliqua-t-elle.

Tout le monde se salua chaleureusement.

— Avez-vous bien dormi ? leur demanda Ladygold en forçant la voix.

— Formidablement ! mentit Charlotte.

— Comme un Jésus ! répondit Patrice, et le petit déjeuner vaut le voyage à lui tout seul ! Félicitations !

— Nous nous retrouvons tous aux Halles à midi ? Vous avez votre voiture ? leur cria Souris.

— Oh oui ! C'est une bonne idée ! répondit Grenouillette, si ils sont d'accord…

— Quand j'aurai bu mon café, je serai d'accord pour tout ! dit Patrice.

— José, pouvez-vous commander des cafés pour nous à la cuisine ? Merci ! cria Grenouillette.

— Qu'est-ce qu'on va faire aux Halles ? demanda Charlotte étonnée.

— Il y a un bar très sympathique dans une des allées où l'on s'arrête toujours après le marché, on boit un petit blanc sec et celles qui aiment ça se gobent six huîtres ! lui répondit Grenouillette en reprenant sa place autour de la table.

— Vous vous faites vraiment une vie de rêve ! Je suis bluffé, dit Patrice admiratif.

— Mais elles vont toutes s'entasser dans la même voiture ? s'étonna Charlotte.

— Non ! nous avons une familiale, enfin… c'est presque un mini car ! C'est José qui nous conduit toujours. Il y en a, dont je tairai le nom, qui n'ont plus de permis… On leur a ôté tous leurs points !

— Oh ça c'est trop drôle ! J'adore ! s'écria Patrice, et José vous sert aussi de chauffeur !?

— Oui c'est formidable non ? Comme ça nous groupons tous nos rendez-vous, il y a le coiffeur mais aussi le dentiste, notre chère dermato, que vous avez rencontrée hier soir, et puis le gynécologue, le notaire… enfin partout où nous voulons aller, même faire du shopping à Montpellier ! José nous attend gentiment, ou alors on lui donne une liste de courses.

— Mais chez les médecins vous y allez toutes ensemble ? s'étonna Patrice.

— Oui, on apporte un livre, ou des magazines, il y a les mordues du suduku et les vraies cruciverbistes ! On prend même des cartes pour taper le carton dans les salles d'attente, mais il nous arrive aussi de bavarder tout simplement, en tout cas c'est plus gai d'attendre toutes ensemble !

— Incroyable ! siffla Charlotte, putain-bordel, je suis sur le cul !

— Mais peux-tu nous dire… comment tu as atterri ici… !? demanda Patrice.

— Tout simplement par l'intermédiaire d'une vieille amie, qui malheureusement nous a quittées.

— Elle est morte ici ? demanda Charlotte.

— Non ! ses enfants ont déménagé, ils sont près de Bordeaux maintenant, et comme ils ont acheté une grande maison et qu'il y avait de la place pour elle, ils ont souhaité l'avoir près d'eux. Finalement elle était ravie de cette solution, bien qu'elle soit partie très triste de nous quitter !

— Ils ont peut-être préféré qu'elle arrête de claquer leur futur héritage ici, dit Charlotte.

— Oh non ! pourquoi vois-tu toujours le mal partout !? Tu sais ce n'est pas drôle de vieillir seule, alors, quand tes enfants t'accueillent…

— Ah oui et comment crois-tu que je vieillisse moi !? répondit Charlotte.

— Toi ce n'est pas pareil… tu es… tu as toujours été… si forte… si jeune…

— Je suis plus vieille que toi, pauvre idiote !

— Franchement, intervint Patrice, tu vois Lolotte venir vivre ici ?

— Peut-être… pourquoi pas ? C'est un choix en effet… Je l'ai fait un jour ce choix, et je ne le regrette pas !… Nous avons toutes les mêmes hantises : … après la solitude, il y a le risque de se retrouver un jour dans une affreuse maison de retraite… ou alors la peur de tomber malade… Nous sommes toutes terrifiées à l'idée d'avoir Alzheimer !

— Oui… les jeunes ont peur du sida et les vieux tremblent à l'idée de finir dans un mouroir ou de devenir des légumes, c'est gai tout ça ! dit Patrice, si on parlait d'autre chose les filles ?

— C'est vrai que c'est emmerdant, finalement on se pose autant de questions qu'à l'adolescence… Que faire ? Où aller ? Comment finir ? Dans combien de temps ? ajouta Charlotte, soudain grave.

— C'est pour ça que vivre en bande, entre vieilles copines, comme ici, c'est pas si con… dit Patrice, tout à coup pensif.

— Et si t'es malade tes bonnes copines elles t'envoient ad patres ! Ni vu, ni connu, j't'embrouille ! lui répondit Charlotte.

— Charlotte ! On dirait que tu prends un malin plaisir à tout détruire ! s'écria Grenouillette.

— Tu te trompes ! répondit Charlotte, je ne veux rien détruire, au contraire... Mais moi j'ai encore une envie folle de vivre, de voyager, de faire des tas de trucs insensés. Figure-toi que j'ai encore envie d'aimer ! Je devrais être échaudée, eh bien pas du tout, rentrer toute seule le soir, je trouve ça du gâchis ! Il y a sûrement quelque part un homme avec qui je pourrais partager quelque chose ! Quel âge a-t-il ? Comment est-il ? Je n'en sais rien et je m'en fous ! Je vais avoir 70 ans et je ne veux pas...

— Tu ne veux pas quoi ?... lui demanda gentiment Patrice.

— Je ne veux pas... me momifier !

— Tu penses que nous sommes des... momies !? lui demanda Grenouillette horrifiée.

— Non ! mais avoue que ça manque d'hommes ici !

— Celles qui en cherchent en trouvent ! Si c'est ça que tu veux savoir ! lui répondit sèchement Grenouillette, mais ceux qu'elles nous ramènent sont plutôt délabrés, crois-moi ! Parce que les hommes qui sont encore potables dans nos âges préfèrent des femmes nettement plus jeunes !

— C'est ça que je trouve dégueulasse ! cria Charlotte.

À cet instant Maguelonne arriva avec le café. Patrice l'aida à débarrasser les plateaux et fit lui-même le service.

— Sucre ou sucrettes les filles ?

— Rien ! répondirent-elles dans un ensemble parfait.

— Si nous passions à autre chose... ? leur demanda-t-il, vous allez me filer le bourdon avec vos théories sur la solitude ou la vieillesse !

— Écoute Thérèse... reprit Charlotte, après le départ de la femme de chambre, je ne veux pas m'engueuler avec toi... mais j'ai quelque chose à te demander... j'ai besoin de fric... Je voudrais que nous vendions le Champommier !

— Nous y voilà... C'est donc pour ça que vous êtes venus !?

Surpris par la soudaine perspicacité de leur belle-sœur, ils piquèrent du nez tous les deux sans rien trouver à répondre.

— Je vois... écoutez-moi bien, vous n'allez pas gâcher ma vie ici avec vos histoires, alors vous allez vous habiller et nous irons tous les trois rejoindre les autres aux Halles. Nous reparlerons du Champommier plus tard, mais moi je ne suis pas vendeuse, que ce soit clair entre nous ! Rendez-vous dans une heure à la grille !

Elle se leva et s'enfuit, les laissant à leurs réflexions.

— Ben ma p'tite, elle a pris du poil de la bête la belle-sœur ! siffla Patrice, il faut dire que tu n'y as pas été de mainmorte ! Tu as carrément plongé tête baissée !

— C'est de ta faute ! Tu m'as coupé l'herbe sous les pieds et après je ne savais plus comment revenir sur le sujet ! Si elle veut me titiller, la Thérèse, elle va me trouver !?

— Rassure-toi, elle ne peut rien faire, ni rien dire, tu l'as dit toi-même, dans une indivision il suffit qu'un seul veuille vendre, les autres n'ont plus qu'à suivre, ou à racheter les parts du vendeur !

— Si on nous avait dit qu'un jour on serait obligés de supplier la petite Thérèse Brûlé de bien vouloir vendre notre dernier lopin de terre familial ! Les parents doivent se retourner dans leur tombe !

— Tu oublies quelque chose Lolotte... La petite Thérèse Brûlé comme tu dis, aujourd'hui elle s'appelle Madame veuve Hubert de La Rivière-Thibouville ! Allez, bouge-toi, va te remettre du rouge à lèvres ! On va sur un zinc, aux halles de Nîmes, pour rigoler un bon coup avec une troupe de folles-dingues ! Moi, que veux-tu, je trouve ça réjouissant !

Note Chloé n° 4

Ça va mieux, j'ai finalement bien dormi et le choc est passé.

J'ai pris mon petit dej avec la Ladygold. J'ai vraiment eu du bol de tomber sur elle, elle est trop sympa, elle. J'ai l'impression que toutes les autres me font la gueule, ma présence a vraiment l'air de les déranger dans leur drôle de vie. Mais je m'en fous ! Peut-être que c'est normal, après tout, je n'aimerais pas non plus qu'on vienne farfouiller dans mon quotidien !

Elles sont toutes parties chez le coiffeur, ou au marché, il ne reste que le frère et la sœur qui sont venus pour le week-end, eux aussi. Ils sont très à part ces deux-là, elle a une classe folle et lui me paraît trop « sucré » pour être honnête. Ils sont, soi-disant, venus voir leur belle-sœur, mais c'est curieux, ça sent bizarre ! En tout cas la belle-sœur c'est la seule à peu près habillée en grand-mère, les autres ont des tenues d'enfer, elles sont bijoutées à mort, il y en a même une qui a des faux cils, à son âge c'est dingue ! Le problème c'est que je ne pourrai pas me foutre d'elles, ce serait trop vache, et surtout trop con d'être censurée par le service juridique ! Les mamies américaines doivent être bien pires (pourrait-on imaginer les « Desperate Housewives » avec trente ans de plus ?) mais celles-là sont quand même gratinées, j'étais loin de m'imaginer un tel dépaysement ! Néanmoins ça existe, il faut seulement le vivre pour le croire !

Je profite de ce moment de calme pour faire le point sur tout ce qu'elle m'a raconté ce matin, la divine Ladygold. Je suis bluffée par son organisation, mais le premier truc qui saute aux yeux c'est qu'elles n'ont vraiment pas de problème de fric toutes ces vieilles ! La maison est trop top, c'est un peu vieillot, comme goût, mais c'est quand même hyper beau dans le genre raffiné. Ma chambre est géante, il y a un petit dressing et une immense salle de bains, il paraît qu'elles ont toutes sensiblement la même surface et qu'en plus il y a un salon pour chacune au rez-de-chaussée ! Faut pas se gêner, elles n'ont pas tort !

En attendant je continue à écrire, pour la suite on verra bien.

« Il n'y a pas véritablement de limite d'âge pour être admise, si les plus jeunes ont largement dépassé la cinquantaine, les autres s'imaginent, pour la plupart, rester de sexy sexagénaires à vie ! Il paraît que certaines n'hésitent pas à préciser que "dans sexagénaire, il y a au moins sexe !". Quant à la doyenne des doyennes, qui détestait l'idée qu'il y ait "nonne" dans cet affreux mot de "nonagénaire", elle vient juste de quitter les lieux, radieuse, pour se remarier à 91 ans passés !

C'est le compte en banque qui reste, en vérité, l'un des principaux critères de sélection.

"Le fric c'est chic ! Et ça permet de trier !", comme elles aiment à le sous-entendre. Pour éviter tout malentendu, chaque "postulante" doit être longuement briefée par sa "marraine" sur les affreux détails financiers qui régissent la petite communauté. Mais, une fois l'admission acceptée par les deux parties, on ne parle plus jamais d'argent, on reste dans le flou et dans le non-dit, entre femmes du monde. »

Si la rédac' chef s'attend à un reportage sur la cohabitation dans un petit pavillon de banlieue, pour garantir l'émotion, c'est plutôt raté ! Je vais peut-être me faire virer !?

Samedi midi

Il y avait un monde fou dans les Halles. Ils mirent un moment pour rejoindre le fameux bistrot parce que les deux Parisiens s'arrêtaient devant chaque étalage, béats d'admiration.

— Ça se voit que vous ne faites pas souvent de marché ! se moqua Grenouillette.

— Dis tout de suite qu'on fait ploucs ! lui répondit Patrice.

— Tu as honte de nous ? ajouta Charlotte.

— Ah, voilà nos amis ! s'écria Souris, dès qu'elle les aperçut, venez ! Venez ! On va se serrer pour vous faire une petite place !

Bien évidemment tout le monde se retourna pour les voir arriver, et à cet instant Patrice regretta de ne pas avoir d'appareil-photo sous la main. Le mélange dans toute cette foule était à peine croyable. Agglutinées devant le zinc ces dames côtoyaient en toute simplicité quelques poivrots et divers autres habitués, qu'elles semblaient bien connaître. Ladygold et l'Autruche trônaient sur des tabourets de bar au-dessus de la mêlée. Comme elles venaient de se faire faire une manucure, elles agitaient leurs mains en l'air pour faire sécher le vernis. José, lui, détachait une à une les huîtres de leurs coquilles, les faisant glisser dans de minuscules petits verres qu'il tendait par la suite à chacune d'entre elles pour qu'elles puissent élégamment gober l'huître sans jamais la toucher !

— Un petit blanc sec ? Une huître ? Elles sont délicieuses… leur proposa Souris en faisant tourner un petit poivrier d'argent sur chaque huître que préparait José.

— Oui, oui… un petit blanc sec, une huître… Pourquoi pas… Merci… répondit Charlotte, complètement sidérée par ce qu'elle voyait.

— Et vous *señor* ? demanda José à Patrice en lui décochant à nouveau son petit clin d'œil.

— Si, si… *gracias*… répondit-il machinalement, mais quel raffinement… même au milieu des Halles ! Je rêve ou c'est votre poivrier personnel ?

— C'est le mien ! répondit Ladygold, je ne m'en sépare jamais, il est toujours dans mon sac ! C'est un mélange très particulier que me prépare Maguelonne.

— J'adore ! se contenta de dire Patrice.

— Et moi je déteste ! enchaîna Rancunia qui arrivait à cet instant en traînant un énorme caddy.

— Ne râle pas ! lui répondit l'Autruche, quand c'est ton tour de faire Cosette, c'est ton tour !

— Celles qui vont chez le coiffeur ne font rien… et les autres font le marché… expliqua

Grenouillette à Charlotte, mais rassure-toi on tourne !

Bridgette, la fausse Bardot, arriva avec un couple d'amis, assez chics, qu'elle s'empressa de présenter à Charlotte. L'histoire écossaise de la Baronnette devait déjà circuler en ville.

Charlotte se détendit pour allumer son sourire le plus mondain, après tout elle se sentait ravie d'être la reine des Halles pour quelques minutes, même si c'était avec un petit blanc sec plutôt râpeux, devant un vieux zinc populaire, entourée d'une foule aussi bigarrée que folklorique. Et puis, en fin de compte, ces bridgeurs étaient bon public. Patrice l'abandonna volontiers à son numéro de grande fille toute simple, pas snob du tout, pour aller se blottir entre les tabourets de Ladygold et l'Autruche.

— Je m'amuse comme un fou ! leur dit-il, c'est toujours comme ça... Vous allez quelque part avec des semelles de plomb, et finalement vous passez un très bon moment et, au contraire, quand on arrive excité comme une puce, on est souvent déçu et on s'emmerde à mourir ! C'est comme pour les films...

— Et, là, maintenant... à quel film penseriez-vous ? lui demanda Ladygold.

— Ici ? Tout de suite ? À cet instant précis ? Je ne sais pas... Je pense à du Claude Sautet... pour la vie en bande et l'ambiance du bistrot... et puis aussi à une scène ou deux de Woody

Allen… pour le snobisme décalé… et toujours à Almodovar… pour cette joyeuse folie !

— En tout cas c'est agréable d'entendre que vous vous amusez avec nous, je le prends comme un vrai compliment ! lui répondit Ladygold en levant son petit verre de blanc pour trinquer avec lui.

L'Autruche se pencha légèrement vers lui pour lui demander discrètement :

— Vous aimez quoi vous ? Les femmes ? Les hommes ? Ou… les chevaux ?

Un peu surpris, mais amusé il répondit immédiatement :

— … J'ai peur des chevaux… J'aime infiniment les femmes… Quant aux hommes… Il arrive parfois qu'ils m'ennuient… ! Mais ça c'est pour le jour… La nuit, vous n'avez plus qu'à mettre ce tiercé dans un autre ordre !… Ça vous va comme réponse ?

— Alors c'est vrai que vous êtes du trottoir d'en face… Quel gâchis !

— Du trottoir d'en face !!??? dit-il en s'étranglant.

— Oui enfin… de la jaquette flottante… !

— … Excusez-moi mais je ne connaissais pas encore cette expression… « trottoir d'en face » !… C'est un peu ringard mais c'est drôle ! Et vous… vous êtes vaginale ou clitoridienne ?

L'Autruche s'étrangla à son tour et Ladygold, en entendant la fin de la phrase, ne put s'empêcher de se mêler à la conversation.

— Ai-je bien entendu ? Je rêve ou quoi ?

— Oh non ! chère amie, lui répondit Patrice sur un ton snob, votre Autruche voulait quelques éclaircissements sur ma sexualité... Alors à mon tour je lui ai demandé quelles étaient ses préférences sexuelles, il n'y a pas de raison après tout ! C'est un travers des hétérosexuels, ils sont en général plus compliqués que les homos, et je dirais même plus « pervers »... D'ailleurs ils pensent tous que ce sont eux qui sont dans la normalité... si normalité il y a !

Les deux femmes éclatèrent de rire.

— Ah ben vous alors ! dit l'Autruche sidérée.

— Je vais vous proposer un petit jeu... leur dit Patrice, de plus en plus amusé, si tous les gens que vous voyez ici dans les allées portaient un badge affichant leurs pratiques sexuelles, vous tomberiez toutes les deux de vos tabourets !

— Chiche ! répondit Ladygold.

— Faites gaffe, parlez tout bas, on connaît tout le monde ici ! chuchota l'Autruche.

— Nous y voilà, ça commence... hypocrisie provinciale quand tu nous tiens ! soupira Patrice.

— Alors ? Alors ? s'impatienta Ladygold.

— Cette vieille fripée qui joue à la gitane prépubère, par exemple, quand vous la voyez, avec ses lèvres de canard botoxées, vous pourriez croire qu'elle pratique couramment la fellation, pour être plus clair que c'est une reine de la pipe... Pourtant elle est sans doute d'une bourgeoisie affligeante, se contentant avec regret d'une banale et très classique pénétration chaque année bissextile !

— Taisez-vous, c'est la mercière ! dit Ladygold en éclatant de rire pendant que l'Autruche se mordait la lèvre.

— Si c'est la mercière elle doit en fait se confectionner des petits cache-sexe au crochet pour déambuler innocemment devant Julot, au cas où, miracle, il aurait encore une petite érection ! répondit Patrice du tac au tac.

Ce fut au tour de l'Autruche de rire aux éclats. La foule agglutinée devant le zinc se demanda ce qui pouvait les faire rire à ce point.

— Moi aussi je veux rire ! Racontez ! dit Souris en accourant vers eux.

— Chut ! tu vas vite comprendre, écoute… lui dit l'Autruche.

— Et cet homme bon chic bon genre qui remplit ce joli panier en osier de fruits, pendant que Bobonne doit être encore chez le coiffeur… Que croyez-vous qu'il aime ? enchaîna Patrice, eh bien une fois par semaine il doit se faire talquer le cul les jambes en l'air par une maîtresse sadique bardée de latex qui finira par lui fouetter les fesses, si par malheur ça le fait bander trop mou !

Les trois femmes se cachèrent le visage dans leurs mains pour tenter d'étouffer leurs fous rires.

— Vous voulez que je continue mesdames ? demanda Patrice impassible.

Comme elles étaient incapables de répondre, toujours secouées de rires et de larmes, elles se contentèrent d'acquiescer de la tête.

— Cette petite boulotte qui tortille du cul, elle n'aime en fait qu'une chose, se faire sodomiser sur son bureau par son patron pendant que son mari va jouer les supporters débiles à un match de foot ! Et ce petit couple sans histoires qui est en train de tâter tous les fromages... ce sont de fervents échangistes... Ils n'échangent pas que les partenaires... Ils échangent aussi leurs sous-vêtements et les positions... Madame s'attache un accessoire pour prendre monsieur à la légionnaire ! Vous en voulez encore ? demanda Patrice à son auditoire qui pleurait de plus en plus de rire.

— Arrêtez ! Je vais faire pipi ! hurla l'Autruche.

Ladygold s'essuyait encore le mascara qui dégoulinait sous ses yeux quand Souris demanda le plus sérieusement du monde à Patrice :

— Comment le savez-vous ?

Le fou rire repartit de plus belle et, comme il était communicatif, Patrice s'écroula à son tour, plié en deux sur le zinc.

Quand ils eurent tous les quatre retrouvé leurs esprits, Charlotte, Rancunia et Grenouillette poursuivant imperturbablement leur conversation mondaine avec les bridgeurs, Patrice réattaqua l'Autruche :

— Vous voyez que la sexualité n'est pas toujours bonne à afficher... Avouez que ce serait dramatique, ou trop comique... C'est un jardin secret... Il faut garder le mystère... C'est ça qui en fait tout le charme, ou le piquant ! Imaginez réellement tous ces gens portant un badge avec les détails que je vous ai livrés... Quelle tristesse ce serait ! Et qui sont les plus « normaux » dans tout ça ? À côté de la plupart de ces tordus d'hétéros je peux vous assurer que je suis d'un classicisme navrant !

— Je suis bien d'accord avec vous ! lui dit Ladygold.

— On en reparlera tous les deux, plus tard... lui dit Souris avec connivence.

— Il faut qu'on vous présente quelqu'un ! Poulet ! Poulet ! Viens nous voir ! s'écria l'Autruche en faisant de grands signes au volailler qui était en train de ficeler une pintade quelques étals plus loin.

Il avait la silhouette d'un joueur de rugby, pas très grand, mais plutôt carré des épaules avec une belle gueule de GI américain, le teint bronzé, les cheveux coupés ras, le sourire blanc pur et les yeux verts. Quand il arriva près d'eux, il essuya ses deux grosses mains encore pleines de sang sur son long tablier, plus très net en cette fin de matinée.

— Bonjour mes belles ! Ça rigole sec on dirait ? On n'entend que vous ! C'est Monsieur qui vous fait tordre à ce point... demanda-t-il, avec un petit accent chantant.

Il se présenta à Patrice en lui tendant son poignet, comme si il avait honte de ses énormes paluches.

— Bonjour… moi c'est Poulet… et ce sont ces dames qui m'ont baptisé comme ça ! dit-il en le regardant droit dans les yeux.

— Alors… bonjour… Poulet… moi c'est tout bêtement Patrice, elles ne m'ont pas encore trouvé de surnom… Hélas !

— Après tous ces rires que vous provoquez, Patrice, moi je sais bien comment je vous appellerais… lui répondit Poulet.

— Ah… oui ! Je suis curieux d'entendre…

— Pa-triste évidemment !

— Ah bravo Poulet ! s'écrièrent les trois femmes en applaudissant, c'est bien trouvé !

— Ça vous plaît ? demanda Poulet timidement.

— Oui ! je prends ! Merci, c'est gentil… répondit Patrice.

— Il est beau notre volailler hein ? enchaîna l'Autruche, et en plus tout le monde l'adore.

— C'est lui qui fournit en volailles toutes les bonnes adresses de la région, hôtels, restaurants et… nous ! ajouta Ladygold.

— Un petit blanc, mon Poulet ? lui demanda Souris mielleuse.

— Vite fait alors, j'ai encore du boulot…

— Vous avez toujours vos dîners d'invendus ? lui demanda l'Autruche.

— Oui, oui… répondit-il un peu gêné, mais attention… Dans un mois je vais toutes vous inviter pour mes cinquante berges !!! Ça se fête non, un demi-siècle ?

— Vous ne les faites pas... chapeau ! dit Patrice admiratif.

— Vous aussi vous êtes gentil... lui répondit Poulet avec un sourire vraiment éblouissant, mais je commence à les sentir... j'ai dû arrêter le rugby... naturellement vous êtes invité vous aussi... Patriste.

— Vous avez vu comme il est charmeur ! C'est pour ça que tout le monde craque... intervint l'Autruche.

— Ça ne doit pas être que pour ça... ajouta Patrice rêveur.

En le regardant à nouveau droit dans les yeux, Poulet se contenta de lui sourire en se grattant la fossette qu'il avait sur le menton, et un ange passa, juste un quart de seconde, avant qu'il ne prenne congé.

— Il faut que j'y aille... je vois la mercière qui s'impatiente et elle c'est une dure à cuire ! Merci pour le verre, et je compte sur vous tous pour la fête !

— Je le croquerais tout cru moi ce beau poulet... ! dit Souris entre ses dents.

— Et tout est bon dans le poulet... même le croupion... ! ajouta l'Autruche.

— Ça s'appelle le « sot-l'y-laisse » leur dit Ladygold, c'est joli, non ? Avant d'ajouter, en se penchant vers Patrice :

— Vous n'êtes pas sot, vous… j'ai l'impression que vous aimez le poulet ?

— J'adore…

— Figurez-vous qu'il a été fiancé avec la fille du poissonnier, enfin c'était il y a belle lurette parce que regardez-la maintenant… Elle n'est pas jojo à côté de lui ! dit l'Autruche en montrant la femme du boulanger à Patrice.

— Il s'est aperçu à temps que ça ne pouvait pas marcher… rajouta Ladygold, quelle histoire ! Tout le monde a été au courant… il y a eu deux clans, plutôt virulents !

— Les Capulet et les Montaigu dans les Halles, c'est trop drôle ! dit Patrice.

— Vous ne croyez pas si bien dire, reprit Ladygold, finalement le boulanger s'est déclaré et a sauvé la mise de cette pauvre fille…

— Il a épousé en grande pompe cette grosse tarte, et Poulet a assumé ses choix sans mollir ! Et ça n'a pas dû être facile pour lui… ne serait-ce qu'au club de rugby… Imaginez ce qu'il a dû entendre dans les vestiaires… mais il a assuré et il est toujours resté le même ! Il est vraiment adorable, ajouta l'Autruche rêveuse.

— Eh bien, curieusement, après cette histoire, toute la ville a défilé pour lui acheter ses volailles ! dit Ladygold.

— Je n'étais pas encore là à cette époque, mais aujourd'hui encore je peux vous certifier que toutes ses clientes rêvent secrètement d'arriver à le remettre dans le droit chemin… et moi aussi je suis candidate ! avoua Souris.

— Là tu rêves, ma belle ! lui dit Ladygold.

— C'est quoi cette histoire d'invendus ? demanda Patrice.

— Il donne des dîners tous les samedis soir, avec les invendus de la semaine… Comme ça il n'y a pas de surprise pour le menu ! répondit l'Autruche.

— Ni pour la liste des invités… que des poulets sans poulette ! Vous voyez le genre… Il paraît que c'est d'une gaieté folle ! ajouta Souris.

— Mais qui a pu vous le dire ? demanda Patrice intrigué.

— José ! Il y va de temps en temps… répondit Ladygold à voix basse.

— Alors on essaie de lui tirer les vers du nez, ajouta l'Autruche d'un ton espiègle.

Ils éclatèrent de rire à nouveau puis Ladygold donna le signal du départ.

— Il fait un temps de rêve, allons pique-niquer dans le jardin !

Au moment où ils se dirigeaient tous vers le parking, Poulet arriva en courant et attrapa Patrice par le bras pour lui chuchoter à l'oreille :

— Vous n'êtes pas libre ce soir… ? Parce que je donne un dîner… et ça me ferait plaisir si vous pouviez…

Surpris et complètement perturbé, Patrice bafouilla :

— C'est trop gentil mais… ça me semble difficile… Je suis invité… en famille… vous comprenez… Je regrette… C'est dommage… Une autre fois peut-être… merci… C'est vraiment gentil… j'aurais adoré !

— Alors Patriste, promettez-moi de venir à mon anniversaire ! lui dit Poulet avec un sourire désarmant.

— Promis ! Je serai là ! répondit Patrice comme un petit garçon.

À quelques pas de là, ces dames, qui s'étaient retournées sans discrétion, gloussèrent comme de vieilles dindes.

Samedi 13 h 30

Gervaise et Maguelonne, prévenues par le portable de Ladygold, avaient tout sorti dans le jardin pour le pique-nique. Le buffet était réparti sur trois tables en teck placées à l'ombre. Sur la première quelques terrines et saucissons côtoyaient de la tapenade et un panier de crudités, des tomates confites, des salades de roquette et de pousses d'épinards, et un superbe plateau de fromages de la région. Sur la suivante, à côté d'une volumineuse corbeille de pain, il y avait un choix de desserts plus appétissants les uns que les autres, tartes aux prunes ou à l'orange, riz au lait, crèmes caramel et mousses au chocolat. Enfin, sur la dernière, à côté d'une dizaine de jolis verres à pied, quelques bouteilles de champagne, vin blanc et vin rosé, s'entassaient en désordre dans plusieurs seaux à glace.

— Quelle santé elles ont toutes ces bonnes femmes ! se dit Charlotte avant d'oser demander si il ne serait pas possible d'avoir un peu d'eau.

— Mais où est donc votre amie Lilibeth ? demanda Patrice qui semblait être le seul à avoir remarqué son absence.

— Si il n'y a pas de bouteille de bourbon c'est qu'elle ne viendra pas ! dit perfidement Rancunia.

— Elle a prévenu qu'elle était « overbooked »... Son groupe d'Anglais ne repart que lundi, mais elle a néanmoins confirmé son « tea time » pour demain ! répondit Ladygold avant d'ajouter : soyez tous gentils de ne pas oublier... Vous non plus, Chloé, ajouta-t-elle quand elle aperçut la journaliste qui venait de les rejoindre. Votre train n'est qu'à 19 heures, je crois ?

— Oui, oui, c'est bien ça, répondit Chloé, je serai ravie d'assister à ce « tea time » avant de vous quitter.

— Quel moment délicieux et quel somptueux pique-nique ! Je suis de plus en plus sous le charme... confia Patrice à Ladygold quand ils se retrouvèrent côte à côte.

— Mais au fait, vous n'avez pas terminé de nous raconter le démarrage de cette vie en communauté ? enchaîna Charlotte.

— C'est vrai ! Vous en étiez à votre pacte avec José pour finir les travaux, ajouta Patrice.

— C'est Nonnette, ma sœur, qui est arrivée la première... Elle m'a simplement proposé de liquider tout ce qu'elle avait, ça semblait ne lui poser aucun problème de gommer tout son passé, et curieusement ses enfants l'ont laissée faire. Le destin lui a donné raison puisqu'en fin de compte elle a retrouvé son Paulo ! Bref elle l'a fait ! Elle a tout vendu et s'est installée ici en me proposant de partager les frais ! Quel amour de sœur !

— Quand j'ai su ça, je me suis dit que ce n'était pas si bête de tout partager… enchaîna Rancunia. Alors je suis venue voir ma vieille copine pour lui proposer la même chose !

— Je me souviens de ce que tu m'as dit comme si c'était hier… reprit Ladygold :

« Antoinette tu me connais, je suis une emmerdeuse, je déteste tout et tout le monde… mais ce que je déteste le plus c'est quand même la solitude… Alors si tu veux bien me supporter… moi aussi je vends tout et je viens m'installer avec vous… C'est à prendre ou à laisser ! Et ne me remercie pas ! »

— Tu m'imites bien et tu as encore pas mal de mémoire pour ton âge ! Tu aurais pu aussi ajouter « quel amour de copine ! » lui répondit Rancunia.

Ça fit sourire tout le monde.

— C'est vrai qu'elles m'ont sauvée toutes les deux de l'affreuse situation dans laquelle je me trouvais ! reprit Ladygold, c'est vrai aussi qu'il y a des jours où tu n'es pas si emmerdante, merci ! dit-elle en levant son verre en direction de Rancunia.

— Après c'est moi qui suis entrée en scène ! intervint l'Autruche, à l'époque je jouais encore de temps en temps au bridge…

— Heureusement que tu as arrêté, tu jouais vraiment comme un pied ! lui dit Rancunia.

— Et voilà… vous savez maintenant pourquoi j'ai dû abandonner, j'en ai eu marre de me faire engueuler par celle-là, à l'écouter il n'y a qu'elle qui sache jouer ! Bref, un jour où nous jouions à des tables différentes chez Bridgette, nous nous sommes retrouvées mortes au même moment et, pour une fois, sans doute parce que je n'étais pas sa partenaire ce jour-là, elle a été un peu aimable… enfin presque… Tu permets que je t'imite moi aussi :

« Il paraît que vous vivez seule… Ça ne doit pas être drôle tous les jours… Je parie que vous restez vissée devant votre télé en robe de chambre en grignotant des cochonneries… Que vos enfants, si vous en avez, ne vous téléphonent que tous les trente-six du mois, juste pour voir si vous n'êtes pas morte, ou pour avoir la conscience tranquille ou carrément pour vous taper… Je parie aussi que vos voisins vous fuient parce qu'ils ont peur que vous leur demandiez un service… Et vous devez sans doute rêver secrètement d'avoir un chien, pour qu'il vous lèche la main, mais en fin de compte ça serait une corvée pour vous de le sortir le soir après le film… Vous finirez par prendre un chat pour ne plus vous surprendre à parler toute seule… Finalement vous ne venez au bridge que pour voir du monde et bavasser… Vous devriez réfléchir à tout ça et venir voir où je vis, moi… » Voilà comment elle m'a vendu l'affaire !

Tout le monde riait aux éclats, même Rancunia qui enchaîna :

— Toi aussi tu pourrais ajouter quel amour de copine ! Je t'ai sauvée de ta petite vie médiocre et Dieu merci du bridge ! Ne me dis pas que tu le regrettes ?

— Non vacharde de copine ! Mais tu m'as tellement foutu le bourdon que j'ai appelé mes filles au secours !

— Et qu'est-ce qu'elles t'ont dit tes petites chéries ? Raconte-nous, parce que ça vaut son pesant d'or les réactions des enfants quand vous avez besoin d'eux ! répondit Rancunia, c'est affreux de devenir tout à coup les enfants de ses enfants... de dépendre d'eux ne serait-ce que pour une simple décision à prendre, parfois on veut simplement leur demander leur avis et ils commencent par soupirer... On les dérange dans leur petite vie... Après ils vous traitent vite en vieillarde sénile et on peut lire dans leurs yeux cette horrible pensée : « Mon Dieu qu'est-ce qu'on va en faire... Aucun homme ne voudra jamais d'elle, c'est trop tard... Il n'est pas question de la prendre avec nous... Il va falloir, un jour, se mettre à chercher une maison pas trop mal où on pourrait la caser... » Aujourd'hui les enfants ont la mémoire courte ! Ils oublient tout ce qu'on a pu faire pour eux, il n'y a plus aucun respect, je suis désolée mais nous n'étions pas comme ça avec nos parents !

— Oui… intervint Ladygold soudain songeuse, tu oublies simplement que dans notre jeunesse nos parents ne divorçaient pas… et que les veuves le restaient *ad vitam æternam* ! Mais tu as raison pour aujourd'hui, sans aller jusqu'au manque de respect, il n'y a plus beaucoup d'amour non plus.

— Vous parlez pour vous ! s'écria tout à coup Grenouillette, excusez-moi, mais il y a encore des familles où règnent l'amour, le respect et l'harmonie !

— Mais alors pourquoi vis-tu ici ? lui lança Charlotte, tu as un fils, une belle-fille, et une petite-fille déjà mariée, pourquoi ne vis-tu pas avec eux ?

— Parce que justement je respecte leurs vies ! Parce que j'ai choisi de ne pas devenir un fardeau pour eux ! répondit Grenouillette, et parce que, si l'on a la chance de ne pas être malade, j'estime qu'on peut vieillir harmonieusement sans retomber en enfance ! Pourquoi gémir pour un rien, pourquoi quémander aux siens ? Au contraire il faut donner ! Si eux ont besoin de moi ils savent où me trouver, c'est mon rôle de mère ! En attendant je leur fous la paix !

— Tu as toujours été parfaite sainte Thérèse de la Miséricorde ! persifla Charlotte.

— Baronnette, et vous aussi ma petite Chloé, il faut que vous compreniez que, si nous avons toutes délibérément choisi de former cette communauté, intervint Ladygold, nous nous efforçons ensemble de former une famille ! Une vraie famille, solide et fragile à la fois, et nous acceptons toutes les qualités et tous les défauts des membres de cette famille reconstituée ! Croyez-moi nous avons beaucoup de satisfactions à vivre ensemble, même si ce n'est pas évident tous les jours… En tout cas nous nous aidons les unes les autres beaucoup plus parfois que ne le ferait notre propre famille.

— Aïe ! pensa Patrice, la Thérèse est déjà allée pleurnicher à notre sujet sur l'épaule de sa copine.

— En fait ensemble nous nous sentons… comment dirais-je… plus « solides » face à ce qui nous attend toutes, poursuivit Ladygold.

— Je pourrai citer ces phrases ? lui demanda Chloé.

— Mais si vous voulez ! Ce n'est que la pure vérité, alors pourquoi ne pas l'écrire ?

— Merci madame, c'est très intéressant, répondit Chloé, en sortant un crayon et un bloc de son maxi-sac.

— Appelez-moi donc Ladygold, comme tout le monde, Madame c'est beaucoup trop protocolaire !

— Mais qu'est-ce qui vous attend ? À part le champagne qui semble couler à flots ici ? reprit Patrice étonné.

— Eh bien, tout ce que nous redoutons toutes au plus profond de nous : la solitude… la vieillesse… la maladie… la souffrance… et… la fin de notre vie !

— Vous voilà bien pessimiste tout à coup ! lui rétorqua Patrice.

— Non, pas moi, jamais ! Mais il faut quand même avouer qu'à partir d'un certain moment la famille, votre propre famille, s'en lave les mains de ce qui peut vous arriver... Je ne parle pas que pour moi, d'autres ici pourraient vous dire la même chose. Sachez simplement que les maisons de retraite sont d'affreux mouroirs... et qu'ils sont hélas pleins à craquer ! L'angoisse qui y règne, et que l'on perçoit dans les yeux de tous les pensionnaires, est épouvantable, insupportable... ! Aujourd'hui regardez ici autour de vous... Où voyez-vous la plus petite trace d'angoisse ? On se débrouille bien, n'est-ce pas ?

— Ça j'avoue... Je suis bluffé par l'atmosphère qui règne ici, répondit Patrice, je vous avouerai que je suis même un peu jaloux, vous avez su créer un petit paradis, comme un jardin d'Éden en avant-première. Dans ces conditions c'est vrai que c'est grisant d'attendre de... vieillir !

— Je ne disais tout ça que pour...

— Assez d'émotion ! s'écria l'Autruche en coupant la parole à Ladygold, vous ne m'avez même pas laissée finir mon histoire ! Mes filles ont été ravies pour moi que je puisse venir m'installer ici ! Mais, si je l'avais voulu, elles m'auraient certainement accueillie l'une ou l'autre, le problème évidemment ce sont les pièces rapportées... Pour les gendres la belle-mère est souvent ravalée au rang de conasse et pour eux ça doit se cantonner à « ouvre ta main et ferme ta gueule » une belledoche ! La Rancunia m'a fait prendre conscience de ce qui m'attendait si je restais seule... et je lui en suis très reconnaissante ! Avouons simplement que nous sommes toutes ici très privilégiées, et ne l'oublions jamais ! C'est vrai que, par moments, la cohabitation peut s'avérer difficile... Nous avons toutes de sacrés caractères après tout... Mais c'est un détail... Nous nous sentons en effet très solidaires les unes des autres. Le seul truc qui nous manque, et encore pas tous les jours... ce sont les hommes !

— Parle pour toi ma vieille ! lui dit sèchement Rancunia.

— N'est-ce pas le seul point commun que vous auriez avec les couvents ? intervint Charlotte ironiquement.

Samedi 14 h 30

— Vous avez des enfants vous ? demanda Souris, avec humour, à Patrice.

— Pas que je sache ! Et vous ?

— Moi je n'ai jamais pu en avoir…

— Rassurez-vous, moi non plus !

Cet échange détendit l'atmosphère, mais les sourires semblaient un peu forcés, alors José, qui revenait de la cuisine, en profita pour demander qui avait réclamé de l'eau.

— Ce n'est pas la canicule mais c'est vrai qu'il faut forcer les vieux à boire ! L'eau c'est pour la Baronnette, cette pauvre vieille affalée dans la chaise longue en plein soleil ! répondit Patrice à José en lui faisant à son tour un petit clin d'œil.

Et cette fois-ci tout le monde éclata franchement de rire.

— Vous ne savez pas comment notre Poulet a baptisé Patrice !? s'écria Souris.

— Poulet ? C'est le volailler avec qui je vous ai vus rigoler ? demanda Charlotte.

— Oui, oui ! le bel homo devant lequel, hélas, on se pâme toutes ! Quel gâchis… !

— Parle pour toi ! Toi aussi ! intervint Rancunia, je déteste ce gros costaud qui a des cils plus longs qu'une fille, des mains monstrueuses de boucher et qui fait du rentre-dedans à tout ce qui passe avec son sourire Ultra-bright !

— Quoi que tu dises, c'est un charmant garçon et il est vraiment beau ! Il va toutes nous inviter pour ses 50 ans !

— Ce sera sans moi ! répondit Rancunia, vous savez que vous aurez droit aux invendus ?

— Alors qu'est-ce qu'il a trouvé comme surnom pour Patrice ? Je suis impatiente… dit Charlotte.

— PATRISTE ! répondit joyeusement Souris.

— Patriste !?… Je vois… reprit Charlotte, c'est qu'il ne le connaît pas encore ! Patrice peut être sinistre à ses heures, mesdames…

— Merci sœurette ! Je me sens en effet sinistre quand j'écoute tes sempiternelles jérémiades !

— Stop ! s'écria Grenouillette, je les connais ça va déraper.

— Mais non Thérèse ! C'est de l'humour… Tu ne peux pas comprendre ! lui répondit Charlotte.

— C'est notre côté Adam's Family Elle, ce n'est pas Baronnette qu'il fallait la baptiser, ce serait plutôt Caustica, une vraie doublure pour Morticia, ou pour Cruella d'enfer ! dit Patrice imperturbable.

Seules Ladygold, Charlotte et Chloé sourirent, les autres n'avaient rien compris.

— Mais, au fait Baronnette, vous ne nous avez pas dit si vous aviez des enfants ? demanda l'Autruche.

— Non ! on ne peut pas tout collectionner… Moi j'ai surtout eu des maris… Avec le premier je n'ai pas eu vraiment le temps… et vous savez pourquoi… Quant aux deux suivants ils avaient déjà une progéniture… alors… disons que je n'ai pas voulu compliquer les choses ! Je me suis donc contentée d'avoir des « beaux-enfants » comme on dit, mais ils n'avaient rien de beau, croyez-moi !

— Rassurez-vous, à part les maris elle a aussi collectionné quelques amants, précisa Patrice.

— J'avoue ! J'ai eu une vie… plutôt agitée ! Et surtout bien remplie ! C'est pour ça que je veux bien la finir.

— Après l'Écossais… quel genre d'homme avez-vous épousé ? demanda Souris timidement.

— Le contraire évidemment ! Le problème c'est qu'il était né d'un père catholique et d'une mère juive ! Et quand son père est mort nous nous sommes retrouvés face à Rachel, la terrifiante « mamma juive » ! Et là mon costaud et solide mari est redevenu un petit garçon à sa maman ! Quant à moi, qui n'avais plus le beau-père pour me défendre, j'étais devenue l'affreuse *goy* qui avait volé le fils prodigue ! En plus elle habitait Aurillac, la Rachel, la ville la plus froide de France ! J'ai bien vite cessé d'y aller, froid plus froideur c'était pas mon truc ! Ça a duré quelques années comme ça, ce pauvre garçon était tiraillé et faisait des allers et retours entre les deux femmes qui se disputaient sa vie. Ça l'a usé, ça m'a lassée… et j'ai pris un amant ! Et puis un jour la mauvaise Rachel a dû être hospitalisée et mon mari n'eut soudain plus rien d'un adulte, il était redevenu un vrai bambin, pleurnichard et incapable de réagir ! C'est fou finalement le mal que font ces mères trop possessives et l'emprise qu'elles gardent sur leurs fils jusqu'au bout, on dirait qu'elles leur rebranchent un cordon ombilical... En se précipitant pour la voir à l'hôpital, le jour où on lui a conseillé de venir d'urgence, il était dans un tel état qu'il n'a pas respecté un stop ! Il est mort sur le coup, réduit en bouillie par un quinze tonnes, et pour la deuxième fois de ma vie on m'a déconseillé d'aller voir ce qu'il restait de mon mari ! Ce sont ses enfants – du premier lit comme on dit – qui s'en sont chargés ! On a enterré la mère et le fils le même jour et j'ai quitté Aurillac avec un rhume carabiné, ce qui m'a évité de me farcir la famille ! J'étais quand même ébranlée, deux fois veuve, et deux maris... écrabouillés dans la force de l'âge... On peut se poser des questions !

— Et quand je lui ai dit « jamais deux sans trois » intervint Patrice, elle m'a fait un bras d'honneur !

— J'avais besoin qu'on m'aime, je n'avais plus du tout envie d'aimer... Alors je suis devenue limite nympho ! J'ai prêté mon corps à beaucoup d'hommes, mais très peu ont su en faire bon usage !

— C'est vrai qu'il y en a qui ne sont pas doués ! s'écria Souris.

— Je ne pense pas que ce soit une histoire de « don », le problème, c'est comme pour tout, il suffit de trouver chaussures à son pied, répondit Charlotte.

— Oui… pour le prendre ! intervint l'Autruche en éclatant de rire.

— Moi je dis toujours que le pied des uns fait le bide des autres, dit Souris, il n'y a pas de bons ou de mauvais amants… Tout ça c'est une question de peau, ça fonctionne ou ça foire !

— Attention Grenouillette, dit Patrice, je sens qu'on va parler sexe !

— C'est à cette époque que tu as commencé à aller tout le temps en Afrique ? Ne me dis pas qu'avec les noirs aussi… demanda celle-ci à Charlotte.

— Non n'aie pas peur ! Mais j'ai en effet, dans mes tiroirs, un souvenir exotique des plus croustillants à te raconter si tu veux… C'est vrai qu'après le froid et le choc d'Aurillac il me fallait de la chaleur, alors je suis partie en Afrique, chez des amis très chers qui m'ont prise en charge. C'est chez eux, un an plus tard, que j'ai rencontré mon troisième mari ! Mais c'est une autre histoire…

— Vous m'enchantez, Baronnette, intervint Ladygold, vous racontez tout ça avec une telle désinvolture, avec un tel naturel, comme si nous étions intimes depuis toujours, c'est que vous devez vous sentir bien parmi nous ?

— Avouez que, quand une veuve rencontre six autres veuves, qu'est-ce qu'elles peuvent bien se raconter… enfin, vous connaissez la chanson !

— Ça deviendrait presque un séminaire ! intervint Patrice en souriant.

— Ah mais pardon ! Moi je ne suis pas veuve ! s'écria Rancunia.

— Oh, je suis désolée ! Je ne savais pas, je pensais que vous l'étiez toutes… s'excusa Charlotte.

— Ton mari est toujours vivant ? Première nouvelle ! dit Souris à Rancunia.

— Je déteste parler de ça ! Mais l'Autruche non plus n'est pas veuve…

— C'est vrai… Hélas le père de ma fille cadette est encore en vie, ce salaud ! répondit l'Autruche, par contre mon premier mari, le père de l'aînée, lui, est bien mort et enterré, ça ne fait de moi qu'une demi-veuve, non ?

— Pas une poularde mais une Autruche demi-deuil alors… dit Patrice pour essayer de dédramatiser, mais il n'y eut que Ladygold pour comprendre.

— Excusez-moi mais je ne leur ai pas raconté les détails de vos vies privées avant qu'ils n'arrivent ! intervint Grenouillette.

— Moi je suis comme vous, enchaîna Souris, une veuve brutale ! Parce que c'est vrai qu'il y a veuve et veuve ! Soigner un mari c'est une chose et le perdre brutalement c'est autre chose !

— Il est mort comment le vôtre ? lui demanda Charlotte.

— Crise cardiaque… boum et plouf ! Quel choc !

— La différence avec les deux miens c'est que le vôtre était entier ! répondit Charlotte, moi ils étaient en purée ! Par contre pour le troisième…

— Arrêtez ! s'écria Grenouillette, c'est insupportable cette conversation macabre !

— Venez près de moi Souris, dit Charlotte, entre veuves brutales, comme vous dites, on va se comprendre !

— Je ne savais pas qu'il pouvait y avoir une classification dans le veuvage, persifla Patrice.

— Et vous cher Patriste, êtes-vous… célibataire ? demanda Ladygold, venez plus près de moi pour me raconter.

— J'ai beaucoup cherché l'âme sœur… Mon casting s'est étiré sur des années… Il fallait bien tester… Puis enfin j'ai réussi à me caser… pour longtemps… Un vrai concubinage notoire… Comme tout le monde j'ai cru que c'était… Et puis… et puis… la vie, avec ses joies et ses peines, a fait que… Ce fut vraiment très douloureux… Passons, voulez-vous ? Bref je me suis à nouveau retrouvé sur le marché… Mais les temps avaient changé, hélas ! Et aujourd'hui, dans cet univers impitoyable, tout ce qui a plus de 40 ans est bon à jeter aux orties ! Alors ce n'est pas facile… Les lieux de rencontres ne sont plus les mêmes, la façon de draguer n'est plus la même… Les codes, le langage, et Internet pour nous aussi, bref tout est différent ! Et puis on s'y perd un peu… Ceux qui en font comme trente-six ne le sont pas et ceux que vous pensez purs hétéros s'avèrent être de vraies folles ! À qui se fier !? Dans tout ce fatras et ces mélanges, je me sens bien impuissant… Je tournerais presque au vieux dégoûtant : je reluque sans consommer… Il faut avouer que je ne suis plus un perdreau de l'année !

— C'est fou ce que vous parlez de volailles depuis tout à l'heure ! dit perfidement Rancunia.

— Tu te fais du mal, Patriste, tu n'es encore pas si mal pour ton âge ! intervint Charlotte.

— Alors en fin de compte c'est comme pour nous… enchaîna l'Autruche, avec le temps on devient de plus en plus sélectives et de moins en moins sélectionnées !

Le fou rire fut général et tout le monde applaudit. La petite Chloé en avait lâché crayon et carnet pour se cacher le visage des deux mains et pleurer de rire, elle aussi.

— Bravo ! lui dit Patrice, vous avez tout compris ! Nous sommes dans le même bain, rassurez-vous, les peurs des homos sont les mêmes que les vôtres, la solitude, la vieillesse, la maladie *e tutti quanti* ! Et, pour la majorité d'entre nous, je veux parler de ma génération, si il n'y a plus d'ascendance, il y a, bien évidemment, encore moins de descendance… Alors là aussi la famille…

— Tu redeviens morbide Patrice ! lui dit Grenouillette.

— Je vous l'avais dit ! s'écria Charlotte, ce n'est plus Patriste, c'est Sitriste ! N'aie pas peur mon coco, je te promets que je ne t'enverrai pas croupir comme un légume dans un mouroir !

— Ta gueule Lolotte ! Je te rappelle que tu es beaucoup plus vieille que moi... Et moi si un jour il faut te passer une camisole de force je t'assure que je n'hésiterai pas ! répondit Patrice avec humour avant de poursuivre. Vous avez une chance inouïe de vous être trouvées mesdames... et de cohabiter en si bonne intelligence, dans ce lieu magique qui plus est... Il n'y a pas, à ma connaissance, d'endroit comme le vôtre pour les hommes... Et croyez bien que je le regrette !

— Mais il n'y a aucun autre endroit comme le nôtre ! s'écria l'Autruche.

— C'est vrai ! Nulle part au monde ! ajouta Souris.

— Merci et bravo à Ladygold ! poursuivit Grenouillette.

— Merci Ladygold d'accord... Mais merci MOI aussi ! intervint Rancunia.

— Tu as raison, merci TOI ! Et merci à vous toutes mes très chères amies ! dit Ladygold, souriante et un peu émue, en levant son verre.

La petite Chloé avait noirci des tonnes de pages. Elle ne voulait rien perdre de tous ces échanges verbaux, qu'elle commençait à trouver beaucoup plus profonds qu'il n'y paraissait.

Samedi 15 h

À peine le café servi il y eut comme une envolée de moineaux !

Souris entraîna Charlotte dans son salon-bureau pour lui faire découvrir son domaine et ses sites de rencontres. Rancunia courut chez Bridgette pour taper le carton, l'Autruche disparut mystérieusement et Grenouillette s'excusa mille fois auprès de son beau-frère avant d'oser s'éclipser elle aussi. Chloé, elle, regagna discrètement sa chambre pour recopier ses notes.

— C'est affolant ! J'espère que ce n'est pas moi qui les fais fuir ! s'exclama Patrice, toujours installé dans une chaise longue à côté de celle de Ladygold.

— Bien sûr que non ! N'ayez pas peur, c'est toujours comme ça, lui répondit-elle. Je vous l'ai dit, nous avons une liberté totale, en dehors des dîners assis, et chacune peut vaquer quand bon lui semble à ses propres activités.

— Pour le bridge et Internet, j'ai compris... avoua Patrice, mais les autres où peuvent-elles bien aller ?

— Vous ne serez pas surpris si je vous dis que votre chère belle-sœur court apprendre le catéchisme aux petits... en plus je crois qu'elle avait une réunion à l'évêché pour la kermesse... Mais elle m'avait prévenue rassurez-vous. Elle n'a pas osé vous le dire... c'est tout ! Je crois qu'elle a un peu peur de vous deux... et je me demande bien pourquoi ?

— C'est une longue histoire qui remonte à l'enfance... Tout du moins avec Charlotte... Thérèse a trois ou quatre ans de moins qu'elle et, comme elle était la fille des fermiers qui géraient les terres de notre famille en Normandie, elle a toujours eu une sorte de complexe d'infériorité vis-à-vis de Lolotte. Elle essayait de la copier en toute chose, mais disons... qu'elle n'y parvenait pas vraiment... Alors ma chère sœur, qui n'avait rien de tendre, se foutait d'elle en permanence, elle en avait fait sa tête de Turc. Moi je n'étais encore qu'un affreux ado – et Dieu sait si nous restions longtemps en culottes courtes à l'époque – quand elles sont devenues de vraies jeunes filles. Charlotte a porté ses premiers bas nylon, ses premiers talons hauts, alors que la petite Thérèse n'en avait pas... comment dirais-je... la possibilité... Et la différence s'est accentuée avec le temps ! L'une courait les surprises-parties avec des garçons tandis que l'autre passait son temps à remettre de l'ordre dans l'église entre les offices, quand elle n'aidait pas ses parents à la ferme... Comme j'allais servir la messe avec mon frère nous rencontrions très souvent Thérèse qui traînait toujours au presbytère, tout le monde se demandait d'ailleurs si elle n'allait pas rentrer dans les ordres. C'est de cette époque que date son surnom : « Grenouille de bénitier » qui s'est transformé très vite en « Grenouillette » ! Sur le moment elle l'avait plutôt mal vécu, alors je suis sidéré qu'elle se fasse appeler comme ça aujourd'hui !

— C'est elle qui a choisi… Je ne connaissais pas tous ces détails sur son enfance, lui dit Ladygold.

— J'ai vite remarqué que mon frère était tombé amoureux d'elle, ils avaient exactement le même âge et la même forme de timidité, je passais mon temps à les épier, j'attendais qu'il se passe quelque chose, mais Thérèse… comment dire… ne semblait pas voir Hubert. Et puis le drame est arrivé entre les parents et Charlotte à cause du fameux voyou dont elle était folle et ils l'ont envoyée en Angleterre, comme elle vous l'a raconté. Hubert était devenu complètement taciturne, il foirait complètement dans ses études, je voyais bien qu'il ne pensait qu'à Thérèse… et elle n'en avait toujours rien à faire ! Le temps a passé, nous sommes allés, Hubert et moi, poursuivre nos études à Caen, lui à la fac et moi en terminale. Pendant la semaine nous partagions un studio et le week-end nous rentrions à la maison.

Nous n'avions vraiment pas grand-chose en commun et en plus Hubert ne se livrait jamais, je ne posais pas de question non plus de peur sans doute qu'il m'en pose à son tour. Et puis il y a eu toute l'agitation autour du mariage écossais de Charlotte et c'est très peu de temps après que le père de Thérèse est venu trouver les parents… J'ai été sidéré d'apprendre le mariage, tout s'est passé très vite, je ne les avais jamais vus ne serait-ce que se tenir la main… Alors imaginer qu'il ait pu la foutre enceinte c'était ahurissant, d'ailleurs quand Charlotte l'a appris elle a éclaté de rire !

Il y a donc eu mariage, ça a surpris tout notre entourage, d'autant plus que le ventre de Thérèse s'est très vite arrondi ! Vous pensez bien que tout le monde attendait pour compter… Heureusement pour eux, c'est pendant cette grossesse qu'est arrivé l'accident qui a coûté la vie au mari de Charlotte ! Ce fut un tel choc que tout le monde en oublia le mariage précipité d'Hubert et l'accouchement plus ou moins imminent de Grenouillette. Autour de nous on ne parlait plus que de cette pauvre Charlotte, veuve si jeune, quelle horreur !

— Que s'est-il passé alors… ? demanda Ladygold un peu stupéfaite par ce qu'elle entendait.

— Charlotte est revenue s'installer chez les parents et Thérèse a accouché d'un gros garçon !

— Et vos parents dans tout ça !?

— Ils en avaient pris plein la gueule ! Ils étaient matraqués par tout ce qui s'était passé en l'espace d'un an, ils ont vieilli tous les deux en accéléré !

— Et vous dans cette tourmente comment étiez-vous ?

— Personne ne faisait attention à moi, j'en ai profité pour me tirer vite fait ! Je suis allé à Paris découvrir sa vie nocturne !

— Et vos études ?

— Je les ai terminées, tant bien que mal, plutôt mal que bien d'ailleurs… Je voulais rapidement travailler, j'avais besoin d'indépendance… Et donc d'argent !

— Et qu'avez-vous fait ?

— Au début pas grand-chose… des petits boulots sans importance. Et puis je suis rentré par la petite porte à la puissante Fédération du Papier et du Cartonnage, où j'ai fait une longue et ennuyeuse carrière pour en finir secrétaire général, comme vous le voyez c'était loin de ma passion du cinéma tout ça, même si je trempais toute la journée dans le carton-pâte ! Je viens heureusement d'être gentiment poussé à la retraite, ouf !

— C'est vrai… Je ne vous imaginais pas du tout dans ce genre de métier !

— J'ai toujours adoré avoir une double vie, je trouve ça excitant de donner le change en permanence… C'est mon côté « Docteur Jekyll et Mister Hyde » !

— Patriste et Sitriste… comme l'a dit Charlotte.

— Oui, elle n'a pas tort cette garce de Caustica !

— Et comment s'est passée la cohabitation chez vos parents entre elle et Grenouillette ?

— Pas très bien évidemment… Mais ça n'a pas duré longtemps, Charlotte est vite repartie vers d'autres horizons… Et Thérèse a tout pris en main à la maison, elle a géré Hubert, son gamin et les parents ! J'avoue qu'elle a été admirable pendant toutes ces années.

— Vous l'aimez ?

— Pour être franc je ne sais pas ; en fait je ne la connais pas bien, comment vous dire, elle m'ennuie, je la trouve « mijorée-pincée-coincée » pour moi elle est trop… grise !

— Grise !?

— Oui grise, aussi grise que vous vous êtes dorée !

— C'est gentil ça !

— Il y a d'ailleurs une question qui me démange…

— Allez-y, je vous en prie.

— Pourquoi… « Ladygold » ?

— Ah ! je l'attendais celle-là ! Vous avez sans doute remarqué que j'aime l'or à la folie… Quand j'ai baptisé Rancunia, tout au début de notre cohabitation, elle m'a répondu que moi avec mes kilos d'or autour du cou et mes cheveux blonds mèchés en boule je ressemblais à une golden, une vraie pomme ! J'ai évidemment adoré… Et ça m'est resté jusqu'au jour où j'ai eu de tels problèmes de hanche qu'il a fallu m'opérer ! Je suis donc allée consulter le plus grand spécialiste, il opérait à Nantes et avait d'ailleurs bien connu mon mari. Quand il m'a montré la prothèse qu'il fallait me poser, j'ai trouvé ça horrible et je le lui ai dit ! Il m'a répondu que c'était du titane et qu'il n'y avait rien de mieux pour mon cas. Alors je ne me suis pas déballonnée et j'ai demandé qu'on me fasse exactement la même en or, j'étais prête d'ailleurs à faire fondre quelques bijoux ! Vous imaginez sa tête ! Il a d'abord cru que je plaisantais… et puis il a éclaté de rire !

— Ne me dites pas que vous avez une hanche… ?

— Non ! c'était impossible ! L'or est trop mou, ça n'aurait pas tenu longtemps !

— Alors ?

— Alors il a fini par céder à mon caprice et il a, soi-disant, plaqué le titane d'or fin ! Comme il m'est impossible de vérifier… dans ma tête, et pour tout le monde, je suis un vrai bijou ambulant et non pas un affreux robot en titane !

Ils éclatèrent de rire tous les deux.

— Vous pensez bien que la Rancunia ne m'a pas loupée à mon retour ! « Tu ne peux plus rouler comme une golden, ma pauvre vieille ! » et c'est Lilibeth, de sa petite voix, qui a ajouté : « Assieds-toi vite Ladygold ! » Là j'ai vraiment apprécié. Depuis je suis Ladygold pour tout le monde !

— Vous m'enchantez ! Je vous adore ! lui dit Patrice en lui baisant la main.

— Moi aussi… Mais j'adore autant Patriste que Sitriste !

— C'est gentil ça aussi... Mais au fait... Où est donc passée l'Autruche ?

— Elle chante !

— Elle chante !?... Mais où ?

— Elle fait partie de la chorale des seniors !

— Je rêve ! C'est incroyable cette vie ici, on se croirait dans « Cocoon » !

— Ah non ! Désolée mon cher, pour une fois vous vous trompez ! Vous oubliez que dans « Cocoon » il y a encore les maris !

Note Chloé n° 5

Là c'est trop ! J'avoue que je pleure de rire ! C'est insensé, à chaque minute, j'entends des choses de plus en plus dingues et j'apprends des détails totalement ahurissants ! La façon dont s'est formé ce petit groupe, leur volonté à toutes d'être solidaires les unes des autres. Il y a celles qui sont veuves, et qui le regrettent, et celles qui ne le sont pas encore, et qui semblent le regretter encore plus ! On sent quand même que les mecs leur manquent, mais elles ne l'avouent pas vraiment ! Bien sûr elles ont choisi de vivre ensemble, mais on dirait que c'est par dépit. Elles veulent en rire, mais ça cloche quelque part. Le frère et la sœur ne sont pas mal non plus dans leur genre, lui est gay et annonce la couleur sans problème, c'est peut-être pour ça que je le trouvais « sucré » ! Quant à elle, elle avoue sans complexe qu'elle a été nympho à une période de sa vie ! N'empêche que tous les deux ont l'air d'être aussi seuls que les autres ! Ils sont tous barges là-dedans et je ne pourrai jamais écrire le quart de tout ce que j'entends !

Malgré leur âge certain, elles sont tout sauf des mamies ! Il y en a une qui trimbale son IPad en bandoulière ! Et il paraît qu'elles sont toutes accros au shopping sur Internet, depuis que l'une d'entre elles les a initiées à cliquer ! Quand je pense à ma grand-mère, qui fait petite mémé bien classique, je suis blême ! Et puis c'est limite grave la façon dont elles parlent, elles jurent comme des ados et n'en ont rien à foutre ! Pourtant je trouve qu'elles n'ont rien de vieilles dames indignes, tout me semble totalement décalé ! En fait je suis fascinée. Par moments on se croirait dans une troupe d'anciennes combattantes, qui picolent comme de vieux potes en se rappelant le bon temps qu'elles ont toutes vécu ! Et la seconde d'après c'est comme si elles étaient sur une scène et qu'il n'y avait plus de place pour les autres, style chorale en répétition ! Vieillir comme ça j'achète *illico* !

Intérieurement je hurle de rire mais, comme personne ne me croira, c'est hyper flippant !

En attendant il faut bien que j'avance :

« Pour la bonne marche de cette vie communautaire, il a bien fallu, dès le début, définir une courte liste de "suppléments divers".

Le poste « champagne », qui fait assez régulièrement exploser le budget, est donc très équitablement réparti, à l'exception toutefois d'une seule qui, comme elle l'avait avoué dès son arrivée, ne peut « carburer » qu'au bourbon.

« Si on se tapait un petit verre ? » est devenu, au fil du temps, un cri de ralliement quasi quotidien ! Toutes formes de régime ou de diététique ainsi définitivement bannies, c'est à chacune de se mettre en règle avec son tour de taille. D'ailleurs, sans évoquer ouvertement la santé de chacune (et il vaut mieux en avoir une bonne !), un règlement « tacite » stipule qu'en cas de dégradation quelconque, même minime, il est préférable de se faire accompagner en un lieu médicalisé.

« Douleurs, handicaps, maladies » restent donc des mots tabous, aucune de ces heureuses pensionnaires n'ayant envie de croiser de blouses blanches dans les couloirs. »

Samedi 15 h 30

Charlotte s'interdit de rire quand elle découvrit l'antre de Souris. À côté des salons de Ladygold et de Grenouillette, celui-là ressemblait à un véritable capharnaüm. Pas de tableaux sur les murs mais par contre une quantité incroyable de diverses photos d'hommes. Certaines étaient parfaitement encadrées, d'autres, sans doute arrachées par-ci par-là au hasard des lectures de magazines, n'étaient que vulgairement punaisées. Visiblement il n'y avait ni fil conducteur, ni chronologie dans cet accrochage sauvage, il ne reflétait en vérité qu'un goût très personnel et immodéré pour les hommes, aussi différents soient-ils. Une reproduction du martyre de saint Sébastien se retrouvait à côté d'une photo hollywoodienne de Gary Grant en smoking, et le David de Michel-Ange côtoyait tout naturellement les photos dénudées des rugbymen, toutes détachées de leur calendrier. Sean Connery voisinait en toute simplicité avec Lino Ventura, Kennedy avec Harrison Ford, Julio Iglesias avec Gérard Lanvin, et Charlton Heston trônait entre Richard Gere et David Beckham.

— On peut dire que vos goûts sont éclectiques...

— Que voulez-vous... ils ont tous un petit quelque chose qui me ferait craquer ! avoua goulûment Souris, si ce n'est pas le regard ou la lèvre ça peut tout aussi bien être l'épaule ou la fesse ! Je ne me lasse pas de les regarder, et puis de temps en temps ça me prend, je romps avec l'un deux, je l'arrache sauvagement, je le déchire et je le jette ! Bien évidemment dès le lendemain je regrette amèrement... et je suis capable de passer des heures sur le Net pour retrouver sa photo, je souffre, je gémis « où es-tu ? reviens... » Vous devez me trouver complètement folle !?

— Absolument pas ! Vous êtes certainement plus cérébrale que vaginale, c'est tout !

— Détrompez-vous ! Au lit je suis le Vésuve !

C'en était trop pour Charlotte, elle éclata de rire et Souris, qui avait cette faculté formidable de pouvoir rire d'elle-même sans problème, l'imita de bon cœur.

Sur un immense bureau, au milieu d'un fouillis indescriptible de paperasses et de fils électriques emmêlés, trois ordinateurs de tailles différentes semblaient rester allumés en permanence. Un seul coup d'œil sur les trois fonds d'écran suffisait à comprendre leur utilité : le plus gros affichant une photo de Daniel Craig – le dernier James Bond sortant de l'eau en maillot de bain moulant –, devait sans nul doute être connecté sur tous les sites de rencontres. Le deuxième, avec une magnifique photo du Patio secret, était visiblement consacré à la vie quotidienne de la maison. Quant au troisième, un petit portable dernier cri, il gérait manifestement les affaires personnelles de son utilisatrice, en fond d'écran on reconnaissait Souris en paréo sur une plage, dans les bras d'un homme qui ne pouvait être que son défunt mari.

— Quand on a plusieurs vies comme moi… mieux vaut ne pas s'emmêler les pinceaux ! Je préfère séparer aussi les disques durs !

— C'est votre mari… ?

— Oui, je me suis mariée tard… et je l'ai vraiment aimé.

— C'est vous qui gérez la petite communauté ?

— Non, en vérité c'est Rancunia, mais elle bricole sur des cahiers d'écolier, alors, quand je suis arrivée, j'ai simplement proposé de tout informatiser… Quel drame ! Elle est tellement vache cette pauvre femme qu'elle déteste aussi ses propres enfants, elle ne cesse de répéter que sa fille est trop grosse et que son fils a épousé une conne ! Vous imaginez ! Quoi qu'il en soit mes tableaux sont plus fiables que les siens ! Et comme nous remettons chacune notre copie à Ladygold…

— Mais comment ça marche la répartition des frais ?

— C'est assez simple, il y a une SCI, une société civile immobilière, qui possède les murs, c'est-à-dire le bien immobilier, et dans laquelle vous pouvez investir au bout de trois ans de présence, c'est elle qui perçoit les loyers et à côté il y a une association, style loi 1901, qui répartit les frais annexes à payer.

— Vous êtes toutes copropriétaires alors ?

— Non ! comment vous expliquer ? C'est un peu comme à la Comédie-Française, vous avez des sociétaires et des pensionnaires ! Aujourd'hui par exemple, il n'y a que Grenouillette et moi qui sommes pensionnaires, nous n'avons pas investi dans la SCI !

— Je peux vous demander pourquoi ?

— C'est très simple, moi ça ne fait pas trois ans que je suis là et je ne sais pas encore ce que je vais faire.

— Mais Grenouillette… ça fait longtemps qu'elle vit ici ?

— Elle c'est différent, je pense qu'elle n'a pas vraiment les moyens d'investir… Mais vous devez savoir ça mieux que moi ?

— C'est très intéressant ce que vous venez de m'expliquer…

— Si je viens de faire une gaffe, promettez-moi de ne pas me trahir !

— Promis-juré ! Que faisiez-vous donc dans la vie avant d'atterrir ici ?

— J'étais directeur financier d'un groupe de pièces détachées dans le secteur automobile !

Je passais mon temps dans les usines à tout vérifier, j'étais sur le pont dès 6 heures du matin !

Et puis nous avons été deux ou trois fois revendus, à des groupes internationaux de plus en plus imposants, et à chaque fois le nouveau président était un peu plus jeune que le précédent ! Le dernier, un petit nerveux prétentieux, n'avait pas 40 ans ! Je lui parlais comme à un gamin et il soupirait dans mon dos comme si j'étais sa mère, ça ne pouvait pas coller, on a fait une transaction à mon avantage. J'ai donc touché le parachute que je m'étais fait moi-même ! Je ne serai à la retraite que dans un an, pour l'instant je suis au chômage ! Vous n'imaginiez pas ça !?

— Pas vraiment, mais je pensais bien que vous aviez exercé un métier d'homme.

— Ah oui... ?

— À voir cette pièce... vous semblez vouloir les collectionner, les dominer... C'est très masculin ça !

— Au contraire je cherche inlassablement celui qui pourrait me dompter !

— Pardonnez-moi, mais vous devez leur faire peur... On vous sent... un peu trop « forte » !

— Dans le boulot je vous avouerai que je n'étais pas tendre mais, dans la vie, je vous assure, je suis une vraie guimauve !

— Et celui qui vous dominera il ressemble à quoi à votre avis ? Parce que Vésuve et guimauve ça ne doit pas être de la tarte ?

— Quand je me suis retrouvée veuve...

— Brutale !...

— Oui, tout à fait !... Au bout d'un moment, le choc passé, je me suis dit « ma p'tite ou tu passes le reste de ta vie à pleurer, ou tu réagis vite fait et tu trouves l'homme avec qui tu vas aimer vieillir » !

— Nous en sommes toutes là !

— Oui mais il faut se bouger ! Parce que j'ai vite compris que les rôles étaient inversés ! À notre âge c'est à nous de chasser… On ne va plus se faire draguer ! C'est curieux comme un jour le regard des hommes semble glisser devant nous sans nous voir !

— Je ne sais pas qui vous cherchez mais c'est un fait que les hommes dans nos âges regardent ailleurs… C'est inéluctable, les hommes aux tempes grises veulent, et trouvent la plupart du temps, des femmes nettement plus jeunes qu'eux ! C'est injuste, c'est dégueulasse, c'est ce que vous voulez… mais c'est comme ça !

— C'est bien pour ça que je mens !

— Vous mentez ! Sur le Net ?

— Oui tout le monde ment ! Les mecs oublient tout bêtement de vous dire qu'ils sont mariés, alors moi je peux bien leur dire que j'ai 56 ans !

— Au lieu de… ?

— 62 sonnés ! Six ans de gommés c'est une broutille à côté de ce qu'ils osent vous raconter, eux, comme sornettes ! Mais je ne mens jamais sur mon tour de poitrine, alors il n'y a pas vraiment tromperie sur la marchandise !

— Vous rentrez autant dans les détails de… mensurations !?

— Il faut bien apprendre à se connaître ! Et puis en général ils vous demandent de vous décrire… Alors on se « maile » des photos… même si elles datent un peu… Mais c'est évident que ceux qui veulent vous rencontrer trop vite ne cherchent qu'un plan « cul » ! Remarquez de temps en temps on peut céder non ? Après tout ça n'engage à rien… Par contre si vous cherchez autre chose, du sérieux, du long terme… il vaut mieux se laisser désirer… Et quand vraiment on est deux à vouloir se connaître encore un peu mieux, on rentre plus vite dans le cœur du sujet, vous voyez ce que je veux dire…

— Vous voulez réellement vous remarier ?

— Je ne sais pas… Ce que je cherche c'est un amoureux ! Un compagnon avec qui je pourrais faire des tas de choses… Aller au cinéma en se tenant la main… Découvrir de bons petits restos… Passer un week-end dans un Relais & Château…

— Stop ! n'allez pas jusqu'aux gondoles à Venise, ce serait trop ! J'ai compris, vous rêvez qu'un beau chevalier vous enlève sur son cheval blanc ! Patrice serait là il vous dirait que vous vous prenez pour « Pretty Woman » ! Seulement « Pretty Woman aux Hespérides » c'est un peu dingue comme plan ! Excusez-moi mais le beau sexagénaire, libre et suffisamment riche pour vous sortir et vous gâter, ne viendra pas enlever la Souris que vous êtes, aussi charmante et sympathique soit-elle !

— Vous avez tout compris, c'est mon problème !

— Rassurez-vous, vous êtes loin d'être la seule dans ce cas-là, mais il faut qu'on vous aide à vous réveiller parce que sinon vous risquez de vous casser en mille morceaux !

— Je vous trouve un peu dure Charlotte ! s'écria Souris. Soyez gentille, ne bousillez pas mes illusions !

— Mais non ! Je vous adore Souris, vous m'enchantez ! Mais si je peux me permettre je ne pense pas que ce soit sur Internet que vous trouverez votre deuxième chance ! En général, quand on cherche trop, on ne trouve rien… Croyez-en mon expérience ! Sans que vous le sachiez il y a un petit néon sur votre front qui clignote en permanence : « Je cherche à me caser, je cherche à me caser, je cherche à me caser… » Ça doit faire fuir les hommes, qui eux aussi ont un petit néon qui dit : « Je ne veux pas me faire piéger, je ne veux pas me faire piéger… Je veux juste un peu de bon temps… »

— Vous n'aimez plus beaucoup les hommes on dirait ?

— Si ! Mais je leur en veux justement de ne plus beaucoup regarder les femmes de leur âge ! Alors, il n'y a pas de raison, moi aussi je me suis mise à regarder plus jeunes que moi… et curieusement ceux-là sont plus attentifs, plus respectueux, plus prévenants, plus… Vous devriez essayer, vous verrez !

— Mais je ne vous ai pas attendue, qu'est-ce que vous croyez Baronnette !

— Alors bravo ! Allez… Montrez-moi comment ça marche vos fameux sites !

— Il faut s'inscrire avec un nom de code, certains sont payants, d'autres gratuits pour les femmes…

— On attache une chèvre et ça attire les gros dégoûtants !

— Si vous voulez… Sur l'un d'eux je m'appelle « Pêche melba » ! Ne riez pas !

— Continuez…

— Ça m'a valu de tomber sur un « Clafoutis » !

— Là je pleure de rire !

— Il était évidemment pâtissier… Quelle imagination ! C'était un gentil garçon, un peu plus jeune que moi, aussi honnête que fade. Il avait une très belle affaire sur la grand-place d'une ville de province… Bref je n'ai pas eu le coup de cœur et puis je me suis imaginé quelques années plus tard derrière la caisse à emballer les pets de nonne, les religieuses ou les éclairs au chocolat ! Je ne voulais pas finir en meringue, je n'ai pas pu !

— Ouf ! Au suivant !

— Sur un autre site je suis « Brugnon d'amour » !

— Décidément vous êtes gourmande…

— Et sur celui-là je suis en pleine love story avec un « Coq hardi » !

— Mais vous avez consommé ?

— Pas encore, on a juste dîné deux ou trois fois… Nous faisons chacun la moitié de la route, mais je le sens bien celui-là ! J'ai tellement envie que ça marche !

— Vous n'êtes jamais tombée sur des barges ?

— Oh que si ! Heureusement que j'ai du pif ! Il y en a forcément qui se disent « cette jeune veuve je vais la faire cracher… » mais je les sens vraiment venir ! Il y a une histoire fameuse qui court sur le Net de ce commercial, marié avec trois enfants, qui s'était trouvé, grâce aux sites, une femme dans toutes les villes qu'il visitait. Il se faisait royalement inviter à dîner à chaque fois, c'était toujours ça d'économisé sur son budget familial, et je crois bien que la femme était très au courant !

— Même sur la Toile on en revient à cette vieille légende du marin avec une femme dans chaque port ! Le progrès n'y peut rien, les hommes ne changeront jamais et la vie est un éternel recommencement ! Quel est votre vrai prénom ma petite Souris ?

— Adeline !

— Vous aimez voyager chère Adeline ?

— Évidemment ! Pourquoi cette question ?

— Pour rien, comme ça… pour savoir.

Samedi 17 h 30

Quand Charlotte et Souris, après leur petite séance internet, rejoignirent Ladygold et Patrice dans le jardin, Grenouillette déboula toute essoufflée.

— Je suis désolée de vous avoir abandonnés !

— Pas de problème, je flirte ouvertement avec Ladygold ! lui répondit Patrice.

— Et moi avec Souris ! ajouta Charlotte.

— Tu vois comme tout baigne ! reprit Patrice, en vingt-quatre heures nous voilà tous les deux quasiment pacsés !

En voyant la tête de Grenouillette ils éclatèrent de rire tous les quatre.

— Ce que je peux aimer rire ! avoua Patrice, c'est le meilleur des remèdes !

— Mais… tu n'es pas malade ? demanda Grenouillette inquiète.

— Non ! Si tu savais comme je me sens bien ici, je ne te remercierai jamais assez !

— Et toi Charlotte ?

— Moi aussi je vais très bien… merci !

— Alors allons tous les trois dans mon salon, leur dit sèchement Grenouillette qui semblait jalouse de les découvrir déjà si complices avec ses amies. Tu as promis de me raconter ton fameux souvenir exotique... Venez, on va commencer par ça !

— Tu veux vraiment ? demanda Charlotte en lui emboîtant le pas. Alors commande-nous du champagne !

— C'est sûrement croustillant... Vous devriez passer la tête dans un petit moment, dit Patrice à voix basse en quittant à regret Ladygold et Souris.

Charlotte avait bien compris qu'il était encore trop tôt pour aborder à nouveau le problème du terrain, elle laissa Patrice questionner hypocritement sa belle-sœur sur ses cours de catéchisme et attendit d'avoir bu sa première coupe de champagne pour commencer son récit.

— Tous les terrains surplombaient la même plage, le cadastre les délimitant régulièrement en parcelles de vingt, trente ou quarante mètres, face à la mer. Nous en avions acheté deux contigus parmi les plus larges de façon à faire creuser une belle piscine sur l'un d'eux. Paul, mon troisième mari, ne supportait pas les vagues et il voulait pouvoir nager tous les jours, dans une eau à température constante ; après tout, ce n'était qu'un caprice de plus dans la longue liste de ses phobies... et moi l'idée de pouvoir me baigner nue m'enchantait, dans un pays musulman c'est vrai qu'il est difficile d'afficher ses seins, et plus encore ses fesses sur une plage !

— Comment peux-tu ? susurra Grenouillette.

Charlotte leva les yeux au ciel et poursuivit :

— Le problème s'est vite posé de la présence indispensable d'un pisciniste ! Le vent ne charriait pas que le sable, il y avait toutes sortes de feuilles, de la végétation alentour, qui risquaient de détraquer le système de nettoyage : bref nous nous sommes mis en quête de l'oiseau rare capable de gérer sérieusement la machinerie, le sable, les feuilles, et surtout de couvrir cette piscine toutes les nuits ! Or, sur la plage, il y avait un spectacle réjouissant tous les soirs vers 7 heures, que mes voisines et moi-même n'aurions pas voulu manquer pour un empire… Les noirs s'ébrouaient comme des malades dans le jogging, les pompes, ou la gym ! Admirer tous ces corps d'ébène, plus splendides les uns que les autres, nous faisait toutes fantasmer, surtout qu'ils exhibaient tous leurs muscles avec arrogance !

— Pour l'instant, c'est consternant ce que tu nous racontes… soupira Grenouillette.

— Continue ! Continue ! ordonna Patrice.

— Ma pauvre Grenouillette, pas besoin de te préciser que certains couchers de soleil nous empêchaient de reluquer tous ces beaux mâles, ils se retrouvaient à contre-jour dans notre champ de vision ! Alors, ni une ni deux, sans même avoir à se consulter, nous descendions, avec mes plus proches voisines, faire quelques pas dans l'eau et, crois-moi, nous faisions à peine semblant de ramasser des coquillages…

— Les salôôpes !!!! gloussa Patrice.

— Et vos maris n'étaient pas choqués ? À vos âges !? s'écria Grenouillette.

— En fait il ne se passait rien… C'était juste pour le plaisir des yeux… Pendant ce temps-là nos maris comme tu dis, pour la plupart flasques et bedonnants, cuvaient leurs bières et rabâchaient, chez les uns chez les autres, leurs sempiternelles histoires de pêche… À la longue c'est plutôt consternant de comparer inlassablement les tailles des poissons, de ceux qu'on a pêchés je peux encore comprendre ! Mais soupeser ceux qu'on a ratés c'est insupportable !! Et puis ces petits maris n'étaient pas tous blancs bleus… Il se racontait par-ci par-là que certains achetaient du poisson au village des pêcheurs pour faire croire, au retour, à leurs pauvres moitiés esseulées qu'ils étaient réellement allés pêcher ! Alors qu'ils avaient sans doute passé une bonne partie de la journée au Saloon, le bordel local !

— Un bordel !? Un vrai ? Comme c'est excitant ! s'écria Patrice pendant que Grenouillette se mordait les lèvres.

— Toc, toc, toc ! On peut entrer ? J'ai entendu le mot « bordel » ; votre conversation doit être édifiante ! minauda Souris, tandis que Ladygold jouait la petite fille timide à ses côtés.

— Mais oui entrez, asseyez-vous vite, Lolotte nous raconte ses souvenirs croustillants d'Afrique !

Nous n'en sommes qu'au début… se fit rassurant Patrice tout en leur approchant des fauteuils, que Ladygold préféra repousser pour aller s'allonger sur un petit divan.

— Je suis personnellement outrée, précisa Grenouillette en tortillant son mouchoir.

— Ne sois pas faux cul ! trancha Patrice, c'est toi qui l'a branchée là-dessus, tu voulais sans doute savoir si oui ou non elle avait… « touché » du zan, pendant toutes ces années en Afrique !

— Oui c'est vrai, Grenouillette, tu veux toujours tout savoir, et après tu joues les mijaurées, mais dans ce salon il n'y a pas de vierges, que je sache ! Alors tu vas l'entendre mon souvenir « exotique » comme tu dis et tes amies aussi vont en profiter. J'ai un peu bu, je me sens en verve et j'adore par-dessus tout l'idée de te choquer ! Mais quand j'en aurai fini de ce quart d'heure confesse…

— Qu'elle est drôle ! Elle a toujours le mot juste, gloussa Ladygold, le « quart d'heure confesse » je l'adopte !

— Oui « confesse », c'est un bien curieux jeu de mots, Grenouillette, et toi aussi tu y passeras parce que ça fait des années que ça me démange de t'en poser des questions… ! Après tout il n'y a pas de raison, et à nos âges on peut tout se dire, enchaîna nerveusement Charlotte.

— Moi je raconte déjà tout, je n'ai donc plus rien à cacher, intervint Souris.

— Vous avez raison Baronnette ! enchaîna Ladygold j'avoue qu'en vieillissant je me sens plus bavarde, il y a des moments où j'éprouve le plaisir, le besoin même, de me livrer, et puis nous sommes en confiance n'est-ce pas ? Entre amies… C'est délicieux de ne plus avoir peur d'être jugée, ou même jaugée, après tout ce qui est fait est fait !

— Ça ne vous arrive jamais de vous poser la question « si c'était à refaire ? » osa demander Patrice.

— C'est une idée aussi sotte que grenue ! répondit vivement Ladygold, il n'y a rien que l'on puisse refaire, ce qu'il nous reste ce sont juste quelques regrets… parfois amers… et plus le temps passe, plus on les élimine. Les seules choses, justement, qu'il faille gommer de sa mémoire ce sont les remords, pas les regrets, qu'ils soient bons ou mauvais ! C'est pour ça que j'ai toujours une vraie petite gomme porte-bonheur dans mon sac à main… Alors ma belle amie, aujourd'hui, ce « souvenir exotique », vous le regrettez… ou vous le chérissez ? Nous vous aidons à le gommer ou…

— Je vous l'enregistre dans votre disque dur !? intervint Souris.

— Rangez la gomme ! Je veux le garder mais je veux aussi le partager ! C'est marrant, je ne l'ai jamais raconté à quiconque et ce soir je suis ravie de cet auditoire improvisé, et puis, finalement, je me contrefous de ce que vous allez bien pouvoir penser, j'en rigole à l'avance !

— Lancez-vous, Charlotte, faites-nous rêver… gloussa Souris tandis que Grenouillette tortillait de plus en plus son mouchoir et que Ladygold, impatiente elle aussi, tripotait ses nombreuses chaînes en or. Patrice, lui, continuait à remplir les coupes de champagne.

— Je dois vous avouer que ce que je vais vous raconter reste un épisode parmi les plus joyeux de mon existence… Pourtant c'est ce qui a dû finalement provoquer la mort de ce pauvre Paul, mon troisième mari !

— Oh ! firent les trois femmes dans un parfait ensemble.

— Tu plaisantes ? demanda Patrice

— J'ai mis longtemps à le réaliser, mais aujourd'hui j'en suis persuadée, pourtant je n'arrive pas à culpabiliser, ni même à regretter quoi que ce soit. Vous avez raison, poursuivit Charlotte en regardant Ladygold dans les yeux, ça reste un souvenir, pas un regret, ni un remords ! Finalement c'est comme un signe du destin, ça devait se produire.

— Destin, volonté, hasard ! intervint Ladygold très sentencieuse, lancez ces trois mots magiques lors d'un dîner ennuyeux pendant lequel la conversation retombe en permanence et vous verrez !

— Merci du conseil, c'est vrai que ça peut servir, répondit Charlotte. Comme je le racontais juste avant votre arrivée, nous avions pris l'habitude, avec quelques copines, de descendre sur la plage en fin de journée pour marcher le long de l'eau tout en bavardant. En fait nous allions voir de plus près les magnifiques garçons qui couraient sur les bancs de sable mouillé…

— Pardon… les garçons ?… Blancs… ou… Noirs ? demanda naïvement Ladygold.

— À votre avis ? répondit en souriant Charlotte.

— On a évoqué un souvenir « exotique »… Laissons-la poursuivre, moi je fantasme déjà… intervint Souris.

— Et moi je piaffe ! trancha Patrice.

— Des blacks ! enchaîna Charlotte, plus noirs que noir ! Bien qu'il y ait, en fait, plusieurs teintes de noir… Ça dépend de leur ethnie, de leurs origines… Bref là-bas aussi il y a eu des mélanges, ça donne des nuances dans le noir et des traits différents… Ils sont beaux parce qu'ils ont des corps harmonieux, puissants et pour la plupart très… musclés !

— Vous voulez dire… très… « musclés » ou très… « membrés »… ? demanda Souris, visiblement captivée.

Grenouillette ferma les yeux et Ladygold, à son tour, se mordit la lèvre.

— Les deux ma petite ! répondit Charlotte amusée, en finissant d'un trait sa coupe de champagne. Si vous m'interrompez constamment, mon histoire n'a plus aucun intérêt !

Il y eut un silence gêné de quelques secondes, où chacun, regardant ses pieds, ne savait plus quoi dire, en attendant que Charlotte retrouve son calme et poursuive son récit.

— Quand je vous dis qu'ils sont beaux, je ne parle pas forcément de leurs traits, de leurs visages… Mais indépendamment de la couleur de leur peau, c'est leur allure, leurs proportions admirables, leur façon de bouger, de marcher, de courir… qui les différencient ! Pour nous, pauvres vieilles bourges françaises, ratatinées et obsédées par le bronzage à tout-va, et mariées depuis des lustres à de gros mous gélatineux c'était un spectacle fabuleux de pouvoir aller admirer ces corps de rêve… Quel fascinant défilé ! C'est vrai, je l'avoue, j'ai adoré ces moments volés de voyeurisme… Ça me mettait en joie, j'avais fini par baptiser ça « notre cirque du soleil » et quand nous remontions de la plage, avec mes copines, nous en avions encore pour un moment à piailler comme des collégiennes, commentant allégrement le cru du soir, regrettant certains absents, détaillant les inventions de leurs looks… Chacune de nous faisait son propre casting pour ses fantasmes de la nuit…

— Pardon, pardon, excusez-moi… J'aimerais comprendre, intervint Souris, il n'était question que de fantasmes… ? Aucune de vous ne… consommait !?

— Mais non ! Ils nous connaissaient toutes, nous étions résidentes, la plupart de ces garçons pêchaient parfois avec nos maris, et moi, au village, tout le monde m'appelait madame Charlotte ! Il eût été impensable pour nous toutes d'avoir ce genre d'aventure ! Radio tam-tam aurait vite fait d'en informer la plage et la brousse ! Et puis ce genre de tourisme sexuel c'était bon pour le quartier « Domino » !

— Domino ? s'étonna Patrice.

— Oui… domino… un blanc une noire… ou un noir une blanche ! Capito ?

— Vous voulez dire que le tourisme sexuel marche aussi dans le sens « blanche-noir » ? demanda Souris de plus en plus passionnée par ce récit.

— Vous voulez rire ! s'exclama Charlotte, aujourd'hui, dans certains pays d'Afrique, ça fait fureur les dadames sur le retour qui viennent s'offrir de jeunes et beaux Noirs ! Ce sont les Anglaises qui ont commencé par la Gambie ! Il y a même en Angleterre un tour-operator spécialisé ! Ces dames arrivent avec la fiche détaillée de leur « escort-boy » parce qu'elles ont déjà consulté sur le site marchand les caractéristiques… « physiques » de leur gentil guide, avec en prime les commentaires des « consommatrices » précédentes sur… disons leurs « performances » !

— On en apprend tous les jours ! s'esclaffa Ladygold toute joyeuse.

— Que dit la police ? interrogea Souris.

— La loi et la police n'ont rien à dire, je vous rappelle qu'il s'agit de relations entre adultes consentants… Et même si ces Blanches ont souvent l'air d'être leur mère, les jeunes Noirs qui les soulèvent sont tous majeurs !! Ils leur disent qu'elles sont séduisantes, même si elles sont moches, qu'elles sont élégantes même si elles ne ressemblent à rien, en un mot qu'elles sont jeunes alors qu'elles n'ont plus d'âge ! C'est aussi simple que ça ! poursuivit Charlotte.

— Et elles les croient ces pauvres gourdes ? rétorqua Ladygold.

— Elles sont seules ! Elles sont peut-être venues profiter de la mer et du soleil d'hiver avec un groupe, ou quelques copines, mais dans la vie, au quotidien, qui ont-elles ? Elles sont comme vous et moi, ou veuves, ou divorcées... et pour la plupart se retrouver dans les bras d'un homme c'est de l'histoire ancienne, très très ancienne ! Elles ne pouvaient même pas imaginer que ça pourrait leur arriver à nouveau !

— Heureusement on n'en est pas là, nous ! dit Souris très sûre d'elle.

Grenouillette et Ladygold levèrent les yeux au ciel d'un commun accord silencieux.

— Au début, même un tout petit compliment lancé par un de ces garçons les grise, elles gloussent comme des collégiennes, ricanent entre elles, y repensent en se couchant... C'est incroyable je me suis fait draguer... à mon âge ! Si mes enfants et mes petits-enfants savaient ça... Je n'oserai jamais le leur raconter... !! Mais en fait ces Blanches ne paient pas, elles ne font que faire des petits cadeaux. C'est toute la nuance, tout du moins au début, il n'y a pas de tarification ! Nous sommes loin de la prostitution, mais plus près de l'échange... marchandises ! Vous me suivez ?

— Inouï ! lança Souris, un vrai site de rencontres… mais sans Internet !

— Vous avez raison, c'est pas sur la souris qu'elles cliquent !! dit Patrice entre ses dents.

Toute la petite troupe éclata de rire.

— Mais après… que peut-il se passer vraiment ? reprit Ladygold.

— Ça dépend de chacune, répondit Charlotte. Certaines, je pense les plus jeunes, consomment par curiosité, pour « goûter au fruit défendu » comme elles disent, et puis classent cette aventure comme une expérience de plus, mais sans lendemain… Elles voulaient simplement vérifier par elles-mêmes la légende qui dit…

— Que les noirs en ont des grosses ! Et même de très grosses ! précisa Souris sur un ton des plus gourmands pour provoquer Grenouillette toujours aussi coincée.

— Certes… reprit Charlotte, mais pour les plus âgées et les plus seules ce n'est pas vraiment ça qui compte… Que pourraient-elles espérer en France ? Quel homme encore valide, dirons-nous, ferait attention à elles en tant que femmes… ? Lequel leur prendrait la main pour un oui pour un non, leur accorderait tant d'attentions, leur offrirait si vite un torrent d'affection, osant même leur voler une bise dans le cou dès le deuxième jour !

— Ah la bise dans le cou ! On en rêve toutes… C'est vrai, avoua Ladygold, mais ça ne reste qu'un rêve à notre âge ! Oui, la bise dans le cou… c'est idiot mais ça manque !

— Quand on sera grands je vous en ferai une, lui dit Patrice.

— Chiche ! lui répondit Ladygold.

— Vous voyez ça ils l'ont bien compris et savent y faire, c'est devenu leur métier ! reprit Charlotte, alors si ces femmes estiment que ça vaut bien quelques cadeaux, elles n'ont pas forcément tort et moi je ne leur jetterai pas la première pierre !

— Et ça se termine comment ? demanda Souris, tout à coup angoissée.

— Quelquefois bien, c'est un échange sans trop de dommages, tu me donnes ta jeunesse, ta gentillesse et du sexe et je t'offre ce que tu veux, dans la limite de mes moyens... Il peut s'ensuivre quelques lettres, quelques demandes, contre un ou deux petits mandats... et puis plus rien à part le souvenir impérissable de cette dernière folie...

— Mais ça doit aussi provoquer des catastrophes ? se lamenta Ladygold.

— Oui, hélas ça tourne parfois au vinaigre pour celles que cette... disons « extase » a vraiment chavirées ! répondit Charlotte. Quand ils ont habilement estimé le potentiel de leur proie les cadeaux peuvent se faire de plus en plus gros. C'est un puits sans fond qui ruinera celles qui se sont laissées envoûter ! Et là, j'avoue, ça peut être pathétique !

— Aucune jolie histoire d'amour, alors ? déplora Souris rêveuse.

— Oh mais si, quand même ! Dans le quartier Domino il y a deux ou trois veuves qui se sont fait construire des maisons et qui vivent très bien et sans histoire avec chacune un petit fiancé qu'elles gâtent juste ce qu'il faut et qu'elles éduquent au passage ! Ils pourront gravir tous les échelons de l'hôtellerie locale et finiront, un jour ou l'autre, par être nommés gérant d'un des petits campements ! Et puis il y a deux couples mixtes qui ont vraiment réussi, un traiteur parisien qui a vendu toutes ses affaires pour venir s'installer auprès de la petite serveuse qu'il avait soulevée dans un hôtel ! Il en a fait une superbe femme, élégante et sympathique. On ne peut pas imaginer quand on la rencontre qu'elle est née sur la terre battue d'une case en ruine dans un village pourri, je l'ai connue gamine et toute timide à bicyclette, aujourd'hui elle arrête n'importe où son 4 × 4 à 30 briques pour me sauter au cou et me donner du « Charrrlôôottte » comme si nous avions grandi ensemble chez les sœurs !

— Bravo ! C'est qu'elle doit être intelligente la petite ! souligna Ladygold amusée.

— Et l'autre couple « Domino » ? interrogea Souris.

— Eux ce sont devenus des amis. C'est une bonne, grosse et joyeuse veuve... qui après la mort de son mari a vendu, elle aussi, tous ses biens, dont une affaire de transports en Alsace, pour venir s'installer définitivement en Afrique. Quelques années auparavant elle s'était beaucoup occupée de la chorale locale qui chante la messe Diola tous les dimanches. Elle avait vite repéré et pris sous son aile un jeune garçon qu'elle estimait plus éveillé que la moyenne, il était réellement doué de nature. En prenant en charge son éducation, l'envoyant à Dakar poursuivre des études supérieures, elle en a fait un vrai gentleman, distingué, cultivé, bref charmant à tous points de vue ! Et puis un jour elle a eu une crise de paludisme un peu plus forte que les autres, et tout naturellement il s'est occupé d'elle comme si elle avait été sa mère… jusqu'au moment fatal où il s'est allongé à côté d'elle pour la prendre dans ses bras, parce qu'il ne supportait pas de la voir pleurnicher comme une enfant ! Il l'a consolée, elle s'est abandonnée ! Depuis ils partagent tout, même le grand lit ! Et croyez-moi c'est un vrai couple, ils s'adorent, sont touchants d'attentions l'un pour l'autre, il est très prévenant, lui prend le bras dans les escaliers, l'aide à monter ou descendre de voiture, ce qui ne se fait plus guère hélas ! Et personne n'est gêné quand il l'appelle « p'tite maman » ! C'est joli non ?

— Oui ça c'est charmant ! Mais que se passe-t-il au Saloon, le bordel dont vous nous avez parlé ? demanda Souris alléchée.

— C'est beaucoup plus trivial, enchaîna Charlotte, c'est le domaine réservé des « filles » ! Et là on tombe dans le sordide du tourisme sexuel à l'état pur, hélas ces filles sont souvent mineures !

— Mais qui sont les clients ? demanda Patrice.

— Les faux pêcheurs, qui, comme je vous l'ai dit, achètent du poisson pour faire croire qu'ils sont allés à la pêche, les résidents du quartier Domino et surtout beaucoup de touristes ! Il y en a qui quittent leur hôtel en tenue de sport, prétextant un petit jogging de santé et qui passent en fait se faire soulager en quelques minutes chrono pendant que bobonne cuit sous le soleil de la plage avec ses copines ! C'est pas beau ça !?

— Les salauds ! enchaîna Ladygold, on devrait leur couper les roubignolles !

— Les couilles ! Ça s'appelle des couilles ! hurla Souris.

— Tout cela est consternant ! conclut Grenouillette.

— Maintenant que tu nous as bien débriefés sur les us et coutumes dans le paysage... pourrais-tu revenir à nos moutons et nous éclairer enfin sur ton... souvenir exotique personnel ? demanda perfidement Patrice.

— Alors accrochez-vous ! Parce que tout ce que je viens de vous raconter c'est de l'eau de rose à côté de mon aventure, dit-elle en décochant un clin d'œil à Grenouillette qui leva les yeux au ciel une fois de plus.

Note Chloé n° 6

Il n'y avait plus personne dans le jardin, alors j'ai pu me balader, à l'aise, dans la maison. J'ai traversé les salons en toute tranquillité, j'avais l'impression de visiter un musée un jour de fermeture. Quand j'ai entendu une voix derrière une des portes, j'ai préféré faire marche arrière. Il m'a semblé que c'était la Charlotte qui parlait, elle devait encore se raconter en large et en travers, c'est fou ce qu'elles sont bavardes à cet âge-là ! C'est en revenant dans le couloir que je suis tombée sur celle qu'elles appellent Rancunia. Elle me fait froid dans le dos, celle-là, en me fusillant du regard en permanence. On dirait la proviseur du bahut. Mais bizarrement elle a été un peu aimable et m'a entraînée dans la cuisine pour l'aider à éplucher des pommes, je n'en suis pas revenue ! Moralité, je me suis fait piéger en beauté ! Je ne m'attendais pas à subir un tel interrogatoire, elle a tout voulu savoir sur moi ! J'étais coincée, impossible de lui fausser compagnie et personne à l'horizon ! Il a bien fallu que je me mette à table et elle m'a cuisinée pendant une heure, parce que j'avais un max de pommes devant moi ! Qu'est-ce que ça peut lui foutre que je sois la fille unique d'un notaire de province, et il a même fallu que je lui explique pourquoi je m'étais fourvoyée dans mes études ! Elle sait tout sur tout à l'entendre, une licence d'histoire pour finir grouillotte dans un magazine féminin, elle m'a démontré par A + B que c'était débile ! Elle commençait à me gonfler avec sa morale à deux balles, alors j'ai profité d'une petite seconde de silence pour reprendre la main, comme au tennis. N'empêche que j'ai marqué des points ! J'ai osé lui demander si elle avait des enfants et des petits-enfants et, curieusement, comme si j'avais piqué un nerf à vif, elle s'est dégonflée comme un ballon la vieille pie ! Son aigreur est devenue plus douce et j'ai pu, à mon tour, la mitrailler de questions. Pas sur elle, mais sur le groupe !

Mine de rien, j'avance !

« Il s'agit avant tout de "vieillir" ensemble en toute harmonie, car, sans jamais l'avouer, la préoccupation première de chacune est de ne plus vivre seule. Cette hantise permanente de la solitude permet d'arrondir les angles. "Votons" met très démocratiquement fin à tout dilemme, quand un problème se pose, ou qu'un litige quelconque oppose subitement deux caractères bien trempés. Il ne peut y avoir de droit d'aînesse puisqu'il n'y a que des aînées et que toutes, paraît-il, trichent plus ou moins sur leur âge ! »

Pas besoin de service juridique, j'ai la nette impression de me censurer moi-même !

Samedi 18 h 30

— Redonne-moi une coupe, Patrice, et rappelle-moi où j'en étais de toute cette histoire...

— Tu cherchais un pisciniste...

— Ah oui, bien sûr... et nous l'avons trouvé sur la plage, parmi les joggers, j'en avais interrogé avec joie quelques-uns, et ils s'étaient tous mis d'accord sur un nom : Théodore ! « C'est lui qu'il vous faut madame Charlotte !! Il est polyvalent ! Il saura vous rendre plein de services... » Je ne savais pas vraiment ce que ça pouvait vouloir dire mais quand ils me l'ont montré du doigt j'avoue que j'ai laissé échapper un petit sifflement admiratif ! C'était le plus beau ! Une vraie bombe ! Nous l'avions déjà repéré, avec mes copines, parce qu'à chaque fois qu'il arrivait à notre hauteur sur la plage, il se retournait pour continuer son jogging à l'envers ! Il courait à reculons pour pouvoir nous décocher un sourire aussi éblouissant que ravageur ! Et il savait pertinemment que nous en étions toutes chamboulées ! Quelle pute quand j'y pense... ! Il faut dire qu'il avait une couleur de peau extraordinaire, comme le mélange d'un marbré caramel-chocolat, oui, c'est ça...

vous voyez ce que je veux dire… Il avait une peau couleur gâteau !

Souris et Patrice échangèrent un rapide coup d'œil, comme si tous les deux ressentaient la même odeur de pâtisserie dans le salon.

Amusée par son petit effet, Charlotte prit son temps pour tremper ses lèvres dans le champagne avant de poursuivre :

— Curieusement il n'avait pas de traits… trop « marqués » ; ses lèvres étaient nettement moins charnues que celles des autres, elles étaient en fait parfaitement dessinées et joliment ourlées, c'est ce qui lui donnait, avec le contraste de ses dents blanches, ce sourire hollywoodien renversant ! Son nez aussi était différent des autres, il n'était en rien épaté, mais plutôt harmonieusement proportionné ! Ajoutez à cela de grands yeux noirs de jais et des cils sans fin et vous ne pouviez qu'admirer le savant mélange d'ethnies qui avait créé cette beauté ! Parce qu'en plus de cette belle gueule, croyez-moi, il avait un corps magnifique !

— Je t'en prie, Charlotte, épargne-nous tes commentaires anatomiques ! soupira Grenouillette.

— Mais non il y a un détail absolument capital pour la fin de l'histoire parce qu'il avait une certaine partie de son corps qui semblait… comment dire… surgonflée !

— Nous y voilà ! C'était cousu de fil blanc ! poursuivit Grenouillette.

— Là, excuse-moi, ce serait plutôt cousu de fil noir… persifla Patrice.

— Continuez ma belle, je m'amuse comme une folle ! dit Ladygold. Si l'on m'avait dit qu'à mon âge je me régalerais du portrait si réaliste d'un jeune noir ! C'est d'un drôle !

— Ce n'est pas du tout ce que tu peux imaginer, grosse cochonne hypocrite !… enchaîna Charlotte en tirant la langue à Grenouillette. Si ce beau gâteau avait deux étonnantes boursouflures, comme si il avait été trop cuit d'un côté… c'était parce qu'il avait dû forcer sur le « bodybuilding » à cet endroit ! Il avait en effet une paire impressionnante…

Charlotte, qui aimait ménager ses effets, but une gorgée de champagne – le temps d'agacer un peu plus sa belle-sœur – avant de poursuivre :

— Une paire ? reprit-elle, en réalité je ne sais pas du tout si on peut parler de « paire » pour… les pectoraux !?

Grenouillette soupira de soulagement et les autres en ricanèrent.

— C'était ahurissant cet amas de muscles au niveau des pectoraux, on aurait dit, par la taille, une vraie poitrine de femme, d'autant plus que ces seins protubérants étaient agrémentés d'énormes tétons, dont le volume faisait réellement penser à deux grosses tétines de caoutchouc ! Seulement ce torse boursouflé, et vraiment impressionnant, était en fait si musclé qu'il en était dur comme du bois !

— Moi je n'aime pas trop les hommes aux muscles hypertrophiés ! confessa Souris.

— Rassurez-vous le reste était fait au moule ! enchaîna Charlotte, il avait des cuisses longues, des fesses hautes, mais pas trop rebondies comme ils les ont souvent, et des abdominaux en tablettes de chocolat… noir, comme n'en auront jamais les Blancs ! Par ailleurs il avait un cou de taureau et des mains absolument gigantesques, de vraies paluches de boucher (Patrice et Souris échangèrent un regard complice en pensant à celles de Poulet…) avec un pouce… plutôt… surdimensionné !

— Vous savez ce que dit la légende ? demanda Souris… qui dit gros pouce… dit…

— Non ça c'est pour le pif ! intervint Patrice « qui dit gros pif, dit gros paf ! ».

Une fois encore tous éclatèrent de rire en voyant la grimace coincée de Grenouillette.

— Il avait été plagiste dans un hôtel et savait gérer l'entretien d'une piscine, reprit Charlotte. Il ne m'en fallut pas davantage sur son hypothétique CV pour l'engager sur-le-champ…

— Et ton mari qu'a-t-il dit quand tu lui as rapporté ce beau bébé ? demanda perfidement Patrice.

— Il était surtout ravi d'avoir un costaud qui ne lui demanderait pas de l'aider à recouvrir la piscine tous les soirs et à qui il pourrait, à l'occasion, confier d'autres missions de force dans la maison ou dans le jardin ! Il l'a trouvé sympathique, souriant et propre et ne s'est pas vraiment posé d'autres questions... Je vous rappelle qu'il avait dirigé des noirs toute sa vie au Gabon, et que ses forestiers devaient être super bien bâtis eux aussi, alors les pectoraux en ébène de Théodore ça ne l'a pas impressionné plus que ça...

— Mais vous nous avez dit que vous aimiez vous baigner nue... Comment s'est organisé le quotidien avec votre Tarzan en chocolat ? demanda Souris.

— Comme son prénom l'indiquait il était catholique ! reprit Charlotte. C'était quand même plus facile qu'avec un musulman... Alors je lui ai expliqué, avec moult circonvolutions, que certaines Blanches aimaient faire bronzer... la totalité de leur corps ! Il a ri, son expérience de plagiste l'avait habitué à ce genre de pratique « pas de problème madame Charlotte, je vais préparer deux bambous, que je taperai l'un sur l'autre pour vous prévenir, ça voudra dire que je demande la permission d'approcher... ». J'étais sidérée par tant de délicatesse quand il ajouta « mais pardon... oh oui vraiment pardon !... vous avez beaucoup moins de nénés que moi, madame Charlotte, à quoi ça sert de les cacher quand j'arrive ?... ».

Le fou rire fut général ! Et même Grenouillette, qui pensait sans doute que l'histoire s'arrêtait là, étouffa nerveusement son rire dans son mouchoir.

Savourant son petit succès, Charlotte but une nouvelle gorgée de champagne avant de poursuivre :

— La vie s'organisa sans problème à la piscine, seul Théodore était autorisé à aller et venir, le reste du personnel étant musulman nous ne voulions pas les choquer ! Les premiers temps, quand j'entendais les bambous, je posais mon paréo en taquon sur ma foufoune et laissais mes pauvres petits seins en exposition… Il avait la discrétion de faire semblant de ne rien voir, si bien que petit à petit je ne prenais même plus la peine de me voiler le sexe ! Et Paul avait fini par m'imiter, lui aussi se foutait à poil !

— Ça devient croustillant ! dit joyeusement la Souris, le chocolat devait fondre ?

— Non, Théodore restait lui-même, efficace, souriant, prévenant et respectueux ! Il portait inlassablement le même petit short de nylon orange, et nous nous restions nus comme des vers pour lui parler, même debout à ses côtés ! Cette situation ne semblait en rien le gêner ! C'était comme si il ne nous voyait pas ! Et puis un jour, après le déjeuner, je me suis retrouvée seule à la piscine… Il faisait une chaleur épouvantable et Paul avait préféré aller faire sa sieste dans la chambre, sous la climatisation, plutôt qu'à l'ombre sous les cocotiers, comme nous en avions pris l'habitude. Il faut avouer que nous avions un peu forcé sur le rosé… et disons… que la tête me tournait un petit peu… Alors je me suis endormie comme une masse ! Quand je me suis réveillée peut-être une demi-heure plus tard, je me suis sentie très vaseuse... L'excès de vin sous cette chaleur ça vous matraque, même quand on en a l'habitude ! Je me suis levée, un peu chancelante, pour aller prendre une douche, nous en avions fait installer une derrière un massif de bougainvillées, c'était divin ! En voulant contourner la piscine j'ai senti que je commençais à tituber et, juste avant de tomber à l'eau, je ne sais pas pourquoi, j'ai eu le réflexe de crier « Théo » juste une fois ! Il a bondi en une seconde, je n'ai même pas vu d'où il sortait, peut-être qu'il m'épiait, tapi dans un coin du jardin, je ne sais pas... C'était curieux, en fait, de le voir surgir si vite... mais je ne me suis posé cette question qu'après... J'ai pressenti que j'allais couler à pic, mais c'était étrange parce que tout se passait comme dans un film au ralenti. J'avais le sentiment que je pouvais me noyer et pourtant je savais que c'était impossible parce que j'avais vu Théodore accourir ! Pendant ces quelques infimes secondes j'ai cru me parler à moi-même, comme si je m'engueulais carrément... Pauvre folle, tu as trop bu, tu as dormi au soleil, et maintenant tu as un malaise, et tu risques de mourir dans ta piscine ! C'est bien fait pour toi !... Alors jure que tu ne le referas plus, allez jure-le pauvre idiote !

Tout le monde attendait la suite et Charlotte refit une pause champagne avant de fermer les yeux pour avouer :

— En fait ce n'était pas moi qui me parlais à moi-même… c'était lui ! C'était Théodore qui m'engueulait ! Et il me tutoyait ! Et si j'ai bu la tasse en ouvrant la bouche c'est uniquement parce que je criais « Théo ! Théo ! »… Il m'a sortie de l'eau en me soulevant d'un seul bras comme une brindille et il m'a retournée d'un geste brusque pour me faire recracher toute cette flotte !! Je toussais comme une perdue avec un sentiment affreux d'étouffement et, pourtant, pendant qu'il me secouait, je me suis mise à pleurer et à rire en même temps ! À pleurer d'une peur rétrospective et surtout à rire de me retrouver ainsi nue et ballotée comme une poupée de son, par mon pisciniste, athlétique et black de surcroît ! J'avoue que j'ai même regretté qu'il n'y ait personne à cet instant précis pour prendre une photo ! Le comique de la situation aurait valu la peine d'être immortalisé !

— Et que s'est-il passé alors… ? demanda Patrice légèrement inquiet pour la suite des événements.

Les trois femmes acquiescèrent, curieuses elles aussi du dénouement.

— Lui n'a vu que mes larmes et ne pouvait pas imaginer un seul instant que je pleurais en fait de rire ! Il m'a prise dans ses bras, comme on prend un bébé pour le consoler, en passant son bras droit entre mes jambes tandis que le gauche passait derrière ma tête pour me soutenir le dos… vous voyez la position ?

— Non… mais tu étais nue ?! s'écria Grenouillette.

— Évidemment ! Comment voulais-tu que je me rhabille ? Et là j'ai senti immédiatement deux choses bien distinctes… D'un côté ma joue s'est retrouvée plaquée contre son sein gorgé de muscles, c'était très dur et très tendre à la fois, comme un coussinet trop bien rembourré et de l'autre côté mes fesses se retrouvaient quasiment assises dans son énorme paluche ! Dans cette drôle de position j'étais comme un nourrisson qu'on soupèse très lentement pour le calmer ou qu'on s'apprête à allaiter !

— Incroyable ! siffla Souris.

— Ce n'est, en effet, pas banal comme aventure… ajouta Ladygold.

— Tu m'épateras toujours, poursuivit Patrice.

— Et moi je suis atterrée ! conclut Grenouillette.

— Mais attendez… ce n'est pas fini !!! Si je riais intérieurement j'étais quand même encore un peu sonnée et il voyait bien que je reprenais très lentement mes esprits, alors il s'est mis à marcher de long en large autour de la piscine tout en continuant à me bercer doucement dans ses bras… Et tout à coup mes lèvres ont frôlé brièvement son téton… Il a alors augmenté le rythme de sa marche si bien que, ma tête étant un peu bringuebalante, mes lèvres passaient et repassaient inlassablement sur ce téton… À force de ce délicat petit frottement, le téton, qui était déjà gros, s'est mis à enfler pour devenir énorme, quasiment turgescent ! Et comme Théodore avait dû couper et entailler des noix de coco toute la matinée, sa peau exhalait cette senteur chaude de coco que j'adore... Alors je ne sais pas ce qui m'a pris, l'idée d'être redevenue un nouveau-né peut-être... le besoin d'être maternée après une telle émotion... ou cette odeur de lait de coco sans doute... Toujours est-il que j'ai entrouvert un peu plus mes lèvres et que... j'ai franchement tété le téton turgescent de Théodore !

— Tu as quoi ? s'écria Patrice effaré.

— J'ai tété le téton turgescent de Théodore !

— Tu as tété le téton turgescent de Théodore ?! répéta Patrice sidéré alors que les trois femmes, toutes aussi stupéfaites, restaient sans voix.

— Oui j'assume, j'ai tété le téton turgescent de Théodore !

— Saloooppppe ! dit lentement Patrice.

— Mais... attendez... ce n'est pas fini !... J'avais par réflexe passé mon bras gauche autour du cou de Théodore, tandis que mon bras droit pendait naturellement dans le vide le long de son flanc... quand j'ai commencé à le téter et qu'il a encore augmenté le rythme de sa marche, les secousses ont fait que ce bras ballant s'est mis à tapoter tout naturellement contre son petit short orange... Vous imaginez la suite...

— Ne dis plus rien, par pitié ! implora Grenouillette.

— Si ! Si ! Continuez ! Je veux à tout prix savoir comment tout ça s'est terminé, intervint Souris.

— Si au début ma main a simplement rebondi… j'ai fini par sentir bien vite le gonflement qui s'opérait… Putain-bordel, croyez-moi, j'ai été stupéfaite de constater qu'un aussi petit short puisse encore contenir un engin si gros !

— Oh ! ça devient de plus en plus chaud… ! s'écria Souris.

— Tu es allée jusqu'où ? demanda Patrice d'un ton ferme.

— Il s'est mis à sautiller… Alors je me suis accrochée, après tout je n'avais que cette prise-là sous la main !

— Vous êtes impayable ! applaudit Ladygold.

— Comme il sautillait de plus en plus, j'étais de plus en plus secouée… et mes fesses de bébé étant toujours calées dans sa grosse main, j'ai senti tout à coup son énorme pouce…

— Ne nous dis pas ! s'exclama Patrice.

— Si ! si ! Je vais vous le dire ! répondit Charlotte.

— Oui dites-le ! Le pouce qu'est-ce qu'il a fait ? demanda Souris impatiente.

— Le gros pouce… l'énorme pouce… il a… ripé ! avoua Charlotte dans un fou rire.

— Il a quoi ? demanda Grenouillette qui n'arrivait plus à suivre.

— IL-A-RIPÉ !!! répondirent en chœur Souris et Patrice tandis que Charlotte se tordait toujours de rire et que Ladygold, elle aussi hilare, applaudissait à tout rompre en répétant : « Qu'elle est tordante ! Qu'elle est tordante ! »

Quand les rires se calmèrent, Ladygold demanda à Patrice d'appeler José pour qu'il apporte une nouvelle bouteille de champagne.

— Ça s'arrose ! dit-elle pour se justifier, mais dites-nous, chère amie, votre Théodore, comment réagissait-il ?

Les rires repartirent de plus belle avant que Charlotte ne réponde :

— Je vous ai décrit les... réactions de son corps... Mais je ne pouvais pas voir son visage, je vous rappelle que j'étais très écrasée contre ses pectoraux, par contre je l'entendais répéter sans cesse « ouh là là... ouh là là... ouh là là... » !

— Et puis... et puis ?... demanda vivement Souris.

— Et puis le drame est arrivé... Sous une grosse feuille de bananier, juste à la hauteur de mon regard, j'ai aperçu les deux yeux exorbités d'Adama, l'une des deux sœurs jumelles qui se relayaient à la cuisine ! Malheureusement je n'ai jamais pu arrêter Théodore qui sautillait de plus en plus belle au rythme de ses « Ouh là là ! ». Alors la petite a filé comme un éclair vers la maison en criant : « Môsieu ! Môsieu ! Au secours ! Il y a Théo qui secoue Madame ! »

— Quel choc ça a dû être pour ce pauvre homme ! chuchota Grenouillette.

— Paul est arrivé très vite ! reprit Charlotte, heureusement il s'est arrêté net de l'autre côté de la piscine ! Il a vu tout de suite le minishort orange… qui explosait littéralement ! Et il ne lui a fallu qu'un quart de seconde pour comprendre que j'étais nue ! Il est devenu tout rouge et s'est mis à hurler en ramassant un bambou pour menacer Théodore ! « Lâche Madame immédiatement ou je te fracasse le crâne ! » Théodore a semblé se réveiller tout à coup en réalisant ce qui venait de se passer et il a enfin cessé de sautiller ! Il m'a simplement dit « pardon madame Charlotte ! » Moi j'ai bêtement répondu « Ouh là là ! » et il m'a jetée dans la piscine sans ménagement ! J'ai quand même eu le temps de le voir s'enfuir à toute vitesse vers la plage et j'ai bu à nouveau une bonne tasse ! Mais cette fois-ci j'étais tellement dégrisée que je n'ai pas coulé !… Le malheur a voulu que Paul veuille poursuivre ce pauvre Théodore !

L'assistance restait sans voix et c'est à cet instant que José fit son entrée avec un seau à champagne, ce qui détendit l'atmosphère.

— Ces dames, à la quouisine, demandent dans combien de temps vous voulez lé dîner ? dit-il en remplissant toutes les coupes.

— Ah oui… Rancunia doit être verte de rage, dites-leur que nous arrivons dans un quart d'heure, répondit Ladygold en interrogeant du regard Charlotte.

— Oui… oui, répondit celle-ci, le côté croustillant est terminé… La chute est moins drôle ! J'en ai encore pour une minute ou deux…

— C'est tout !? demanda vivement Souris.

Charlotte attendit que José soit reparti pour enchaîner :

— Nous n'avons jamais revu Théodore, il faut dire qu'il courait vite ! Il a dû s'engouffrer dans le premier taxi-brousse pour Dakar… Quand Paul est remonté de la plage, avec son bambou encore à la main, il était épouvantablement essoufflé et rougeaud, il ne décolérait pas et j'ai eu du mal à l'empêcher d'aller porter plainte à la gendarmerie. Il a bien fallu que je lui donne ma version de l'incident, et lui faire admettre qu'il ne s'agissait en rien d'une agression… Mais qu'au contraire Théo m'avait sauvée de la noyade après mon malaise… Et c'était sans doute le fait de m'avoir tenue toute nue dans ses bras qui avait provoqué… disons… son excitation trop évidente !!! En fait je ne mentais pas vraiment… Je ne faisais que déguiser légèrement la vérité !

— Salooope, sussurra Patrice.

— Pourquoi vouloir lui faire du mal ? Pauvre idiot ! répondit Charlotte en haussant les épaules.

— Le mal était déjà fait ! intervint Grenouillette.

— C'est toi qui as voulu connaître mon « souvenir exotique » comme tu dis ! s'écria Charlotte. Alors, je t'en prie, Thérèse, pas de leçon de morale ! Nous avons passé l'âge, toi et moi ! Je veux bien raconter, et même tout raconter, parce qu'il y a prescription après tout ! Mais je ne veux plus être jugée ! Je vous ai dit que c'était un souvenir, pas un regret, et encore moins un remords ! Et si je dois choisir entre destin, volonté et hasard, comme vous me l'avez conseillé, dit-elle en s'adressant à Ladygold, c'est sans nul doute destin ! Et on n'échappe pas à son destin, n'est-ce pas ?

— Oui… oui… bredouilla Ladygold, soyez rassurée, personne ici n'oserait vous juger, chère amie, nous sommes à « confesse », vous l'avez dit, pas au tribunal !

— Regret ! Pour moi ça serait classé « regret » ! Regret de ne pas être allée plus loin évidemment ! intervint Souris en éclatant de rire.

— Grenouillette resta silencieuse, l'intervention de Ladygold lui avait, intelligemment, ôté toute possibilité de sermon.

— Et Paul alors ? demanda gentiment Patrice.

— Il a fait son premier malaise cardiaque dans la nuit… Nous sommes partis précipitamment pour Dakar où des examens alarmistes nous ont forcés à rentrer à Paris ! En fait c'est la course après Théo, sur la plage en pleine chaleur, qui a révélé la faiblesse de son cœur. Destin, là encore… Sans cela nous n'aurions rien su ! Il aurait pu, tout aussi bien, mourir un beau jour à la pêche mais il est mort six mois plus tard lors d'un test d'effort de contrôle à l'hôpital… Les cardiologues qui l'entouraient n'ont même pas pu le ranimer. Voilà pour la séquence émotion et la fin de toute l'histoire...

Tous restèrent silencieux un moment puis chacun se leva pour entourer Charlotte et l'embrasser. Personne n'osa faire de commentaire.

Mais quand Patrice serra dans ses bras sa sœur aînée il lui demanda à l'oreille pourquoi elle ne lui avait jamais raconté les détails de toute cette histoire avant ce jour.

— Disons... que c'était rangé dans ma mémoire... dans le tiroir « secrets de famille »... Il s'est ouvert aujourd'hui, je ne sais pas pourquoi... Au début je n'ai voulu que choquer Grenouillette... et puis après... le champagne aidant... ça m'a fait du bien... Parfois ça « lave » de parler... Tu devrais essayer !

— Si nous allions dîner ? ordonna Ladygold, en faisant un petit signe à Patrice pour qu'il emporte le seau à champagne.

Flash-back

Cinq semaines exactement avant cette confession, Charlotte avait reçu un coup de téléphone d'Afrique de l'un des fameux couples de Domino dont elle venait de raconter l'histoire.

Les « J. and J. », comme on les appelait là-bas, ne formaient pas un couple extravagant et attachant pour la seule fantaisie de leur liberté de langage. On oubliait tout aussi vite leur grande différence d'âge. Selon les jours Josette avouait sans crainte une bonne vingtaine d'années de plus que Joseph. Plus personne, non plus, ne prêtait attention à leurs physiques. Autant Josette était petite et ronde, autant Joseph était grand et mince. Il y avait, en plus, une certaine opposition dans leurs couleurs de peau ; Josette étant aussi blanche et peu naturellement blonde que Joseph était noir et très naturellement crépu.

Comme Charlotte l'avait expliqué, Josette, avant de venir s'installer en Afrique, avait dirigé, avec son défunt mari, une affaire de transports. Après toute une carrière il est parfois difficile d'abandonner les tics de sa profession, elle, c'était le franc-parler de certains camionneurs qu'elle avait définitivement adopté. En éduquant Joseph elle lui avait inculqué l'idée, avec son propre vocabulaire, très imagé, que la vulgarité n'est jamais dans les mots. Dès lors on pouvait tout dire, à condition d'y mettre le ton. L'élève avait vite progressé à ce petit jeu et avait même dépassé le maître, au-delà de ses espérances.

Ils passaient leur temps à jouer aux dés, mais on ne peut pas dire que ces parties étaient empreintes d'un raffinement extrême. Sauf peut-être dans le choix judicieux des insultes les plus basses et des évocations les plus graveleuses qui truffaient constamment leur étonnant dialogue.

— Poufiasse immonde, c'est à toi de jouer !

— Trou du cul d'enculé, t'as vraiment un pot de cocu !

Ce genre d'échanges ne choquait plus personne pour qui les connaissait un tant soit peu.

Mais ce qui les distinguait davantage, et qui fascinait tous ceux qui les rencontraient, c'était qu'avec toutes leurs différences, et ces particularités plutôt folkloriques, ils affichaient ouvertement et librement leur amour.

Quand Josette appelait son Jo « bâton d'amour » c'était aussi explicite que tendre et quand Joseph qualifiait sa Jo de « grosse patate douce » c'était aussi tendre qu'explicite.

Ils avaient une façon touchante de se prendre la main à tout bout de champ, et il était émouvant de constater, même dans les pires moments de leur relation, que Joseph restait toujours d'une parfaite galanterie. Gare à lui si il oubliait la moindre attention ou le b.a.-ba des préséances, Josette, qui pouvait être grossière, voire ordurière, ne plaisantait pas avec la bonne éducation !

Pendant ces moments de tendresse évidente et réciproque les J. and J. n'abandonnaient pourtant jamais le ton doux et cru de leur surprenant dialogue, il arrivait parfois que le « bâton d'amour » devienne « bâton merdeux » et que la « grosse patate douce » se transforme en « vieille pomme pourritte » !

— Allô Charlotte ? C'est la Jo, heureusement que t'es pas là, il pleut comme vache qui pisse ! Et puis t'es dans la merde ma belle ! Cette salope de Marina s'est cassée de ta maison en emportant tout ce qu'il y avait dedans ! J'te l'avais dit, fallait pas que tu la loues à cette poufiasse, elle est sans foi ni loi ! Elle va pas te payer et elle t'a même piqué les climatiseurs, tu parles d'une embrouille ! Personne ne sait où elle a filé avec tout ça... Heureusement que le Jo a pu récupérer tes clefs, elle les avait refilées avant de partir à la petite Adama, une journée de plus et toute une famille te la squattait ta baraque !... J'te le passe.

Charlotte était restée sans voix, incapable de réagir, et puis le haut débit avait repris.

— Salut Charlotte, c'est le Jo, te fais pas de mouron, j'ai tout refermé, y a pas trop de dégâts, va seulement falloir que tu rachètes frigo, gazinière, clims et tout le bazar si tu veux relouer, elle a même chouravé la vaisselle cette enfoirée ! Mais y a pas que du drame, la bonne nouvelle c'est que le Théodore est revenu dans le paysage, je l'ai vu traîner au village, si tu veux je le chope et je l'installe comme gardien, mais faudra quand même que tu rappliques, faut pas laisser passer ça, tu dois aller porter plainte à la gendarmerie !

— Théodore !? Il est revenu !? Ça alors... Mais oui... C'est une bonne idée après tout !... Tu crois qu'il va accepter de revenir... ?

— Tu sais bien qu'il se couperait le bras pour toi !... C'est ton mari qui lui foutait la trouille, mais maintenant...

— Écoutez... Je crois que c'est en effet la bonne solution pour l'instant... Vous avez raison... Installez-le et dites-lui que je le paierai à mon arrivée... Merci pour votre aide... Je vais venir... Mais je ne sais pas quand... Il va me falloir pas mal d'argent... Je préfère attendre la fin de la saison des pluies... Je ne pourrai sans doute pas arriver avant fin octobre... Si vous pouvez lui donner une petite avance ce serait gentil, il doit en avoir besoin... Dites-lui que je suis contente de le reprendre si il veut bien être gardien... Avec lui je vais me sentir en sécurité... Je resterai peut-être un mois ou deux pour tout remettre en état... Je vais essayer de trouver une bonne copine qui viendrait avec moi... Vous êtes des amours de vous occuper de tout ça !... Merci !

Oui merci infiniment ! Je vous rappelle dans deux ou trois jours… Je vous embrasse tous les deux !

Et puis, juste avant de raccrocher, Charlotte abandonna son ton snob juste une seconde pour ajouter, en imitant la voix de Josette :

— T'as raison la Jo ! C'est une sacrée poufiasse cette salope de Marina !

Elle ne parla jamais à personne de ce coup de fil, et, curieusement, elle « oublia » de le raconter en cette fin d'après-midi, au Patio secret.

Samedi 21 h

Ah ! vous voilà enfin ! s'écria Rancunia quand ils arrivèrent dans la cuisine. C'est pas trop tôt ! Je vous rappelle que Gervaise et Maguelonne ne sont pas là ! Alors ça va être très simple, José a mis le couvert et Chloé m'a aidée à faire une compote, avant il y a de la salade et quelques pélardons, et pour commencer il y a des œufs ou… des œufs ! Vous serez gentils de faire chacun les vôtres, à la coque, en omelette ou brouillés, ce sera comme vous voulez, il y a tout ce qu'il faut !

Curieusement personne n'osa broncher face à ce ton de maîtresse d'école, alors ce fut José qui enchaîna :

— Yé vais le faire, dites-moi comment vous les voulez et yé lé ferai pour vous !

— Je vais vous aider José, répondit Patrice, je suis imbattable pour battre les œufs, ce serait plus simple de faire des omelettes pour tout le monde, non ?

— Deux hommes aux fourneaux ! Ça vous réconcilie avec la vie ! lança l'Autruche en arrivant, moi je la préfère baveuse l'omelette, et vous ?

— La tortilla elle est toujours bien couite ! répondit fermement José, qui la veut *con jamon* ?

Les mains se levèrent une à une à l'exception de Rancunia, qui continuait à bouder.

— Je déteste ça, faites-en une baveuse pour l'Autruche et pour moi !

— Tu as bien chanté ? demanda Ladygold, pour essayer de détendre l'atmosphère.

— Comme une casserole ! J'étais trop énervée ! Je devais passer voir Opaline après la répétition... répondit l'Autruche.

— Vous chantez !? Racontez-nous ça ! intervint Charlotte.

— Oui et j'adore ça ! J'ai raté ma vocation que voulez-vous, maintenant il est trop tard... ! Mais j'aurais pu faire carrière, croyez-moi !

— Il paraît que vous faites partie de la chorale des seniors ? Ce doit être amusant... Vous chantez quoi au juste ? enchaîna Patrice.

— De tout... des airs d'opéra, des requiems, du gospel... Mais aussi de la variété de temps en temps, ça dépend des lieux où nous nous produisons. Nous avons chanté une fois au Stade de France avec Johny, nous étions plus de mille choristes, en longue tunique blanche, c'était merveilleux, on a eu l'impression d'être des anges !!! Ne rigolez pas c'est vrai !

— Mais on ne rigole pas ! répondit Patrice tout en battant les œufs, je trouve ça formidable d'avoir un hobby, alors un don c'est encore mieux ! Mais vous qu'est-ce que vous préférez chanter ?

— J'aime tout ! Mais j'avoue que si je devais faire un tour de chant en solo ce serait avec des chansons réalistes, des textes quoi… le répertoire de Fréhel, de Monique Morelli, de Suzy Solidor, de Cora Vaucaire, Piaf, Gréco… enfin vous voyez le genre…

— Oui le genre qui ne plaît plus… ! intervint Rancunia d'un ton caustique, demandez donc à la petite si elle connaît ces vieilles rengaines !

— Piaf et Gréco, oui, ça me parle, mais pour les autres c'est silence radio ! répondit Chloé.

— Je ne suis pas d'accord avec vous, ma chère Rancunia, répondit Patrice, moi j'adore ce genre de textes, Prévert, Mac Orlan ou d'autres… et en plus vous ne citez que de sacrées bonnes femmes, qui sont pour la plupart des icônes gay vous savez !

Et il se mit à chanter tout en continuant de battre ses œufs :

— « Moi j'essuie les verres… au fond du café… j'ai bien trop à faire pour pouvoir rêver… et dans ce décor banal à pleurer… » Pardon j'aurais dû changer les paroles… « … et dans ce décor sublime à tomber… ! »

— Bravo et merci ! lui dit Ladygold.

— Vous me remontez le moral, vous alors ! dit l'Autruche, parce que si il ne fallait compter que sur ses vieilles copines… mauvaises, méchantes et jalouses de surcroît !

— Oh arrête ! Ce n'était pas vraiment méchant, je me fous de toi, c'est tout ! répondit Rancunia.

— C'est pas le jour ! Je t'ai dit que j'étais allée voir Opaline !

— Opaline est sa mère… Elle est dans une maison de retraite médicalisée… précisa Grenouillette.

— Oui et je vous jure que c'est une épreuve de mettre les pieds dans ce genre de truc. Quand vous passez la porte, vous n'avez qu'une envie c'est de reculer pour vous enfuir, quelle horreur ! Ça me tourneboule à chaque fois.

— Et comment allait-elle, cette pauvre Opaline ? demanda gentiment Ladygold.

— Elle se ratatine, c'est pathétique… Quand je pense à la femme que c'était !

— Quel âge a-t-elle ? demanda Charlotte.

— Quatre-vingt-quinze… ! soupira l'Autruche, et elle a encore toute sa tête, par moments.

— Mais pourquoi…

Au moment où elle allait poser sa question Charlotte se ravisa. Elle croisa alors le regard ébahi de Chloé qui, elle, avait compris ce qu'elle allait demander. Chloé soutint volontairement son regard et Charlotte réalisa, à cette minute, que cette petite journaliste n'était pas aussi naïve qu'elle le pensait. Il était évident, en effet, que tout le monde ne pouvait pas avoir les moyens de venir vivre dans ce cocon luxueux qu'était le Patio secret.

Heureusement l'Autruche, sans doute pour échapper à toute autre question, sut enchaîner avec humour.

— Il y a un infirmier qui me fait hurler de rire ! À chaque fois qu'il me voit il me fonce dessus pour se plaindre, il paraît que toutes les vieilles lui courent après, qu'elles lui pincent les fesses dans l'ascenseur, et que certaines vont même jusqu'à lui mettre la main au paquet, sous sa blouse, quand il les borde dans leur lit ! Et pourtant il est loin d'être sexy le pauvre ! Il prétend que tous ces vieux, enfermés ensemble, ne pensent plus qu'à ça ! Il y a un homme pour huit femmes et il paraît que ça couche !

— Quelle horreur ! s'écria Grenouillette, tu nous dis toujours ça mais je ne peux pas le croire.

— La prochaine fois je t'emmène et tu interrogeras toi-même le personnel, tu verras... Les pilules de Viagra circulent sous le manteau, il y a un petit vieux qui reste en érection pendant des heures et il se balade en pyjama dans les couloirs tout fier de lui ! Ils ont un mal fou à le calmer et à trouver sa cache de pilules, il sait qu'il risque gros et que ça peut le faire passer mais il s'en fout, pour lui le temps presse et il a un tel succès avec toutes ces vieilles !

— Dieu nous garde ! dit pieusement Grenouillette.

— Non ! Que Dieu nous aide à pouvoir jusqu'au bout ! ajouta Souris.

— Moi qui visite beaucoup ce genre d'endroits, je trouve ça formidable, avoua simplement Ladygold, c'est comme dans un collège mixte, un collège de fin de vie en quelque sorte… Que vous reste-t-il vraiment quand vous en êtes là ? Vous savez pertinemment comment vous en sortirez, alors… on doit doucement retomber en enfance, et on joue à nouveau au papa et à la maman… Mais qui vous dit qu'ils parviennent à conclure… Ils doivent se caresser, se bécoter… Quel mal font-ils après tout ?

— On en a retrouvé deux bloqués et enlacés dans leurs dentiers ! répondit l'Autruche.

— Quelle horreur, taisez-vous ! s'indigna Grenouillette.

— Ne te voile pas la face ! Tout le monde sait que ça existe ! lui répondit Souris.

— Pour la famille c'est pas très agréable quand même… reprit l'Autruche, imaginez qu'on m'appelle un jour pour me dire qu'Opaline a été surprise en train de… Heureusement ça ne m'est pas encore arrivé ! Drôle de génération que la nôtre, nous sommes grands-mères pour la plupart d'entre nous et nous devons assumer d'être toujours les enfants de nos vieux, surtout maintenant qu'il y a tant de centenaires. Je vous assure que c'est une véritable épreuve d'avoir à gérer ses parents quand ils sont gâteux.

— Ils t'ont mis tes premières couches-culottes, à toi de leur en mettre, hélas c'est le cycle de la vie, dit Ladygold.

— Le problème est de savoir qui te mettra les tiennes quand viendra l'heure ! dit sèchement Rancunia.

— Taisez-vous ! Vous m'angoissez tout d'un coup, avoua Souris perturbée.

— Vous disiez que votre mère n'était pas... gâteuse ? intervint Charlotte.

— Oui... enfin non... je ne sais plus... je ne sais surtout plus ce qu'elle pense, au fond d'elle-même... Est-elle une enfant dans sa tête, ou est-ce à ce point terrifiant d'attendre la fin ? Elle ne me parle plus beaucoup.

— Comment serons-nous dans vingt ans... ? dit Charlotte, soudain grave.

— Si Dieu nous prête vie... ajouta Grenouillette.

— Moi je serai une vieille dame indigne ! Et si un jour j'atterris dans une de ces maisons, je veux qu'il y ait un cyber-café, un bar de nuit et un vidéo-club porno ! Voilà ! s'écria Souris.

— Et tu mourras de chagrin en voyant tout ce que tu ne peux plus faire ! lui rétorqua l'Autruche.

— Mais vous mesdames vous avez de la chance, vous n'avez pas besoin de Viagra pour être... opérationnelles ! lança Patrice.

— Tu sais qu'il existe aussi ce genre de pilule pour femme... ! lui répondit Charlotte.

— Oui ! pour réactiver le désir, pas le fonctionnement ! précisa Souris en riant.

— Mais le « fonctionnement » comme vous dites… Pour vous ça ne s'arrête jamais en fait ? demanda Patrice.

— Il faut bien que les femmes aient quelques compensations… poursuivit Ladygold.

— Nous ça peut marcher jusqu'à 100 ans, le tout c'est d'en avoir envie ! dit sèchement Rancunia.

— La Maintenon s'est laissée chevaucher par Louis XIV jusqu'au bout, intervint tout à coup la jeune Chloé.

— C'est vrai ! Elle était plus vieille que lui et il n'avait plus de dents, quel tableau ! ajouta Patrice.

— En vérité tout se joue à la ménopause… Il y a un avant et un après… Ça dépend de chacune… ajouta l'Autruche, et je ne pense pas qu'il existe un document sur les hormones de la Maintenon, n'est-ce pas mademoiselle l'historienne !

Chloé se mit la main devant la bouche pour étouffer son rire.

— Tu as raison, enchaîna Souris, quand tu as eu le bon traitement pour bien supporter ta méno tu te sens tellement plus…

— … Baveuse comme cette omelette ! trancha l'Autruche en riant.

— Oh ! s'étrangla Grenouillette, arrêtez je vous en prie ! Pas devant mon beau-frère !

— T'inquiète chérie… J'suis en pleine andropause ! répondit Patrice du tac au tac.

José, qui n'avait rien compris, se pencha vers lui en lui servant sa tortilla :

— Señor, vous m'espliquérez *magnana, por favor*... cé quoi l'andrôchôse ?

Et toute la tablée éclata de rire.

Chloé se répéta une fois de plus que personne, hélas, ne pourrait jamais croire ce qu'elle était en train de vivre.

Quelques minutes plus tard ils s'extasièrent tous sur la compote de Rancunia.

— Pommes, oranges, cannelle ? demanda Patrice.

— Et deux ou trois pruneaux hachés menu pour conclure ! précisa Rancunia en gloussant.

L'Autruche, qui s'était vengée de ses émotions sur le vin, se retrouva en verve de confidences :

— Ta recette de compote ça me fait penser à un truc... Mon premier mari, celui dont je suis veuve, puisqu'il est mort quelques années après notre séparation, mais hélas juste avant que le divorce ne soit prononcé, était un joueur invétéré. Un vrai malade ! À la fin je faisais exprès de lui faire boire un horrible laxatif à base de jus de pruneaux ! J'en mettais dans son thé, dans son café, dans sa nourriture, partout où je pouvais !

— Mais pourquoi faisais-tu ça ? demanda Souris.

— Je voulais qu'il ait la courante au casino ou sur les champs de courses !

Tout le monde éclata de rire.

— Il a flambé toute sa vie et moi je trimais pour deux !

— Qu'est-ce que vous faisiez de beau ? demanda Patrice.

— J'étais directrice de la pub dans un magazine féminin. Vous voyez, mademoiselle, ça existait déjà de mon temps ! J'étais plutôt bonne commerciale, mais quand on m'a trouvée trop vieille pour représenter le journal, on m'a fait passer sur le mensuel pratique qui traitait des ouvrages et de la cuisine ! Heureusement j'ai pu y rester jusqu'à ma retraite, il a bien fallu que je m'accroche, avec le panier percé que j'avais pour mari ! Pendant tout le temps de sa période hippique ses copains l'appelaient « LAV » L.A.V. pour Longchamp-Auteuil-Vincennes, les trois champs de courses où il passait sa vie ! Après il a usé les tapis verts alors ils l'ont baptisé « DEF » pour Deauville-Enghien-Forges-les-Eaux, ses trois casinos de prédilection ! Il a fini raide, dans les deux sens du terme !

Elle sentit qu'autour de la table tout le monde s'amusait follement, alors, puisqu'elle avait un public en or, elle poursuivit :

— Le plus drôle c'est que le soir où, enfin, j'ai pu le foutre à la porte, je lui ai fait sa valise à la va comme j'te pousse et j'ai oublié d'y mettre son imper, juste son imper ! J'allais pas lui courir après… Alors j'ai ouvert la fenêtre pour le lui balancer du troisième étage, mais au dernier moment, je ne sais pas pourquoi, l'instinct ou la curiosité ? j'ai fouillé dans ses poches… Tenez-vous bien il y avait plusieurs tickets de PMU ! J'ai immédiatement vérifié le lendemain... Cet abruti, qui ne gagnait jamais, avait deux quintés dans le désordre, et c'est moi qui avais les tickets ! J'ai touché le fric vite fait et je l'ai déposé à la Caisse d'Épargne ! Il n'a jamais osé me le réclamer !

— Et qu'est-ce que tu as fait de cet argent finalement ? demanda Souris éberluée.

— Ce n'était pas le pactole, mais enfin... Je l'ai laissé fructifier, et un jour ça m'a pris, j'ai fait un gros cadeau à ma fille, qui était aussi la sienne après tout... Et je me suis fait faire un lifting ! Avouez que se faire tirer grâce à des canassons, pas foutus d'arriver dans le bon ordre, c'était comique ! Mais penser que c'est cet abruti de flambeur qui me l'a offert, sans le savoir, ça c'était grisant !

Tout le monde se mit à l'applaudir en riant.

— Vous voyez Baronnette, votre quart d'heure confesse est déjà contagieux... dit Ladygold.

— J'ai loupé quelque chose ou quoi ? s'étonna l'Autruche.

— Le quart d'heure confesse, c'est comme une parenthèse de vérité, dit Charlotte, c'est quand on se laisse aller tout d'un coup, comme vous venez de le faire... On a envie de parler, de se raconter intimement, on se sent résolument sincère, on trouve les mots, les expressions, ça coule, c'est fluide... On a besoin de tout dire ! Mais ça ne se revit jamais, on ne peut pas le refaire, le répéter à la virgule près, sinon il n'y a plus rien d'authentique ! Un vrai quart d'heure confesse ça fait du bien, beaucoup de bien non ?

— Mais oui ! Vous avez raison, je me sens bien, tellement détendue, vous ne voulez pas que je vous chante une petite chanson ?

— Plus tard avec plaisir ! Racontez-nous plutôt votre deuxième mari… lui demanda Patrice.

— Tout l'opposé évidemment ! Il avait débuté sa carrière dans la marine, et il en est sorti officier, avec un grade important, mais je ne sais plus lequel, bref il avait plein de galons et un bel uniforme que j'adorais ! Le problème c'est qu'il était resté marqué par tous ses séjours lointains dans les sous-marins ! Quand il voulait… disons me sauter dessus… il disait toujours : « Périscope sorti ? Affirmatif ! Alors paré à plonger ? Affirmatif ! Plongée ! » Tu parles d'un romantisme !

Là encore le fou rire fut général, Patrice avait du mal à respirer, Charlotte en pleurait, et Chloé s'étouffa littéralement dans sa serviette.

— Il n'y a pas grand-chose à ajouter, il avait tellement le périscope en folie qu'il le sortait aussi sans moi ! Sur la longueur j'en ai eu marre de partager les « paré à plonger », j'ai refait surface et lui est parti lancer ses torpilles sur d'autres océans ! Il est toujours vivant, ma fille le voit de temps en temps, mais aujourd'hui je doute qu'il puisse encore le hisser son périscope, celui-là il finira sans doute avec une overdose de Viagra !

Toute l'assemblée applaudit à nouveau.

— Merci public aimé ! dit l'Autruche en se levant pour saluer, mais comme vous m'avez dit que je ne pouvais pas vous faire un bis, vous n'y échapperez pas, je vais vous la chanter ma chanson !

Et prenant la voix grave de Fréhel elle entonna *a capela* :

— « Du gris que dans ses doigts l'on rououlle… c'est bon, c'est âcre, ça vous saououlle… ! »

Un peu plus tard, pendant que José faisait le service du Jet 27 et des tisanes, elle se mit à imiter Gréco : « Déshabillez-moi… oui mais pas tout de suite… pas trop vite… sachez me convoiter… me désirer… »

Elle eut droit à une véritable standing-ovation qui la fit glousser d'aise, puis tout le monde alla se coucher joyeusement.

Seule Charlotte eut du mal à s'endormir. Elle était très agacée de ne pas avoir encore pu régler son problème de terrain, et il lui restait peu de temps.

Note Chloé n° 7

C'est bien ça, c'est comme un spectacle où chacune ferait son numéro ! D'ailleurs tous ces surnoms folklos qu'elles se donnent, Ladygold, Rancunia, l'Autruche, Souris… on dirait des pseudos pour vieilles streap-teaseuses ! Impossible de ne pas s'écrouler de rire ! Mais les anciennes combattantes deviennent en une seconde de sales gamines, limite potaches ! C'est peut-être vrai, après tout, qu'en vieillissant on retombe en enfance ? Jamais je n'ai entendu de trucs pareils, même à la fac, on se croirait dans un monde parallèle où tout est au troisième degré ! Je ne pense pas qu'elles soient vraiment folles et ça n'a rien d'un asile de dingues, à mon avis elles sont seulement raides frappées ! Il paraît qu'elles dansent toutes la sevillana, c'est pas hallucinant, à leur âge !? Elles ont quand même entre 62 et 82 ans ! Et si tout ce cirque ce n'était pas, justement, pour oublier qu'elles sont vieilles ? Mais à quel âge est-on vieux, finalement, si l'on arrive, à un moment, à se détacher de la réalité des années ? Elles, elles sont sans âge réel, en fait, toujours elles-mêmes malgré les désagréments du changement physique. Elles semblent ne plus rien avoir à prouver sur le bilan de leur vie, alors il leur reste le plaisir, et vraisemblablement le plaisir immédiat, sans contrainte ! Une réminiscence ou un vrai retour à l'adolescence ? Le fait de vivre en « bande », comme les ados, doit supprimer toute trace d'égocentrisme, elles seraient vite remises dans le droit chemin. Chacune vit sa vie, d'accord, mais toutes les autres la vivent avec elle. Pas d'intimité, mais pas de solitude non plus !

Elle m'a ébranlée celle qui a parlé de sa mère de 95 ans, je n'avais pas réalisé qu'elles pouvaient se farcir leurs parents d'un côté et leurs propres enfants et petits-enfants d'un autre ! Tout ça à driver de la même main, c'est grave ! Ça fait quand même quatre générations ! Qu'est-ce qui va nous arriver à nous, quand on aura leur âge, puisque les vieux ne meurent plus ? On est déjà accros à toutes sortes de réseaux en ligne, ça veut peut-être dire que l'on ne se verra plus, que l'on ne se rencontrera plus ? On restera sans doute seul devant un écran, quelle angoisse ! Mais c'est un tout autre sujet qu'il faudra que je propose à la rédac' chef, maintenant que j'ai voyagé en années-lumière pour m'immerger dans le troisième et le quatrième âge en folie, je me sens blindée !

Comment ça marche ici, au Patio secret, je crois que j'ai pigé et que je l'ai clairement expliqué. Maintenant pourquoi ça marche, c'est plus compliqué et plus mystérieux.

« Si les cancanages ou les clans sont inévitables, il s'établit néanmoins, entre toutes ces femmes vieillissantes, qui ne veulent surtout pas vieillir, des rapports harmonieux, qu'elles préfèrent qualifier d'affectueux. Il est primordial qu'une franche convivialité règne dans cette joyeuse cohabitation, alors, pour rester à tout prix dans ce petit groupe, on fait semblant de tricoter de la tendresse pour éviter de se crêper le chignon. Esprit et causticité se retrouvent dans un de leurs dictons favoris : « On peut être vache sans être méchante ! » »

Il paraît qu'à part la maladie il y a quand même deux autres sujets tabous à ne pas aborder, la religion et la politique ! Pas folles les guêpes !

Dimanche matin 9 h 30

Il pleuvait à torrents quand ils se réveillèrent.

Patrice, dès qu'il fut prêt, alla récupérer Charlotte chez Touthermès et ils descendirent sans savoir où pouvait être servi le petit déjeuner. Dans la cuisine ils trouvèrent Grenouillette aidant José à faire un va-et-vient pour ranger la vaisselle de la veille. L'immense vaisselier se trouvait entre deux armoires à linge dans l'office, contigu à la cuisine, tandis que dans l'autre moitié de cette pièce trônaient, alignés côte à côte, sept réfrigérateurs de tailles différentes.

— Bonjour ! Maguelonne est montée chez Ladygold, alors je donne un petit coup de main à ce pauvre José, dit Grenouillette, comme pour se justifier. Avec ce temps-là il est préférable de vous servir vos petits déjeuners ici... Je vais reprendre un petit café avec vous en attendant Lilibeth, nous allons à la messe toutes les deux.

— Explique-nous... Vous avez réellement besoin de tant de réfrigérateurs ? demanda Patrice.

— Oui... nous avons chacune le nôtre, et Nonnette est partie en laissant le sien ! Ça fait bien sept mais il y en a eu jusqu'à neuf à une certaine époque !

— Mais pourquoi ? Un seul géant ne vous suffirait pas ? demanda Charlotte.

— J'ai l'impression d'être Blanche-Neige découvrant les lits et les chaussures des sept nains ! dit en riant Patrice.

— Bianca Neige ! Bianca Neige ! Vous êtes trop drôôle señor ! dit José hilare.

— Il y en a une qui adore le haddock… Vous voyez qui je veux dire… L'autre qui amasse les fruits… Une autre les boîtes de chocolat… Une troisième veut avoir trois énormes Tupperware remplis de salade… Une autre ce sont les bouteilles d'eau minérale qu'elle préfère très fraîches… La suivante ce sera ses crèmes de beauté… Et la dernière veut minimum dix canettes de Coca-light d'avance ! Bref c'était un casse-tête sans nom, parce qu'en plus il y a les bouteilles de champagne !… On a décidé un jour de faire frigo à part pour respecter les marottes de chacune, et depuis plus d'histoires ! C'est ça la vie en communauté, des concessions ou des solutions ! Vous voulez du thé d'abord ? Tout est prêt, servez-vous…

— Oui… oui… dirent-ils tous les deux, une fois de plus sidérés par ce qu'ils venaient d'entendre.

— Dis-nous, Thérèse, aujourd'hui tu ne veux pas que nous t'invitions à déjeuner au restaurant ? demanda Patrice.

— Oui ce serait sympathique… enchaîna Charlotte, nous sommes un peu gênés d'être à ta charge ici… Et puis nous n'avons pas fini notre conversation…

— Non, pas question, nous déjeunerons dans mon salon, c'est prévu, melon-jambon, salade-fromage ça vous va… ? Parce que n'oubliez pas que nous avons le tea-time de Lilibeth et vous n'imaginez pas ce qu'elle sert, et il faut goûter à tout, elle y tient !

— She's right ! Good morning ! s'exclama celle-ci en faisant une entrée si royale que Patrice se releva d'un bond. Le frère et la sœur ne purent qu'être à nouveau troublés par la ressemblance avec la célèbre jumelle.

Jusque dans la broche sur le manteau mauve, les gants, le sac à main et le chapeau, légèrement de travers, cette tenue dominicale était rigoureusement la copie conforme de celle d'Élisabeth d'Angleterre sortant d'un office à la cathédrale Saint-Paul !

— Quel temps pourri ! lança Rancunia en entrant, prends ton parapluie, Majesté, parce que cette gourde de la météo a dit que ça allait empirer ! Je la déteste cette pauvre idiote ! Ce qu'elle peut dire comme âneries avec son ton sucré !

— Bonjour les amis ! Ne vous frappez pas, dit Ladygold en arrivant à son tour avec Chloé, cette chère Rancunia parle avec sa télé ! Non seulement elle insulte quotidiennement les pauvres filles du service météo, mais elle invective tous les présentateurs et contredit tous les commentateurs !

— Ils sont bêtes à un point, c'est incommensurable ! Je ne dois pas être la seule à le leur dire ! répondit Rancunia.

— Tu n'as qu'à écrire, on te l'a dit cent fois, plutôt que de râler dans le vide, intervint Grenouillette.

— Ça ne servirait à rien ! C'est une bande d'abrutis qui ne cessent de rabâcher des inepties pour des millions d'incultes ! Et en plus ils ont tous des oreillettes, imaginez-vous qu'on leur souffle ce qu'il faut dire ! Je ne sais pas pourquoi je l'allume encore cette télé de malheur !

— Savez-vous que c'est grâce à ça que nous avons trouvé comment baptiser notre petite association ? poursuivit Ladygold.

— Ah, oui ? dit Patrice intrigué.

— Un soir où Rancunia était restée seule, rivée à son écran pour râler une fois de plus... reprit Ladygold, nous étions toutes dans mon salon en train de papoter quand elle déboula furieuse, à la limite de l'hystérie...

— N'exagère pas, tu me ferais passer pour folle ! l'interrompit Rancunia.

— Ce soir-là, excuse-moi, tu étais folle de rage !

— Oui, c'est un peu vrai... mais avoue qu'il y avait de quoi !

— Bref... elle arrive « en boule » – si tu préfères – et nous prend à témoins...

— Tu vas encore m'imiter !? Tu finiras par faire la première partie du spectacle de l'Autruche si un jour elle fait l'Olympia !

— Mais pourquoi pas !... Voilà, à peu près, ce qu'elle nous a dit : « J'en ai marre de ces pauvres folles de pseudo-féministes à la noix ! Et toutes ces viragos qui revendiquent on ne sait quoi ! Et tous ces journaleux qui leur donnent la parole, c'est une honte ! Vous savez qu'il y a toute une flopée de bonnes femmes qui s'expriment sur toutes les chaînes, on n'entend plus qu'elles, elles sont fatigantes à force de répéter toujours la même chose... Surtout qu'on ne comprend rien à leurs problèmes... Il y a même une association qui a eu le culot de se baptiser "Ni putes, ni soumises" ! Non mais je rêve ! Et nous alors pourquoi on s'appellerait pas "Ni vieilles, ni moches" pendant qu'on y est !? Merde alors ! »

Nous nous sommes toutes regardées, sans oser dire un mot, et ça a dû la calmer ! poursuivit Ladygold en reprenant sa voix normale. Il y eut alors un silence total pendant plusieurs secondes, nous étions toutes un peu estomaquées et nous continuions à nous regarder les unes les autres, alors j'ai tapé dans mes mains pour interrompre ce silence pesant et j'ai dit banco ! Voilà le nom de notre association « Ni vieilles, ni moches ! » Bravo Rancunia, tu viens de trouver le nom que nous cherchions depuis des mois ! Nous avons toutes applaudi, c'était voté, emballé, pesé !

— « Ni vieilles, ni moches ! » C'est à mourir de rire ! dit Patrice.

— J'avoue que ce n'est pas triste... ajouta Charlotte en souriant.

— En tout cas ça veut bien dire ce que ça veut dire ! conclut Rancunia.

— Et nous n'avons jamais trouvé mieux ! ajouta Ladygold.

— Je peux noter cette anecdote ? demanda Chloé en souriant.

— À condition que vous précisiez que c'est grâce à moi ! répondit Rancunia le plus sérieusement du monde.

Dimanche matin 10 h

— Lé carauche il est jouste dévant la casa, vamos Señoras ! dit José en apportant deux parapluies.

Lilibeth et Grenouillette sortirent par une porte quand Souris arriva en larmes par une autre.

— Là c'est carrément du Feydeau ! dit Patrice abasourdi, ça rentre, ça sort… On ne sait plus où donner de la tête !

— Qu'est-ce qui t'arrive ! ? s'écria Ladygold.

— Je déteste voir les gens pleurer, ajouta Rancunia, assieds-toi et raconte. Tu veux du thé ou du café ?

Charlotte s'était levée pour aider Souris qui était littéralement secouée de sanglots.

— Laisse-toi aller… Pleure ma fille… Élimine d'abord ton émotion, tu raconteras après, lui dit très doucement Ladygold.

Ils attendirent sans dire un mot que Souris retrouve ses esprits. Patrice resservit du thé et du café et Charlotte prépara une tartine de confiture pour Souris, que celle-ci repoussa dans un nouveau sanglot.

— Tu ne veux quand même pas un cognac !? lui demanda Rancunia.

— Nooonnn… juste du café noir… sans sucre… répondit Souris en prenant un Kleenex dans la boîte que lui tendit Ladygold.

— Quelle salooope !!! réussit à dire Souris tout en se mouchant.

— Qui est une salope ? Dis-nous qui t'a fait du mal… lui demanda tendrement Ladygold.

— Vous permettez… Je vais vous masser la nuque et les épaules… Ça va vous détendre, lui proposa Patrice.

Sans dire un mot elle dégagea amplement tous les volants froufroutants du col de sa robe de chambre, et Patrice commença à la masser doucement.

— Tu vois Rancunia ce qu'il nous reste à faire… dit Ladygold, nous aussi on va se mettre à pleurer pour avoir un bon massage, vous avez l'air doué !

— Je suis aussi étonnée que vous… ajouta Charlotte, je ne te connaissais pas ce talent-là ! dit-elle à son frère.

— C'est bon ? demanda-t-il à Souris.

— Oh oui… divin… Continuez… répondit celle-ci en reniflant.

— J'adore qu'on me le fasse, alors j'ai appris à le faire… Ça sert d'avoir eu une petite histoire avec un kiné ! leur avoua Patrice en riant.

— C'est « Taille-crayon » la salope ! dit Souris en reprenant peu à peu ses esprits.

— Taille-crayon ! s'esclaffa Charlotte, mais qui est-ce celle-là !?

— C'est sa pseudo meilleure amie, mais ça ne m'étonne pas que ce soit une salope, dit Rancunia.

— Qu'est-ce qu'elle a bien pu te faire pour déclencher un tel chagrin ? demanda Ladygold.

— Taille-crayon m'a piqué Coq hardi ! avoua-t-elle dans un nouveau sanglot.

— Ah, j'ai compris ! cria Charlotte.

— Moi je suis largué… dit Patrice tout en continuant son massage.

— C'est codé ou quoi ? demanda Rancunia.

— Moi aussi, je pense avoir compris, dit Ladygold.

— Vous lui avez raconté votre début d'histoire avec Coq hardi ? demanda Charlotte.

Souris acquiesça tout en pleurant plus calmement.

— Et vous lui avez même donné son pseudo sur le site ? reprit Charlotte, et naturellement elle…

— Ouiii… ! Quelle garce ! Quelle pute ! répondit Souris en arrêtant de pleurer.

— Ils se sont rencontrés sans te le dire !? demanda Ladygold.

Souris remercia Patrice et réajusta sa robe de chambre avant d'avaler d'un trait son café.

— C'est lui qui me l'a avoué… Il devait se sentir merdeux !

— Excusez-moi… il est aussi fautif qu'elle, sinon plus ! ajouta Charlotte, et je suis navrée si je vous fais de la peine.

Patrice interrogea Charlotte du regard.

— Souris a rencontré un homme sur un de ses sites… qui drague sous le nom de Coq hardi, tout un programme… Et elle était visiblement très… attirée, dirons-nous.

— Oui, j'avoue… Je crois que je tombais un peu plus amoureuse chaque jour… répondit Souris.

— Et cette idiote… reprit Ladygold, excuse-moi chérie, mais il n'y a pas d'autre mot, est allée tout raconter de sa love-story à sa vilaine petite copine…

— … Qui s'est empressée d'aller voir comment était la crête de ce fameux Coq ! ajouta Charlotte.

— Et cet affreux coq ne s'est pas fait prier ! J'ai tout compris, finalement c'est un porc, comme tous les autres ! poursuivit Rancunia.

— Mais Souris, nous voilà de retour dans la cour du lycée ! On se croirait dans *La Boum*… lui dit Patrice avec humour.

— Je sais, c'est idiot à mon âge… Mais ça fait aussi mal qu'à 15 ans ! répondit-elle, en reniflant à nouveau tout en essayant de sourire.

— Et la Taille-crayon j'ai l'impression qu'elle porte bien son nom !? ajouta Patrice.

— Je ne la verrai plus jamais cette espèce de poufiasse, je la déteste ! répondit Souris.

— Eh bien voilà… c'est contagieux on dirait ! ajouta Rancunia.

— Tu n'as que la monnaie de ta pièce, chérie, dit Ladygold, on te l'a dit cent fois de faire attention à toi.

— C'est la guimauve qui est touchée… pas le Vésuve… n'est-ce pas… Souris ? lui demanda gentiment Charlotte, venez je vais vous accompagner dans votre chambre.

Souris renifla une dernière fois, avant de se lever, puis elle remercia ses amies et Patrice de leur affection et suivit Charlotte, la tête basse.

— Waouh ! s'écria Patrice, et si on se reprenait un petit café ? Je ne vois pas pourquoi Charlotte lui a parlé de guimauve…

— Je trouve ça dangereux cet Internet, pas vous ? demanda Ladygold.

— Oui… moi aussi, lui répondit Patrice, ça supprime tout… Le moment délicieux de la rencontre, le premier regard… l'émotion, la découverte, les surprises… Mais c'est un raccourci fulgurant !

— Qui tue toute idée de romantisme !

— Tout à fait ! Mais qui est encore romantique de nos jours… à part les esseulés comme nous de plus de 60 ans !? répondit Patrice. Les jeunes sont très terre à terre et zappent à tout bout de champ, ils n'en ont rien à foutre du romantisme.

— Mais quand la vie vous a cassé… on cherche en permanence le pot de colle qui vous les recollera vos morceaux… intervint Rancunia, alors pourquoi pas aller le chercher sur Internet, comme n'importe quoi d'autre aujourd'hui ?

— Ne me dis pas que tu irais, toi aussi, sur Internet ?! s'étonna Ladygold.

— Moi c'est différent… lui répondit Rancunia, j'ai toujours pensé qu'il allait m'arriver quelque chose… J'attends, c'est tout !

— C'est drôle ce que tu dis… C'est exactement dans cet état d'esprit que j'étais quand José a sonné à la porte pour me sauver de la panade dans laquelle j'étais ! J'attendais réellement qu'il se passe quelque chose ! Finalement, cachotière, toi aussi tu crois au destin ?!

— Tu sais que j'ai adoré la phrase de Nonnette, le jour de son mariage, quand elle nous a crié, sur le parvis de la cathédrale, « La vie n'est jamais finie ! », c'est étrange, je n'arrête pas d'y penser.

— Je ne t'ai jamais sentie aussi…

— … fragile ? Je te l'ai toujours dit, ça me bouleverse de voir les gens pleurer ! Moi je n'arrive plus à verser une larme ! Allez, à plus tard !

Quand la porte se referma derrière elle, Ladygold regarda à nouveau Patrice et vit qu'il restait stupéfait par les propos de Rancunia.

— On dirait qu'elle fuit, cette femme… dit-il à voix basse.

— Oui… mais elle a des circonstances atténuantes.

— Graves ?

— Que tout ceci reste entre nous… Je sens que je peux compter sur votre totale discrétion.

— Merci… C'est vrai que j'aimerais savoir pourquoi elle est comme ça, si vous l'appréciez c'est que vous devez l'aimer ?

— Oui, je l'aime infiniment, malgré tous ses défauts… Je vous ai dit tout ce que je lui dois, elle est un peu mon « roc » depuis toutes ces années !

— Alors ?

— Elle devait avoir une dizaine d'années quand sa mère s'est enfuie avec un amant, sans lui expliquer quoi que ce soit ! Ce genre d'épreuve, ça vous marque à vie, non ?

— À cet âge-là c'est vrai que c'est dur à avaler.

— En fait elle s'est sentie trahie, que sa mère puisse aimer ailleurs, et puis surtout abandonnée si petite !

— Je comprends mieux, c'est affreux ! Mais…

— … Ce n'est pas fini… Elle a été abandonnée une deuxième fois… Cette fois-ci par son mari, qui, lui aussi, est parti du jour au lendemain en la laissant avec deux enfants, dont un en bas âge !

— Ne dites plus rien ! En effet ça fait beaucoup pour la même femme, on dirait un mauvais mélo en noir et blanc, du pur néo-réalisme italien d'après-guerre.

— C'est vrai, mais hélas la réalité dépasse souvent la fiction ! Si vous saviez le nombre d'histoires de famille, plus sordides les unes que les autres, qu'on me raconte dans les maisons de retraite… C'est affligeant !

— Pouah ! fit Patrice, quelle tristesse ! C'est glauque, j'en ai la chair de poule. Vous ne voulez pas que nous allions boire un petit blanc sec dans les Halles pour nous remettre de toutes ces émotions ?

— Hélas, je ne peux pas c'est dimanche et j'ai mon déjeuner-étudiant à Montpellier ! J'attends le retour de José et nous filons.

— Votre « déjeuner-étudiant » ?

— Nous avons toutes nos occupations, comme vous le savez… Eh bien moi, à part ce peu de bénévolat, plutôt éprouvant, dans plusieurs maisons de retraite, je déjeune tous les dimanches avec un étudiant à Montpellier.

— C'est incroyable…

— Non ! vous savez que je souffre de ne pas avoir de nouvelles de mon fils… Et plus encore de ne pas connaître mes petits-enfants, parce que je reste persuadée qu'il a eu des enfants… Alors j'ai trouvé cette idée. Il y a plus de 70 000 étudiants à Montpellier ! Et ils sont à 90 % seuls, loin de leur famille. Pour eux je joue les « Mamie-Gâteaux », j'ai un réseau et ils se relaient pour m'accompagner, je les invite dans un bon restaurant, ça les change de leurs sandwiches et de leurs Mac Do ! Je les interroge sur leur vie, leurs études, leurs amours… Je leur apprends les bonnes manières, savoir déguster un vin, découper une sole sans la mettre en charpie, se lever quand je me lève, enfin plein de choses qui leur serviront plus tard ! Beaucoup sont brillants, vous savez, et promis à un avenir épatant ! Il y en a que j'emmène acheter des bouquins, d'autres que j'entraîne au cinéma… Je les aide et je les aime ! Ils disent qu'ils me trouvent « fascinante » et « super branchée » pour mon âge ! Les plus décontractés m'embrassent et les autres bafouillent en rougissant pour me remercier, c'est formidable ! Je suis leur mamie par intérim !

— Là on se croirait dans « Harold et Maud ».

— Oui, c'est un peu ça… Il y avait une très jolie scène dans ce film, non ?… Une histoire de parfum ?

— Oui, la vieille Maud demandait au jeune Harold de fermer les yeux pour lui faire découvrir l'odeur de la neige sur la 42e rue… et tout ça dans une éprouvette, quelle scène en effet !

— Ah oui ! c'était magique, c'était merveilleux.

— Vous aussi vous êtes adorable…

— Vous devriez proposer à Rancunia d'aller aux Halles avec vous, je parie qu'elle en sera ravie !

— Je vais le faire, répondit Patrice en se levant, mais avant de partir, il faut que je vous embrasse !

— Chouette ! Une bise ! J'adore ça ! répondit-elle, toute guillerette.

Personne n'avait fait attention à Chloé, qui s'était réfugiée dans un petit coin de la cuisine avec sa tasse de thé. Ladygold fut donc surprise de la découvrir derrière elle, quand elle se leva.

— Vous étiez là !?

— Oui… et moi aussi j'aimerais pouvoir vous embrasser, si vous le permettez…

— Comme c'est gentil, ma petite fille, ça me touche infiniment ! répondit Ladygold, visiblement émue.

Elles s'embrassèrent tendrement, comme si un lien familial venait de se créer.

Chloé osa lui demander de l'accompagner à Montpellier, et Ladygold lui demanda si c'était pour l'espionner dans son rôle de mamie par intérim.

— Oui… et non ! Je n'ai simplement pas envie de vous quitter !

Ladygold lui prit la main et elles partirent rejoindre José, qui, de retour de l'église, devait déjà attendre dans la voiture.

Dimanche 11 h 30

Rancunia n'avait pas voulu aller aux Halles.

— Avec ce temps pourri, vous plaisantez, je ne mettrai pas les pieds dehors ! Mais si vous voulez aller acheter un poulet... je peux vous indiquer le chemin !

Le sous-entendu fit sourire Patrice, maintenant qu'il en savait un peu plus sur elle, il était prêt à tout lui pardonner et à faire le gros dos quand elle aboierait.

— Merci, je crois que je pourrai retrouver le chemin tout seul... et, si je me souviens bien, il n'y a pas de poulet prévu pour déjeuner... Allons plutôt rejoindre Charlotte auprès de Souris, elle doit avoir besoin de renfort pour arriver à la consoler.

— Quelle pauvre idiote de s'être mise dans cette situation ! Vous savez je l'aime bien moi cette grossette ! C'est une brave fille, une bonne pâte finalement beaucoup plus naïve qu'on ne pense.

— Et vous ? Vous n'êtes pas aussi mauvaise que vous voudriez le faire croire.

— Arrêtez votre cinéma, ça ne marche pas avec moi… Vous voulez me faire du charme tout à coup ? Vous me cherchez, ou quoi ?

— Vous m'intriguez… J'adore vos airs revêches et vos phrases assassines… Et puis aussi parce que j'aime qu'on m'aime ! Comme tout le monde.

— Vous allez trop au cinéma ! Dans la vraie vie personne n'aime personne !

— Au cinéma, vous vous gourez, tout le monde trompe tout le monde, ou tout le monde tue tout le monde, c'est pour ça que les films ont du succès… Les gens aiment se faire peur, reluquer le malheur des autres ça les rassure sur leur petite vie pépère.

— Ne dites pas de bêtises ! lui répondit-elle sèchement, vous savez mieux que moi que ce sont les bluettes à l'eau de rose qui font le plein ! Les gens ont besoin de rêver, pour échapper à leur quotidien, pas pour se rassurer !

— Et vous entre un bon polar, plein de sang, et une comédie sentimentale, bien dégoulinante de sentiments, vous choisissez quoi ?

— Je choisis de ne pas aller au cinéma ! Ça vous va comme réponse ?

— Mouais… ça a le mérite d'être clair, c'est déjà ça, mais…

— … il n'y a pas de mais ! Foutez-moi la paix avec vos questions ! Par contre moi j'aimerais savoir pourquoi vous êtes ici ? Et ne me dites pas que vous vouliez juste venir faire une bise à votre belle-sœur… pas à moi !

— Je serai beaucoup plus franc que vous, ma sœur veut vendre un terrain qui nous appartient à tous les trois, elle aurait pu tout aussi bien se passer du consentement de Thérèse parce que c'est une indivision... et que si l'un veut vendre, les autres n'ont qu'à s'écraser... sauf s'ils peuvent racheter ! Elle a seulement voulu prendre des gants et en parler de vive voix avec Thérèse ! Où est le mal ?

— Vous avez tellement l'air de la terroriser tous les deux, que je m'inquiétais pour elle.

— Vous voilà bien gentille tout à coup...

— On est très différentes, mais je l'aime bien vous savez !

— Vous êtes toutes très différentes et c'est ça qui fait tout le charme de cette maisonnée !

— Ça ne nous empêche pas d'être très solidaires, on peut faire « bloc » si l'une de nous a des soucis...

— Rassurez-vous, il n'y aura pas de problème, personnellement je m'en fous de ce terrain, et j'ai surtout horreur des conflits ! Charlotte n'est pas méchante, elle n'est qu'affreusement snob, c'est uniquement ça qui déstabilise cette pauvre Thérèse !

— Vous allez me dire que ça ne me regarde pas, mais je doute que Grenouillette puisse racheter vos parts d'indivision...

— Qu'est-ce qui vous fait dire ça ?

— N'oubliez pas que c'est moi qui gère cette maison... Alors évidemment je vois qui a, parfois...

du mal à régler sa quote-part… Vous voyez ce que je veux dire ?

— Tiens, tiens… Mais encore ?

— Rien ! Je m'arrêterai là… Mais je suis quand même sidérée d'apprendre que Grenouillette possède encore des parts d'un terrain, elle ferait mieux de le vendre, ça l'aiderait certainement à respirer côté budget.

— Vous voyez que finalement vous pouvez être bonne comme le bon pain puisque vous voulez l'aider… Que faisiez-vous donc, dans la vie, avant de venir vous installer ici ?

— J'ai gagné plein d'argent à une certaine époque de ma vie, mais en quoi ça vous regarde ? Vous êtes inspecteur des impôts ou quoi ?

— Non, ça m'intéresse tout simplement, je suis persuadé que vous étiez ultra performante dans votre métier.

— C'est moi qui ai vendu la plupart des belles propriétés de la région, et même à 150 kilomètres à la ronde ! J'ai réussi à développer d'une façon formidable la petite agence immobilière d'une de mes cousines. Elle m'avait sous-estimée, alors je l'ai bluffée ! N'empêche que je lui ai fait gagner une petite fortune à cette idiote, mais, rassurez-vous, j'ai pris un bon pourcentage au passage ! Au début j'ai grugé les Anglais, qui déboulaient comme des fous. Mais quand les bobos, le showbiz et la gauche-caviar se sont pointés, j'ai de moins en moins supporté ! La goutte d'eau qui m'a fait fuir c'est un acteur populaire au théâtre et intello au cinéma ! Plus gaucho que lui pas possible ! Dès qu'il fallait verser une larme sur le Smic, les sans-papiers ou les banlieues on entendait ses trémolos sur toutes les chaînes de télé ! Ce que le public ne pouvait imaginer c'est ce qu'il avait dépensé pour s'offrir un mas ! Et le pire c'est qu'après il a voulu un vrai champ d'oliviers à la place des lavandes. Chaque arbre, livré par un camion-grue, lui a coûté une fortune, et je peux vous dire que le champ était grand ! De sa part c'était vraiment scandaleux, on ne peut plus parler de gauche-caviar à ce stade, mais c'était le comble du snobisme pour un petit parvenu, j'avais baptisé ça la « gauche-huile d'olive » ! Et quand d'autres, comme lui, ont suivi, j'ai été définitivement écœurée. J'ai très vite détesté tous ces gens et j'ai préféré tout arrêter pour venir vivre ici avec Ladygold et sa sœur Nonnette. Voilà, vous savez tout espèce de vieille fouine !

— En fin de compte je vous trouve parfaite dans ce rôle de composition d'affreuse et vilaine méchante toujours prête à mordre.

— Vous, je vous déteste !

— Moi je crois que je vais vous adorer !

— Si je veux !

— Je vous aimerai malgré vous, ça va être… douloureusement bon !

— Vous êtes malade ou quoi !?

— Au fait c'est quoi votre prénom ?

— Qu'est-ce que ça peut vous faire !? Vous êtes vraiment cinglé ! Je m'appelle Gabrielle… Mais tout le monde m'appelait Gaby.

— Venez Gaby chérie… Congelez votre venin et branchez votre gyrophare, la Souris a besoin de nous !

— Je vous hais ! lui dit-elle en esquissant un sourire assassin.

— Moizaussi ! répondit-il en lui prenant le bras, mais nous en reparlerons plus tard ! Pour l'instant nous sommes dans un nouvel épisode « d'Urgences » !

— Ce type est fou furieux ! dit-elle en levant les yeux au ciel.

Dimanche, midi et demie

Charlotte et Patrice, rassurés sur son compte, abandonnèrent Souris aux mains de Rancunia. Ils ne pouvaient pas oublier leur rendez-vous déjeuner avec leur chère belle-sœur. En repassant par la suite Touthermès, Charlotte voulant absolument se remettre du rouge à lèvres, ils purent discrètement échanger quelques mots :

— Je ne peux rien faire d'important sans rouge à lèvres, que veux-tu !

— C'est dingue, c'est un toc ! Et tu oses te foutre de moi avec mes tics !

— Non, ce serait plutôt comme une superstition… ou un porte-bonheur, c'est comme tu voudras.

— Je te signale que je viens d'apprendre qu'elle a des problèmes de fric… C'est bien ce que je pensais !

— Oui, moi aussi on me l'a dit… C'est curieux, non ?

— Cet endroit est in-sen-sé, je n'en reviens pas !

— Tu y nages pourtant comme un poisson dans l'eau…

— Avoue qu'il se passe des choses incroyables ici ! Qui te l'a dit pour Thérèse ?

— Souris... Mais c'était plus une gaffe qu'autre chose... Et toi ?

— Rancunia... Mais, à mon avis, ça n'avait rien d'une gaffe !

— Elles balancent les garces !

— Et pourtant elles s'aiment toutes d'un amour infini à les entendre !

— Tu parles d'une basse-cour... Allez au boulot ! Le plus dur nous attend... Et tâche de ne pas me larguer dans cette histoire !

Elle était en train de refermer sa porte à clé, quand Patrice toussota dans son dos.

— Tiens, tiens ! Mais c'est notre Grenouillette qui rentre de la messe ! Tu as pris la flotte on dirait... J'espère au moins que tu as prié pour nous, pauvres pécheurs !?

— Je vais juste changer de chaussures, répondit-elle en haussant les épaules, j'en ai pour une minute, allez vous installer dans mon salon, tout doit être prêt, j'arrive.

Le melon était exquis et le jambon de Parme délicieux.

Grenouillette avait fait déplier une table à jeu qu'elle avait d'abord, très précautionneusement, fait recouvrir d'une toile cirée anodine, avant de faire dresser le couvert sur une nappe de damas blanc. Le plastique dépassant légèrement sur un côté, ce petit détail ne pouvait pas échapper, pas à Charlotte, qui pensa, en souriant, que c'était typiquement « petit-bourgeois ».

— Ça se passait comme ça au XVIIIe, dit Patrice pour essayer d'entamer un semblant de conversation, on prenait ses repas au hasard des humeurs, de la lumière du jour ou des feux de cheminée… Les tables se montaient et se démontaient à volonté dans n'importe quelle pièce de la maison, il n'y avait pas encore de salle à manger à proprement parler.

— Je me suis toujours demandé comment, à cette époque, ils arrivaient à ôter les taches de vin et de sauce sur les nappes ! enchaîna Charlotte de sa voix snob.

— Avant de laver le linge, et surtout de le battre, je crois qu'on le saupoudrait avec un genre de terre de Sommières, pour absorber les taches. Mais ceux qui pouvaient se permettre d'utiliser des nappes avaient beaucoup de personnel, il n'y avait donc pas vraiment de problème… lui répondit Grenouillette d'un ton narquois.

— Oh là là, les filles, vous dérapez, on se croirait vraiment à un séminaire de lavandières, dit Patrice avec humour.

— Nous passons un week-end de rêve ! reprit Charlotte de son ton le plus mondain, cette maison est plus qu'agréable et tes amies sont toutes épatantes !

— Je suis ravie que tout ça vous plaise, se contenta de répondre Grenouillette.

— J'ai un véritable coup de foudre pour Ladygold, quelle femme ! ajouta Patrice.

— Oui, nous l'aimons toutes infiniment... Mais toi, Patrice, tu comptes vraiment revenir pour l'anniversaire de Poulet... ? demanda-t-elle ironiquement.

— Je ne sais pas... Peut-être... Mais rassure-toi, si je viens, j'irai à l'hôtel.

— Moi j'ai proposé à Souris de m'accompagner en Afrique, il faut que j'y retourne dans un mois, leur annonça Charlotte.

— Et elle est partante !? demanda Grenouillette étonnée, vous vous connaissez à peine... Et crois-tu qu'elle abandonnerait si facilement tous ses clics et sa précieuse souris ? Je suppose qu'il n'y a pas Internet là-bas ?

— Elle y réfléchit... Mais mon petit doigt me dit qu'elle viendra... Je lui ai confirmé qu'il y avait un hôtel, tout proche, branché sur Internet et elle est si curieuse de tout.

— Tu ne vas quand même pas lui faire consommer de la couleur locale !? demanda Patrice amusé par l'idée.

— Elle fera bien ce qu'elle voudra ! C'est une grande fille, et puis à nos âges...

— L'Autruche m'a fait mourir de rire avec ses chansons ! poursuivit Patrice.

— Je vous en prie, dit sérieusement Grenouillette, épargnez-moi vos commentaires ! Je vis ici, je partage tout avec ces femmes, et vous déboulez dans cette intimité avec une telle aisance que je n'ai pas envie d'entendre vos sarcasmes de poux mondains… Reparlons plutôt du Champommier… puisque vous n'êtes venus que pour ça !

— Ne le prends pas sur ce ton, Thérèse, nous étions plus qu'aimables ! lui répondit sèchement Charlotte.

— Aimables ! Vous ! Je voudrais bien voir ça ! N'oublie pas que ça fait plus de cinquante ans que je vous pratique ! Je sais pertinemment de quoi vous êtes capables, tous les deux !

— Dis donc la Thérèse tu nous reçois gentiment et tout à coup tu nous traites de poux mondains ! s'exclama Patrice, faudrait savoir !

— Avouez que vous êtes un peu diaboliques de m'avoir fait croire que vous veniez juste pour me voir… J'ai naïvement imaginé…

— Quoi ? demanda Charlotte.

— … Que c'était en mémoire de votre frère !

— Ah ! nous y voilà ! Ce cher Hubert… enchaîna Charlotte, il ne nous aimait pas beaucoup ton cher mari ! Et pourtant nous ne lui avons jamais fait de mal ! Mais je pense qu'il était jaloux, et la jalousie, comme tu sais, est un vilain défaut !

— Ou une maladie, dans certains cas… ajouta Patrice.

— Vous pouvez me dire toutes les horreurs de la terre, mais je vous en prie, n'attaquez pas la mémoire d'Hubert, je ne le permettrais pas.

— Tu crois toujours qu'on est en train de débiner ! reprit Charlotte, mais avoue que toi non plus tu ne nous aimes pas beaucoup !

— En fait Hubert nous a toujours démolis auprès de tout le monde ! ajouta Patrice.

— Il m'a simplement mise en garde contre vous… et avant de disparaître il m'a fait jurer de vous tenir tête… de ne pas… m'effacer devant vous !

— Mais de quoi as-tu peur !? lui demanda gentiment Patrice.

— Que vous me fassiez du mal… répondit-elle d'une voix chevrotante, je ne me sens pas de taille à lutter contre vous deux !

— Il n'y a aucun combat, tu es ridicule… reprit Patrice, il y a juste un terrain en commun… et la loi autorise Charlotte à vouloir vendre ses parts ! Soit tu les lui rachètes, soit nous vendons tous les trois ! Ce n'est pas si compliqué, et il n'y a aucune entourloupe là-dedans ! Je ne te comprends pas…

— Je me méfie de vous ! Vous me… terrorisez ! s'écria Grenouillette.

— J'aurais pu te téléphoner simplement pour te dire que je vendais… intervint Charlotte, mais… en mémoire de notre cher frère, puisque c'est ce que tu veux… j'ai préféré venir te le dire de vive voix. C'est toi qui nous as, d'ailleurs, très gentiment proposé de venir passer un week-end… Et nous voilà, tous les trois réunis, pour entériner ma décision, de quoi as-tu peur !?

— Je ne veux pas vendre ! s'écria Grenouillette.

— Alors peux-tu me racheter mes parts ? lui demanda calmement Charlotte.

— Et les miennes ? ajouta Patrice.

— Vous savez bien que non ! gémit Grenouillette.

— Peux-tu alors nous expliquer pourquoi tu ne veux pas de cette vente ? demanda très gentiment Patrice, tu ne crois pas que ça pourrait… « arranger » tes finances ? Nous en sommes tous là, à nos âges… comme le dit si bien Charlotte !

— Ce n'est pas une question d'argent…

— Mais alors… pourquoi tiens-tu tant à ce terrain ? demanda Charlotte, il nous rapporte des clopinettes !

— J'y tiens ! C'est tout !

— Ça peut durer longtemps cette discussion, dit Patrice, on ne va pas se fâcher pour ces quelques pommes à cidre !

— Thérèse, le Champommier appartenait à notre famille depuis des lustres, je ne vois pas en quoi il peut être si précieux à tes yeux, demanda Charlotte.

Grenouillette éclata en sanglots et se cacha le visage dans son mouchoir.

— Ah non ! s'écria Patrice, Souris tout à l'heure et toi maintenant ! Ce n'est pas possible ! Moi je préfère rigoler ! Le week-end avait bien commencé et maintenant on ne fait qu'éponger des torrents de larmes ! Je ne vois pas pourquoi tu te mets dans des états pareils !

— Thérèse… je suis désolée… Ne pleure pas, ça n'en vaut pas la peine… lui dit très gentiment

Charlotte, explique-nous… Que se passe-t-il avec ce foutu terrain ?

Grenouillette s'arrêta de pleurer d'un seul coup, elle les regarda tour à tour et prit son temps avant de poursuivre :

— Je crois que je vais vous le dire ! Je ne sais pas pourquoi, mais je vais vous le dire aujourd'hui ! Je crois qu'après je me sentirai mieux… Ça fait tant d'années que je me tais, je n'en peux plus ! J'ai besoin de vous le dire…

— Mais nous dire quoi ? Qu'est-ce que tu racontes ? demanda Charlotte.

— Laisse-la parler… intervint Patrice, je crois que nous allons avoir droit à un quart d'heure confesse, comme tu dis si bien… Nous t'écoutons Thérèse… Prends ton temps… Vide ton sac, c'est le moment…

— Je ne pensais vraiment pas être un jour amenée à tout vous raconter… Mais puisque vous êtes là et qu'on se voit si rarement, je vais en profiter… Finalement j'ai besoin de soulager ma conscience et ma foi… leur dit-elle en tripotant nerveusement sa croix et l'alliance de son mari qui pendaient sur sa poitrine.

Ils en étaient au café mais Charlotte et Patrice se resservirent machinalement du vin ; d'un côté ils se sentaient un peu coupables d'avoir provoqué les larmes de leur belle-sœur et d'un autre ils se demandaient bien ce qu'elle allait pouvoir leur raconter, avec ce ton solennel qui était devenu le sien tout à coup.

— Vous rappelez-vous de l'abbé Aubin ?

— Bien sûr ! acquiescèrent le frère et la sœur.

— Qu'est-ce qu'il était beau ! ajouta Patrice, il m'emmenait, avec ma classe, en camp scout et nous allions nous baigner sur une plage, près de Cabourg. Je me demande même si je n'ai pas eu ma toute première petite érection en le découvrant, entre deux cabines de bain, dégrafant sa soutane pour se mettre en maillot de bain ! Quel corps d'athlète !

— Je t'en prie ! Épargne-nous ! lui ordonna Charlotte.

— Oui, ne plaisante pas ! Surtout pas maintenant ! lui demanda Grenouillette avant de poursuivre. Je passais beaucoup de temps avec l'abbé Aubin… Nous préparions les offices… Nous mettions de l'ordre dans l'église, nous rangions les bancs, les cierges, les missels… et avant que vous n'arriviez pour servir la messe, Hubert et toi, je l'aidais parfois à passer ses habits sacerdotaux, bref j'acceptais de lui servir de bedeau parce que je tenais à me rendre indispensable…

— Ne nous dis pas que tu étais… attirée par lui !? demanda Charlotte, tout à coup inquiète.

— Bien sûr que si ! Imagine ! Il avait tout pour lui ! Il était beau, gentil, intelligent, drôle et il avait une telle foi ! J'étais… comment dire… transportée ! Je ne le quittais pas des yeux quand il servait la messe, quand il prêchait, quand il donnait la communion !

— C'est pour ça finalement que tu étais tout le temps fourrée à l'église et au presbytère !? lui demanda Patrice.

— Oui… je l'avoue, j'étais…

— Thérèse… est-ce que tu te rends compte de ce que tu es en train de nous dire !? demanda Charlotte.

— Oui ! Oui ! Oui ! Et vous, en me traitant de grenouille de bénitier, vous vous foutiez bien de moi ! Mais je n'en avais rien à faire ! Je ne voyais que lui et je ne voulais être qu'auprès de lui !

— Je suis abasourdi ! Tu as drôlement bien caché ton jeu… lui dit Patrice.

— Eh bien justement je ne me cachais pas du tout ! C'est vous tous qui vous trompiez ! J'aimais un homme à la folie et je faisais tout pour passer le plus de temps possible auprès de lui ! Personne ne pouvait l'imaginer et vous avez tous cru que j'allais rentrer dans les ordres, ça me faisait tordre de rire !

— Là, j'avoue que tu me sidères… dit Patrice, nous avouer ça après toutes ces années…

— Tu parles d'un quart d'heure confesse ! ajouta Charlotte, je suis sans voix… Patrice ressers-moi un peu de vin, il fait chaud ici, j'ai l'impression que mon verre s'évapore !

— J'ai un peu de cognac dans cette carafe, si tu veux… parce que ma confession n'est pas terminée !

— Attends… attends… Est-ce qu'il s'en était rendu compte !? demanda Patrice en versant du cognac dans leurs trois tasses vides.

— Évidemment ! Et il en jouait, croyez-moi !

— Et alors ? demanda Charlotte impatiente.

— Le Champommier jouxte le jardin du presbytère et je me cachais souvent derrière le puits pour l'épier, à cet endroit le petit muret de séparation était écroulé… J'essayais d'échapper à la traque permanente d'Hubert, qui me suivait constamment… Alors c'est pendant votre séjour à tous en Écosse, pour ton mariage Charlotte… que j'ai osé monter sur la margelle du puits pour mieux le voir… Il était en train de biner son jardinet, torse nu et en short…

— Ne nous dis pas ! s'écria Charlotte.

— Tu vois que c'est presque aussi croustillant que ton souvenir exotique ! lui répondit Grenouillette sur un ton qu'ils ne lui connaissaient pas.

— Continue ! lui dit sèchement Patrice.

— Il m'a vue… et il est arrivé en courant, il avait peur que je tombe sans doute… Il m'a saisie aux chevilles et m'a ordonné très fermement de descendre. J'ai posé mes mains sur ses épaules et j'ai glissé dans ses bras pour me retrouver assise sur la margelle…

— Et alors ? demanda Patrice inquiet.

— Alors… j'ai écarté les cuisses et je l'ai attiré vers moi… Il n'a pas fui, au contraire…

— Oh non !… soupira Patrice.

— … Il m'a déflorée doucement, sans me faire mal !

— Putain-bordel, je suis sur le cul ! Je n'en reviens pas ! Je n'en reviens pas ! répétait Charlotte, sous le choc.

— Tu as écarté les cuisses avec l'abbé Aubin ! Toi ! Ça c'est un scoop ! s'écria Patrice, je ne pourrai plus jamais manger de cuisses de grenouille de ma vie sans y penser !

— Ne plaisante pas ! Je t'en prie ! Ce n'est pas fini… Le drame c'est que mon père nous avait vus de loin ! Il est arrivé avec un fusil au moment où nous allions nous embrasser avant de nous quitter. Il m'a ordonné de rentrer à la maison et je suis partie en courant et en pleurant, n'osant pas me retourner pour voir ce qu'il allait se passer. Mon père m'a laissée enfermée deux jours et deux nuits dans ma chambre. Quand il m'a libérée il m'a dit qu'il avait réglé son compte à ce salaud de curé et qu'il l'avait balancé dans le puits avant de le reboucher avec de gros cailloux !

— Peux-tu nous jurer que tout ceci est vrai !? cria Patrice, ça paraît tellement romanesque ! Il y a eu un film sur ce genre d'histoire mais je suis tellement chamboulé que je suis incapable de me rappeler avec qui, et encore moins le titre du film, c'est ahurissant !

— Laisse-la continuer, dit calmement Charlotte, je crois avoir deviné la fin de l'histoire…

Grenouillette regarda sa belle-sœur dans les yeux et continua courageusement :

— Quand j'ai réalisé que j'étais enceinte il a bien fallu que je l'avoue à mon père – dans toute cette histoire ma mère n'a jamais eu droit au chapitre – il est resté calme, c'était comme si il s'y attendait… Alors il m'a fait jurer de ne rien dire : « Il n'y en a qu'un qui puisse te sauver ! Et je sais qu'il t'aime… Tu vas lui écrire de ne pas me contredire et tu vas l'épouser au plus vite ! »

— Je ne le crois pas ! Je ne le crois pas ! répéta Patrice.

— J'ai juste écrit « Sauve-moi ! » sur un bout de papier et mon père est allé discrètement le donner à Hubert. Il a replié le papier en regardant mon père droit dans les yeux, puis il lui a demandé de le suivre. Vos parents étaient tous les deux dans le grand salon, votre père fumait sa pipe en lisant son journal et votre mère tricotait des chaussettes pour les orphelins. Hubert m'a raconté cent fois cette scène, il était tellement fier de la réaction de ses parents !

— Mais qu'est-ce qu'ils ont dit !? Ne nous raconte pas qu'ils ont pu gober cette histoire… s'écria Patrice.

— Ils n'ont rien dit justement… Ils se sont regardés, votre mère s'est mordue la lèvre, alors votre père a posé sa pipe, s'est levé pour aller l'embrasser, il lui a pris les mains et s'est dignement retourné vers mon père, sans un regard pour Hubert. « Si ces enfants ont fauté il faut les marier au plus vite », a-t-il dit simplement tandis que votre mère s'est signée, en baissant la tête... Voilà !... vous savez tout !

Patrice restait pétrifié, sans voix, tandis que Charlotte reprenait instinctivement sa tasse pour finir son cognac d'un coup sec.

— Que ton fils soit le fils du père Aubin... Soit ! Je veux bien le croire, après tout... dit-elle, mais pour le reste tu t'es fait gruger par ton père, ma pauvre Thérèse !

— Qu'est-ce que tu veux dire !?

— Alors pour toi le père Aubin est au fond du puits du Champommier sous des tonnes de cailloux ?

— Oui... tout à fait... avoua Grenouillette en pleurant dans son mouchoir.

— Et c'est pour ça que tu ne veux pas vendre ce terrain ? Tu as peur qu'on trouve un jour... ce qu'il en reste... !? Parce que, si je compte bien, cette histoire s'est passée il y a... quarante-cinq ans !

— Oui ! avoua Grenouillette dans un affreux sanglot.

— C'est in-cro-ya-ble ! On se croirait dans une série B sur la mafia sicilienne ! s'écria Patrice en se tapant sur les cuisses, et ce pauvre Hubert...

— Ne dis rien sur Hubert ! s'écria Grenouillette, je lui avais tout raconté et il a toujours été admirable !

Charlotte partit d'un éclat de rire qu'elle ne parvint pas à arrêter.

— Lolotte reprends-toi ! Il n'y a rien de drôle dans tout ça, c'est pathétique si c'est vrai ! lui dit Patrice.

— Tu penses que j'ai menti !? s'exclama Grenouillette.

— NON ! cria Charlotte en reprenant ses esprits, tu n'as pas menti ! Mais je peux t'assurer que ton père t'a roulée dans la farine et avec toi Hubert et les parents ! Il a bien réussi son coup le père Brûlé et il doit encore en rigoler dans sa tombe, paix à son âme… de fieffé menteur !

Dimanche 14 h 30

— Charlotte je t'en prie ! avait gémi Grenouillette.

— Ma pauvre Thérèse, reprit Charlotte, quand je pense à toutes ces longues années où tu as dû culpabiliser !

— Oui... j'ai beaucoup prié !

— Ça n'a servi à rien, crois-moi.

— Mais qu'est-ce que tu racontes ? lui demanda Patrice énervé.

— Rassure-toi Thérèse, le père Aubin va sans doute très bien !

— Quoi ? s'étrangla Grenouillette, ne plaisante pas avec ça !

— Mais non, ma pauvre fille ! Ton père a, certes, bouché le puits... mais il t'a raconté des sornettes... Il n'a jamais tué l'abbé mais il te l'a fait croire ! Et il eut l'idée géniale de faire endosser ta grossesse par ce pauvre Hubert, qui, comme tout le monde le savait, se consumait d'amour pour toi, voilà l'histoire !

— Mais comment le sais-tu ? demanda Patrice éberlué.

Grenouillette, elle, ne pouvait plus rien dire, elle gardait la bouche ouverte et blêmissait à vue d'œil.

— Le monde est vraiment petit ! reprit Charlotte, c'est incroyable ce que le monde est petit ! Vous ne pouvez pas l'imaginer, c'est... inouï !

— Dis-nous vite parce que je crois que Thérèse est en train de se trouver mal ! cria Patrice.

Ils se levèrent d'un bond tous les deux et frappèrent leur belle-sœur, l'un sur les mains, l'autre sur les joues.

— Doucement quand même, Charlotte tu y vas un peu fort !

— Redonne-lui du cognac, il en reste un tout petit fond...

— À quoi tu joues là ? lui demanda Patrice, je ne te suis plus, tu plaisantes ou quoi ?

— Attends, elle revient à elle, je vais vous expliquer...

Grenouillette, en effet, retrouva rapidement ses esprits et accepta sans rechigner de finir le cognac.

— Je savais que vous me feriez du mal ! C'est plus fort que vous !

— Tu te trompes encore une fois ! lui dit Charlotte, je vais t'aider, au contraire, à éliminer ce poids que tu dois avoir sur l'estomac et la conscience depuis tant d'années... Ton père n'était pas un assassin, mais juste un gentil filou avec un bon sens paysan ! Et l'abbé Aubin ne croupit pas au fond du puits du Champommier, il se saoule à la bière et se tape des petites Noires au fin fond d'une forêt du Gabon !

— Qu'est-ce que tu racontes !? s'écria Grenouillette effarée.

— Là, Charlotte, tu vas un peu trop loin, lui dit Patrice.

— Le monde est petit, je vous l'ai dit ! Il est même minuscule le monde, c'en est à peine croyable ! Figurez-vous que, lorsque j'ai rencontré Paul, mon troisième mari, chez mes amis à Dakar, il vivait au Gabon, où il dirigeait une énorme affaire de bois, qui appartenait à un Français. Paul était, lui aussi, en vacances à Dakar – en fait c'était trop compliqué pour lui de rentrer en France pour une semaine – et nous avons été présentés l'un à l'autre lors d'une réception à l'ambassade de France. Nous avons eu notre petit pincement au cœur réciproque et nous nous sommes quittés, sans qu'il ne se passe quoi que ce soit, mais en nous promettant de nous revoir… Quelques mois plus tard, lors de notre deuxième rencontre, toujours à Dakar, il m'a raconté qu'à son retour au Gabon, en jouant aux cartes avec quelques Français, il avait eu besoin de raconter son coup de cœur pour une belle Française, deux fois veuve… L'alcool aidant, et les autres le poussant à en raconter un peu plus, il a donné mon nom, et celui de ma famille, originaire de Normandie, bla bla bla… Les hommes, quand ils se mettent à raconter pour pavaner, ils sont intarissables ! Et tout d'un coup il y en a un qui lui dit :

« la petite Charlotte de La Rivière-Thibouville, je l'ai connue, avant qu'elle n'épouse un Écossais... »

— C'était le père Aubin !? demanda Patrice sidéré.

— Ton père Aubin ma petite Thérèse ! Bien vivant et imbibé de bière !

Grenouillette restait figée, incapable de réagir ni de poser la moindre question.

— Ce n'est pas possible... ce n'est pas possible... dit-elle haletante.

— Ladygold n'a pas tort, c'est fou le destin ! enchaîna Charlotte, ce soir-là il a tout raconté à Paul, qui me l'a raconté par la suite... Mais je n'ai jamais pensé, ni pu imaginer un quart de seconde, que toute cette histoire avait un quelconque rapport avec toi, Thérèse !

— Mais qu'est-ce qu'il a dit ? demanda Patrice, voyant que Thérèse restait encore prostrée et muette.

— Il a commencé par avouer que dans sa jeunesse il avait été ordonné prêtre et qu'il avait hérité de sa première paroisse à 30 ans, un charmant petit village de Normandie, où justement résidait la famille La Rivière-Thibouville, dont les deux fils étaient ses enfants de chœur ! Et puis il a raconté qu'un jour il avait cédé à la tentation de la chair avec une fille du village et, qu'hélas, le père de cette jeune fille avait tout vu ! Le type l'avait menacé d'un fusil et lui avait mis le marché en main : soit il déguerpissait à tout jamais, en laissant un mot au presbytère, expliquant son départ, et l'affaire en resterait là… Soit il allait se dénoncer lui-même à l'évêché et le scandale éclaterait ! Il a choisi la première solution, sans demander son reste, il est parti en stop jusqu'à Marseille pour s'embarquer vers le Maroc, où il a vécu des années avant de descendre les côtes d'Afrique et d'aboutir finalement au Gabon, où il avait été contremaître dans cette société forestière jusqu'à sa retraite. Depuis il avait préféré rester vivre là, au milieu des noirs qui l'avaient adopté. Il a fini par avouer à Paul qu'il n'avait jamais raconté cette histoire à quiconque avant lui. Personne, en fait, ne savait qu'il avait été prêtre dans sa jeunesse ! Voilà !!! Comment ?… Oui comment pouvais-je imaginer que la petite Normande que cet homme avait séduite était ma belle-sœur, et que mon propre frère avait porté le chapeau de ce faux pas !? Et en plus j'avais oublié toute cette histoire jusqu'à ce jour ! Ça m'avait fait sourire sur l'instant, mais surtout pour la coïncidence… Un vieil ivrogne défroqué dans une forêt au Gabon qui avait connu ma famille, c'était déjà à peine croyable, mais alors là ! Avouez que c'est…

— Ahurissant ! enchaîna Patrice.

Grenouillette tremblait de tous ses membres, elle pleurait sans émettre aucun son en mordant son mouchoir. Ils restèrent tous les trois silencieux, submergés par l'émotion.

— Quel choc… finit par dire doucement Grenouillette, j'ai honte, tellement honte… Pourquoi vous ai-je raconté tout ça aujourd'hui ?

— Ton fils est au courant ? demanda Patrice.

— Oh non ! Hubert m'avait fait jurer…

— Alors c'est uniquement ta peur de ce puits rebouché au Champommier qui t'a fait nous parler ? demanda à son tour Charlotte.

— Oui… peut-être… je ne sais pas… je ne sais plus ! Je me sens anéantie, je vous demande pardon !

— Que peut-on faire pour toi ? demanda Patrice.

— Rien ! Surtout rien ! Il faut que je réalise… Je crois que je vais aller m'allonger.

— Ne prends surtout pas de calmants ! lui dit Charlotte, ce serait dangereux avec le cognac que tu t'es sifflé !

Elle essaya de se lever mais retomba toute étourdie dans son fauteuil.

— Viens, prends mon bras, lui dit gentiment Patrice.

— Et prends le mien aussi, ajouta Charlotte, nous allons t'accompagner jusqu'à ta chambre.

Ils marchèrent tous les trois au ralenti, bras dessus, bras dessous.

— C'est affreux, c'est affreux… répétait Grenouillette, et surtout n'allez pas croire que je n'ai pas aimé votre frère !

— On reparlera de tout ça plus tard… Pour l'instant va te reposer, lui dit Charlotte.

— Et arrête de penser que nous sommes des monstres ! ajouta Patrice.

— Que tout ceci reste entre nous… Je vous en supplie, dit-elle d'une voix faible.

— Un secret de famille, c'est un secret de famille ! lui répondit Charlotte.

— Tu ne vas pas nous demander de cracher par terre quand même ! ajouta Patrice.

— Non, maintenant, c'est curieux… j'ai confiance en vous, leur dit-elle en rentrant dans sa chambre.

Dimanche 16 h

La pluie avait cessé et le soleil inondait à nouveau le Patio. Il y avait une délicieuse odeur de terre mouillée qui montait jusqu'à la loggia. Ils s'appuyèrent à la rambarde de fer forgé pour profiter du spectacle des oiseaux, volant de branche en branche pour se sécher, dans un chahut d'une gaieté folle. Au coude à coude, inconsciemment serrés l'un à l'autre, ils sentaient bien qu'aucun d'eux deux n'avait envie de parler. Ils restèrent silencieux un petit moment, admirant la beauté du petit jardin en contrebas, avant que Patrice ne rompe le silence en premier.

— Les parents l'aimaient beaucoup, il faut dire qu'elle a été admirable avec eux jusqu'au bout.

— C'est drôle… J'étais en train de penser exactement la même chose.

— Quel drame !

— Pour qui ?

— Je ne sais pas… pour la famille… pour nous.

— Les parents n'ont sans doute rien su… Hubert était plus que consentant… Son fils est… son fils, après tout ! Même si il n'en a aucun gène… Qu'est-ce que ça va changer à ta vie d'avoir appris ça ?

— À la mienne rien du tout… Et à la tienne ?

— Encore moins !

— Alors…

— Alors imagine ce qu'elle doit ressentir, elle, en ce moment… Quel gâchis ! Quelle tristesse depuis quarante-cinq ans à ruminer ce drame : pour elle son père avait tué son amant !

— Et un curé en plus ! Tu vois ça au cinéma, tu n'y crois pas une seconde !

— Tu veux que je te dise ce que je pense vraiment ?

— Ça m'aiderait, parce que je me sens complètement paumé.

— Oublions tout ça… et aidons-la !

— Tu me sidères ! Te voilà devenue sœur Charlotte de la Miséricorde tout d'un coup ?

— Écoute Patty… Combien d'années nous reste-t-il à vivre ?

— Je m'étonnais aussi…

— Ne plaisante pas… Cette maison, aussi belle soit-elle, et toutes ces femmes, aussi gaies et pimpantes soient-elles, tout ça sent le compte à rebours… On s'étourdit en se racontant nos souvenirs, et Dieu sait si nous en avons toutes… Mais il ne faut pas se leurrer, la vie est derrière nous… Et on ne peut rien réécrire ! Qu'est-ce qui nous reste à faire ? En combien de temps… ?

— Arrête ! Tu vas nous faire chialer ! Il n'y a plus qu'à demander à l'Autruche de nous chanter du Léo Ferré… « Avec le temps… avec le temps… tout s'en va… ! » et de finir par distribuer les Kleenex ! Au secours !

— Il faut toujours que tu tournes tout en dérision, je te parlais sérieusement là.

— Désolé, sœurette, j'ai si peu l'habitude de te voir aussi grave.

— Je suis secouée espèce d'idiot !

— Toi ? Touchée ? Coulée ?

— Qui nous aurait dit que la petite Thérèse Brûlé, que nous avons connue en socquettes, marque nos vies à ce point !? Et que, bien après la mort des parents, et la disparition soudaine d'Hubert, nous nous retrouvions aujourd'hui, à nos âges, en train de réaliser combien le destin avait entremêlé nos vies… sans que nous sachions comment et pourquoi avant ce déjeuner !? Tu aurais pu l'imaginer, toi, il y a cinquante ans, quand tu servais la messe, avec tes faux airs de petit ange tout ce que nous venons d'entendre ?

— Non, ça j'avoue, d'ailleurs c'est inimaginable !

— Pourtant, de toute évidence, tu voyais bien Hubert regarder Thérèse qui, elle, ne regardait que l'abbé…

— Oui… mais… je ne pouvais pas comprendre, ni même envisager.

— On court toujours après ce qui vous échappe…

— Qu'est-ce que tu veux dire ?

— Je viens de tenter de te l'expliquer... mais tu as plaisanté ! Aujourd'hui, un demi-siècle plus tard, nous ne courons qu'après le temps... qui nous reste ! Et ça aussi c'est dur à comprendre, ou à envisager.

— Qu'est-ce que tu veux faire, alors ?

— Rien... Tout s'achète, sauf le temps... Il faut l'aider.

— Tu as sans doute raison, je suis d'accord, mais comment ?

— Je ne sais pas... Il faut réfléchir.

— Tu devrais commencer par aller te remettre du rouge à lèvres, ça t'aidera peut-être... Il est bientôt 5 heures, n'oublie pas que nous avons le tea-time de Lilibeth à assurer !

— Espèce d'idiot, c'est exactement ce que je vais faire ! Mais avant de descendre je passerai voir Thérèse pour savoir comment elle va.

— Tu veux que, moi, je passe voir Souris, pour prendre sa température... À elle aussi ?

— Très bonne idée ! À tout à l'heure.

— Si on nous avait dit, vendredi sur l'autoroute, que nous finirions le week-end en blouse blanche et callot siglés Croix-Rouge !!!!

— Je me tue à te le répéter, dépêchons-nous, le destin nous rattrape.

Patrice la regarda s'éloigner vers sa suite en réalisant que c'était bien la première fois, depuis des années, qu'il la voyait « ébranlée ».

— Ma pauvre vieille Lolotte, tu n'es pas au bout de tes peines... dit-il entre ses dents pour qu'elle ne l'entende pas, puisque le « quart d'heure confesse » est contagieux et que tout le monde se dit tout, il va falloir que je profite, moi aussi, de ce week-end, pour t'avouer quelque chose… Tu risques d'être encore bien secouée !

Note Chloé n° 8

Cette Ladygold est magique ! Avant d'arriver au restaurant, à Montpellier, je l'ai vue ôter tous ses bijoux pour les glisser dans son sac. Je lui ai demandé si c'était parce qu'elle avait peur qu'on les lui pique et elle m'a répondu en riant que c'était, au contraire, pour ne pas gêner les étudiants, pour ne pas les affoler ! Chapeau ! Elle est topissime cette femme ! Aujourd'hui elle recevait un garçon et une fille, qu'elle a séduits, l'un et l'autre, en trois minutes ! Elle est attentive, généreuse, affective ! Elle sait les mettre en valeur, elle leur apporte beaucoup et elle est sincère jusqu'au bout de ses ongles, sublimement manucurés. J'étais renversée, autant que ces deux étudiants, par tant de gentillesse. Il y a pas mal de vieux qui devraient en prendre de la graine, un peu moins se désoler sur leur sort, et aider les jeunes comme elle le fait ! Mais peut-être que c'est plus cool de se livrer avec une femme comme ça que d'essayer de se brancher avec sa propre grand-mère. Ça doit dépendre de la grand-mère, il y en a sûrement de moins congelées que d'autres ! Ladygold a affirmé qu'on ne pouvait pas bien vieillir sans rencontrer des jeunes. Encore fallait-il les comprendre. Pour elle il suffit de les aimer ! Je suis sûre que ma grand-mère m'aime, mais c'est pas pour ça qu'on est sur la même longueur d'ondes ! (Voilà encore un sujet à proposer à la rédac, les cyber connexions jeunes-vieux !) La fille lui a alors demandé si elle avait des petits-enfants et elle a répondu, un peu émue, qu'elle n'en savait rien, hélas ! Tu parles d'une gaffe ! On n'a pas osé aller plus loin, ni eux, ni moi, on s'est bêtement regardés et on a essayé de zapper ! Heureusement les deux étudiants se sont mis à raconter qu'ils vivaient, eux aussi, en cohabitation, à six dans un grand appart. Et dans le lot il y a aussi une chieuse qui râle tout le temps ! Comme quoi, les jeux de rôles, c'est « transgénérationnel », comme disait un de mes profs !

Dans la voiture, au retour, Ladygold m'a demandé si j'avais un copain. Je lui ai raconté mon histoire avec Landry et comment ça avait foiré parce que je le trouvais, finalement, aussi débile que les autres. Elle m'a tapoté la main en me disant que je n'étais peut-être pas prête, et que c'était de notoriété publique que les garçons étaient moins matures que les filles. Elle a sans doute raison, depuis six mois je ne pense qu'au boulot, et au journal je côtoie enfin des hommes qui ne sont plus des gamins. En plus, maintenant que j'ai vécu cette expérience, au milieu de toutes ces femmes insensées, je me dis que j'ai toute la vie devant moi pour décider, oui ou merde, de rencontrer un homme avec qui j'aurai envie de tout partager.

J'écoute et j'essaie de me faire la plus discrète possible, mais à côté de ces « hyper bonnes femmes » je me sens « down », comme si, tout à coup, j'étais conne, vide, creuse et laide ! Version « gourdasse » d'Alice au pays des vieilles !

Je ne trouve qu'une seule phrase à écrire et en plus il faut que je redescende pour le fameux « tea-time ».

« Toujours gaies, pimpantes, enjouées et élégantes, ces femmes se donnent toutes un mal fou pour donner le change. "Marche ou crève !" a un jour écrit l'une d'elles, avec son rouge à lèvres, sur le miroir de l'entrée. Personne n'a fait de commentaires et personne, non plus, n'a jamais effacé ce graffiti. »

Dimanche Five O'Clock

C'était plus qu'un simple dépaysement, c'était un véritable choc !

Pénétrer dans le salon de Lilibeth renvoyait l'Eurostar au temps lointain des diligences. Là, il ne fallait qu'un quart de seconde, à peine, pour traverser la Manche, et vous retrouver, comme par magie, en hôte de marque au sein même de la très respectueuse monarchie britannique !

Elle était là, royale, à vous accueillir, très protocolairement, à l'entrée de son petit royaume. Tout en continuant négligemment à tripoter son collier de perles à trois rangs de la main gauche, elle vous tendait la main droite d'une telle façon que vous vous sentiez obligé de rentrer dans son jeu. On en arrivait presque à se demander où était l'aboyeur !

Charlotte s'était changée, mais comme elle n'avait apporté que du noir, elle était encore en noir, ni trop élégante, ni pas assez, comme elle était toujours. Perchée sur ses hauts talons elle avait une bonne tête de plus que Lilibeth, elle fut donc obligée de se baisser légèrement pour l'embrasser, ce qui ressembla fort à une petite révérence.

Bridgette et Botoxia, les deux « Visiteuses permanentes » qui s'étaient jetées sur elle dès leur arrivée et la suivaient pas à pas, se crurent donc obligées de l'imiter et se fendirent toutes les deux, l'une après l'autre, d'une pseudo-révérence bien maladroite. Lilibeth était aux anges.

Patrice, qui évidemment avait remis son blazer, s'effondra dans un baisemain parfait pour s'extasier dans la foulée.

— Quelle joie et quel honneur de découvrir votre domaine privé… C'est majestueux Majesté ! lui souffla-t-il à l'oreille.

Lilibeth gloussa d'aise puis s'étonna de ne pas voir Grenouillette.

— Elle va venir dans quelques minutes, un petit contretemps, rien de grave, rassurez-vous ! se justifia Charlotte.

Rancunia arriva avec une Souris, encore un peu rougeaude, à ses talons, elles embrassèrent Lilibeth chacune leur tour.

— Tu attends le ban et l'arrière-ban, Majesté ? Que nous vaut cette invitation si officielle ? lui demanda Rancunia.

— Je tenais à vous présenter quelques-uns de mes amis anglais, avant qu'ils ne repartent demain… Mais où est donc Ladygold… ? Ah voici *my dear friends* ! Entrez, entrez, *please*…

Il y eut une petite bousculade et un brouhaha d'effusions, mélangeant les deux langues d'une façon charmante. Lilibeth présenta Charlotte-la-Baronnette à ses deux couples d'amis, l'histoire de sa rencontre avec la reine avait dû passionner ces charmants petits retraités.

Patrice en profita pour faire l'inventaire de cet incroyable salon à l'anglaise. Il était évident qu'elle adorait le rose… La moquette à grosses fleurs, les deux canapés qui se faisaient face devant la cheminée, le tissu sur les murs, les nappes juponnées, tout dégoulinait de teintes plus ou moins fanées de rose ! Mais, indépendamment de la couleur, c'était le style Chippendale des fauteuils et des chaises qui donnait à l'ensemble de la pièce cette atmosphère si particulière dont seuls les Anglais ont le secret. Il y avait bien quelques gravures anciennes sur les murs, de simples scènes de relais de poste ou de chasse à courre, encadrées d'acajou, mais il y avait surtout une collection ahurissante de photos de sa royale jumelle à tous les âges et dans toutes les situations ! En cavalière, en imper Barbour et bottes, en robe du soir, en tenue de cérémonie, harnachée des bijoux de la Couronne, ou en petite robe simple donnant à manger à ses chiens, toute la vie d'Élisabeth d'Angleterre était résumée sur ces murs ! Sur la cheminée, dans laquelle brûlaient de fausses bûches (dissimulant un astucieux système au gaz, comme les affectionnent tant les Anglais), de nombreux cadres en argent laissaient découvrir une Lilibeth habituée à tous les hauts lieux de la monarchie. Lilibeth devant Buckingham, Lilibeth entre deux horse-guards, Lilibeth à Windsor…

— Et là c'est encore moi sur le pont du yacht royal, le Britannia, dit-elle à Patrice en le rejoignant dans sa visite.

— Vous y avez été conviée ? lui demanda-t-il admiratif.

— Ah non, hélas ! Il est en rade à Édimbourg, mais tout le monde peut le visiter, c'est très émouvant et si excitant, on voit tout ! La chambre de la reine, son bureau, sa salle de bains, le grand salon, la salle à manger… Vous pouvez vous balader sur tous les ponts et dans tous les couloirs, même au mess des officiers, c'est formidable, j'y suis retournée tous les jours pendant une semaine, quel plaisir, même si je suis restée à quai ! J'ai rapporté plein de souvenirs de la boutique, j'ai même des torchons brodés au nom du Britannia !

Elle racontait tout ça avec un ton délicieux de petite vieille effrontée qui se moquait d'elle-même, sans être dupe de sa lubie. Patrice était sous le charme.

Dans le fond de la pièce une immense bibliothèque croulait manifestement sous tous les ouvrages possibles et imaginables consacrés à la royauté britannique. Là encore divers objets hétéroclites et de nombreux cadres racontaient la passion de Lilibeth. Patrice se pencha pour mieux découvrir une photo de la reine mère signée dans toute sa largeur de son seul prénom, Élisabeth ! Elle aussi !

— Elle vous l'a dédicacée !? s'étonna-t-il.

— Mais non… À vous je peux l'avouer… répondit-elle sur le ton de la confidence, c'est une de mes amies qui me l'a achetée à Londres, lors d'une vente pour une « Charity » quelconque… Je suivais les enchères par téléphone, j'ai trouvé qu'elle valait un peu cher, mais, que voulez-vous, quand on aime on ne compte pas, et je suis si fière de l'avoir ! Mais vous n'avez pas complètement tort… Depuis le temps, je suis arrivée à me persuader qu'elle me l'a effectivement dédicacée ! Mais chut !

Ça fit sourire Patrice qui continua son exploration du petit royaume en sa compagnie.

— Et ces tas de revues, entassées dans cet angle jusqu'au plafond ?

— Ça c'est ma collection de « Point de vue », je ne peux pas les jeter, c'est impossible ! Je suis une lectrice assidue depuis tant d'années… Mais je ne garde que les numéros où l'on parle de la famille royale ! Les autres têtes couronnées ne m'intéressent pas… Malheureusement ils ont un peu changé la formule, ils ne parlent plus autant de la famille, il faut avouer que les enfants d'Élisabeth n'ont pas grand intérêt, je les trouve tous affligeants, la pauvre… Quelle épreuve !

Patrice s'amusait comme un fou, la passion de Lilibeth la poussait jusqu'à parler de « la famille » comme si elle en était un membre influent !

L'Autruche fit une entrée très remarquée, elle n'avait pas hésité à se munir d'un tout petit drapeau de l'Union Jack qu'elle agitait fébrilement !

Elle précédait Ladygold et Chloé, que suivaient, en file indienne, José, Maguelonne et Gervaise, portant tous les trois d'immenses plateaux avec théières, tasses, English pastries, cakes divers et sandwiches au concombre. Lilibeth frappa dans ses mains, le service pouvait commencer !

— Mais il manque encore deux invités, s'écria-t-elle, où est donc notre Grenouillette ? Je tiens absolument qu'elle soit des nôtres, j'ai quelque chose d'important à vous dire… Il manque aussi « a good friend of mine » qui ne saurait tarder…

L'Autruche, avec son drapeau à la main, s'estima investie pour entamer un God Save the Queen a capella d'une voix plutôt chevrotante. Tout le monde se crut obligé de se raidir respectueusement tandis que Lilibeth, une main sur le cœur, juste en dessous de son énorme broche de chez Burma, se joignait à elle, pour terminer le célèbre refrain avec les deux petits couples d'Anglais !

Patrice, au bord du fou rire, croisa d'abord le regard ébahi de Charlotte, avant de voir Rancunia lever les yeux au ciel et Ladygold lui décocher un petit clin d'œil, plein d'humour, à la façon de José.

Chloé, qui avait sorti crayon et bloc, prenait des notes, visiblement stupéfaite.

— Qu'est-ce qu'on rigole ici, quand on ne pleure pas ! lui chuchota à l'oreille Souris, qui s'était glissée à ses côtés.

— Ça… j'avoue que, par moments, ce n'est pas triste ! lui répondit-il en se servant une part de cake au gingembre que proposait Maguelonne sur un plateau d'argent.

Tout le monde se tourna alors vers la porte où Grenouillette venait de faire son apparition en compagnie d'un inconnu.

Grand et mince, une petite moustache blanche, joliment retroussée à ses extrémités, il était, au premier coup d'œil, d'une élégance toute britannique. Pantalon de velours et veste en tweed, cravate en tricot et chemise à petits carreaux, sa parfaite tenue de gentleman-farmer déclinait savamment toutes les teintes rousses des feuilles mortes.

— Pas mal… soupira Souris.

— On dirait le Major Thompson ! répondit Patrice.

— Lilibeth, ce *gentleman* sonnait désespérément à la porte ! Vous n'avez rien entendu ? demanda Grenouillette.

— Si l'Autruche n'avait pas tant beuglé ! dit Bridgette sur le ton de l'humour.

— Tu es enfin appareillée ? Pauvre sourde ! lui répondit l'Autruche sur le même ton.

Lilibeth se précipita et l'homme sortit le petit bouquet rond, qu'il cachait derrière son dos, pour le lui offrir avec un sourire des plus touchants.

— Mes amis j'ai le plaisir de vous présenter « My dear friend Harold » annonça Lilibeth, encore toute émue du geste.

— C'est son fameux partenaire de baby-foot… glissa Ladygold à Rancunia.

— Mais il est beaucoup plus jeune qu'elle ! répondit celle-ci, toute étonnée.

— Puisque nous sommes au complet… reprit Lilibeth, je vais pouvoir vous annoncer une grande nouvelle… Grenouillette tout va bien ? demanda-t-elle en aparté.

— Oui… oui… répondit celle-ci d'une petite voix, ne te fais pas de soucis… Nous t'écoutons.

— Eh bien voilà… Harold ici présent (il salua toute l'assemblée d'un signe de tête) que je connais maintenant depuis un an, et avec qui j'ai organisé plusieurs séjours linguistiques, pour seniors, entre nos deux pays, est un grand horloger outre-Manche ! Il a travaillé toute sa vie pour la Couronne, puisqu'il vient de terminer sa brillante carrière comme horloger en chef des diverses résidences de Sa Gracieuse Majesté… ma jumelle ! Ayant donc pris sa retraite, il doit prochainement être décoré, avec d'autres artisans d'art, bien sûr… pour services rendus à la famille royale, par Sa Majesté en personne ! Je vous demande de l'applaudir ! Pour Harold, hip hip hip hourra… ! Tout le monde s'exécuta et répéta en chœur : pour Harold, hip hip hip hourra… ! Les quatre Anglais se mirent alors à applaudir si chaleureusement que tous les autres se sentirent obligés de les imiter, encouragés par une Lilibeth au comble de la joie.

Harold lui prit la main pour la couvrir de petits baisers reconnaissants.

— Non mais je rêve… ? dit Souris, on dirait qu'il y a du flirt dans l'air !

Ladygold et Rancunia échangèrent un regard plein d'interrogations.

— Moi, s'il veut me remonter, l'horloger, je suis prête à sonner comme une horloge ! dit l'Autruche à Charlotte.

— Tes ressorts doivent être un peu trop rouillés, vieille tocante ! lui répondit Bridgette qui avait tout entendu.

— Et toi tes aiguilles sont définitivement bloquées sur minuit, pauvre fantôme ! lui rétorqua l'Autruche du tac au tac.

Charlotte et Chloé, qui étaient coincées entre elles deux, éclatèrent de rire.

— On peut participer ? lui demanda Patrice en se rapprochant d'elles.

— Ah non ! Impossible à raconter ! lui répondit Charlotte, ce sont juste quelques amabilités échangées par les deux mauvaises sœurs de Cendrillon, tu vois le genre…

Quand tout le monde, ou presque, fut servi de thé, les quinze personnes, présentes dans le salon, formèrent divers petits groupes pour bavarder, tandis que José et les deux femmes de chambre assuraient le service au plateau.

— On se croirait dans une pièce d'Agatha Christie ! Que va-t-il se passer ? Va-t-il y avoir un meurtre ? Quel suspens… dit Patrice à l'oreille de Ladygold, qui semblait tout à coup soucieuse.

Grenouillette s'était rapprochée de Charlotte, elles se parlaient toutes les deux à voix basse, semblant oublier le reste des invités.

Rancunia força alors Ladygold et Patrice à lui laisser une place sur le canapé où ils s'étaient installés. Chloé, restée debout, s'était postée derrière eux.

— Regardez ! Regardez vite le petit manège de José ! leur dit-elle, notre Queen l'a bien dressé !

Au moment, en effet, de finir par servir sa tasse de thé à Lilibeth, il le rejeta discrètement dans la théière pour verser, tout aussi discrètement, une petite mignonnette de bourbon dans la tasse !

— Vous avez vu ! Vous avez vu ! répéta Rancunia.

Les deux restèrent sans voix, puis s'écroulèrent de rire l'un sur l'autre dans le canapé.

— Elle est forte, non ? poursuivit Rancunia.

— Qu'est-ce que ça peut te faire !? lui répondit Ladygold, elle a 82 ans passés, elle fait ce qu'elle veut !

— Ça conserve, en tout cas ! ajouta Patrice admiratif.

— Pas plus que le champagne ! ajouta sa voisine en riant.

C'est à cet instant, après avoir bu rapidement deux petites gorgées de son faux thé, que Lilibeth, qui était restée debout, reprit la parole :

— Mes amis il y a une autre nouvelle que nous aimerions vous annoncer… Mais je préfère passer la parole à Harold, ça sera un bon exercice pour son français, good luck dear !

Harold se leva, posa sa tasse sur la cheminée et fit face à la petite assemblée.

— Mes amis… commença-t-il avec un délicieux mais fort accent, je peux dire que vous êtes tous mes amis… parce que vous être les amis de Lilibeth… You know, sorry… Vous savez… que Lilibeth rêêêve de rencontrer Our Majesty the Queen… comme elle vous le dire… Je vais avoir the great honor d'être… décoré… So, j'ai invité elle à m'accompagner pour cette… petite cérémonie, that's correct… ?

— Yes dear ! lui répondit Lilibeth admirative.

Tout le monde se mit à crier de joie et à applaudir vivement.

— Je vous le disais, elle est forte ! dit Rancunia à ses deux voisins, et en plus elle va réaliser son rêve ! Qui l'eût cru !?

Harold fit signe à tous de se taire, il n'avait pas fini son petit discours.

— Mais il y a one petit problème… Je ne peux pas présenter to Our Majesty juste une bonne amie de moi… ! So I've decided, sorry… J'ai décidé de demander Lilibeth to marry me… sorry… de me marier avec elle !

Le silence fut impressionnant, comme si l'assistance n'avait pas vraiment compris.

— So… Lilibeth, my dear, poursuivit Harold, would you marry me ?

— *Yes! Yes! Yes!* répondit-elle en lui sautant au cou.

Dimanche 18 h

Patrice fut le premier à applaudir.

— C'est génial, ils sont trop mignons ! dit-il avant de se tourner vers ses deux proches voisines. Mais Ladygold et Rancunia restaient aussi muettes de stupéfaction que Souris, l'Autruche et Grenouillette. Seules Bridgette, Botoxia et les quatre Anglais exultaient. Charlotte, elle, partit d'un tel fou rire qu'il fut bien vite communicatif et tout le monde finit par se lever en riant aux éclats pour applaudir et féliciter les deux « jeunes » fiancés !

Ladygold paraissait vraiment contrariée.

— Tu aurais pu me prévenir « avant » dit-elle à Lilibeth en l'embrassant du bout des lèvres.

— Et si il n'était pas venu… au dernier moment… qu'aurais-je fait ? Qu'aurais-je pu dire ? J'ai préféré l'entendre comme vous, pour le croire ! Ne m'en veux pas, s'il te plaît Antoinette, je suis si heureuse aujourd'hui !

— Non, tu as raison, avoua Ladygold, je ne peux pas t'en vouloir, espèce de vieille bique ! Embrasse-moi à nouveau !

— Félicitations Majesté, lui dit Rancunia, tu es vraiment forte, il est beaucoup plus jeune que toi… Tu n'as pas honte ?

— Une petite dizaine d'années… Est-ce que ça compte à nos âges ? répondit Lilibeth, et puis tu exagères… Elle ne se voit pas tant que ça cette petite différence d'âge.

— Tu vas nous quitter alors ? Espèce de lâcheuse ! lui dit l'Autruche, en attendant son tour pour l'embrasser, elle aussi.

— Eh oui… malheureusement ! Harold veut que nous trouvions une petite maison dans la région, il en a assez du temps pourri de l'Angleterre, le soleil fera du bien à ses vieux os !

— Mais chérie, intervint Souris, tu viens de dire à Rancunia qu'il avait dix ans de moins que toi !?

— Oui ! mais il n'est plus si jeune, vous savez ! répondit Lilibeth avec humour, il va falloir que je m'occupe sérieusement de sa santé, si je veux le garder longtemps… !

Elles éclatèrent toutes de rire à nouveau.

Les effusions, les félicitations et les embrassades durèrent un bon moment.

Chloé en profita pour remercier et dire au revoir à toute la troupe, elle avait son train à 19 heures. Elle embrassa tendrement Ladygold et lui promit de l'appeler dès le lendemain. Quand elle quitta le salon, tout le monde fut d'accord pour reconnaître qu'elle était charmante, bien élevée et surtout très discrète.

— Qu'est-ce qu'elle a pu comprendre à nos vies ? conclut Rancunia, c'est une enfant, elle n'a que deux fois douze ans et demi ! Elle a fait des études d'histoire, d'accord, mais...

— ... Nous ne sommes pas des momies ! poursuivit Grenouillette, en regardant Charlotte.

— Rassurez-vous, elle a parfaitement compris que nos vies... n'étaient pas finies, et c'est l'essentiel ! leur répondit Ladygold.

Lilibeth et Harold restèrent avec les deux couples d'Anglais, pour parler de leur future vie de « jeune couple » !

Grenouillette entraîna Charlotte dans son salon, c'était comme si elles avaient du temps à rattraper.

Rancunia, Bridgette et Botoxia eurent beaucoup de mal à convaincre l'Autruche de faire la quatrième au bridge.

— Je veux bien mais ne m'engueulez pas, si je fais des bourdes ! J'ai passé l'âge de me faire taper sur les doigts par trois institutrices en furie ! Il faudrait que vous admettiez, enfin, que ce n'est qu'un jeu de cartes... après tout !

— Promis ! Nous allons t'aider, lui assura Bridgette un peu mielleuse.

— Oh toi, ne pontifie pas, s'il te plaît ! lui répondit l'Autruche, je me demande encore comment tu arrives à compter les atouts, alors que tu es incapable de retenir quoi que ce soit ! C'est vrai elle a plein de courants d'air dans le ciboulot, c'est une vraie passoire ! ajouta-t-elle en prenant les autres à témoins.

Souris, elle, disparut sans rien dire, elle avait plusieurs rendez-vous sur le Net.

Ladygold et Patrice se retrouvèrent donc seuls, face à face.

Note Chloé n° 9

À mon âge, on a déjà du mal à imaginer ses parents en train de s'envoyer en l'air ! Alors les grands-mères c'est carrément mission impossible ! La plus vieille du lot qui invite tout le monde pour annoncer son mariage, ça ressemble à un des épisodes les plus fous de la série TV la plus déjantée ! D'ailleurs toutes les autres avaient l'air d'en avaler leur dentier ! Même la Ladygold semblait scotchée ! Je n'ai pas perdu mon temps ! Y a-t-il vraiment une sexualité après 70 ans ? Est-ce qu'on continue à prendre son pied ? Mais, à partir de cet âge-là, c'est vrai que les femmes sont plus nombreuses. Ça doit être ça, en fait, le problème, combien reste-t-il d'hommes seuls, valides, pour toutes ces esseulées en mal d'amour toujours ? Elles m'ont bien fait marrer avec leur « avant-après » ménopause ! Et leur omelette baveuse en prime !

Je ponds un paragraphe de plus, je fais mon sac et je file prendre mon train, heureusement que la gare est à deux cents mètres ! Je finirai mon papier dans le TGV.

« Si les hommes sont physiquement absents dans ce havre de paix, ils meublent en permanence toutes les conversations. Certains jours, avec de vrais relents de rage sur le passé, elles veulent toutes régler leur compte à ces "salauds", mais le lendemain, plus nostalgiques, elles peuvent avouer sans honte qu'il n'y a rien de plus délicieux que de s'endormir sur une épaule masculine. Tous ces commentaires sur les hommes aboutissent invariablement à la question "sexe", que ces femmes seules adorent aborder franchement, et souvent même crûment. Pour celles qui proclament "Ne renonçons jamais !" ça peut tourner, parfois, à l'obsession. Alors toutes oublient leur âge quand elles parlent d'amour ! Et si la plupart s'imaginent encore un avenir plein de passion, ce sont souvent les plus âgées des pensionnaires, en vraies midinettes, qui gardent farouchement l'espoir de refaire leur vie. Même si l'une d'elles rabâche inlassablement : "On ne refait pas sa vie, on la continue, c'est tout !"

Ainsi, curieusement, les rêves restent les mêmes qu'à l'adolescence, chacune attend son prince charmant, et tant pis s'il a les cheveux blancs, pourvu qu'il ne soit pas en fauteuil roulant ! »

Dimanche soir, 20 h

Ladygold n'avait pas hésité à lui avouer avoir sérieusement besoin d'un petit remontant pour se remettre de toute cette émotion, ils passèrent donc par la cuisine.

— Vous êtes extralucide ou quoi… ? lui demanda-t-elle.

— Non, mais j'ai souvent du pif ! Pourquoi ?

— Il n'y a pas eu meurtre, juste un enlèvement… c'est pire !

— C'est si romantique ! Qu'est-ce qui vous chagrine ?

Ils tombèrent sur José, et les deux filles, qui rangeaient la vaisselle du tea-time.

— José, soyez gentil de nous servir une coupe dans mon salon.

— El señor préfère peut-être du vino ?

— Très bonne idée, José, mais chère amie vous ne préféreriez pas que nous sortions ? Nous pourrions aller grignoter quelque part ?

— Un dimanche soir quelle horreur ! Mais si vous avez une petite faim, José peut sans doute nous arranger quelque chose ?

— Il nous reste de la tortilla, du jambon, et un peu de quezo, ça vous va ?

— Ce sera parfait, merci infiniment, répondit Patrice.

— Oui c'est tout ce dont nous avions envie, enchaîna Ladygold, venez Patrice je me réjouis déjà de cette petite dînette en tête à tête !

Quand José les abandonna, vingt minutes plus tard, devant leurs deux plateaux joliment garnis, Patrice attendit qu'elle reprenne la conversation où ils l'avaient laissée :

— Ce qui me chagrine… c'est qu'après le triste départ de Touthermès et le mariage de Nonnette, c'est une troisième suite qui se libère ! Même si je suis ravie, au fond, pour Lilibeth, nous voilà un peu dans la panade.

— Ah… c'est vrai… je suis désolé.

— C'est qu'il faut la faire tourner cette maison… vous n'imaginez pas !

— Mais vous ne devriez pas avoir du mal à trouver d'autres colocataires ? Tout est divin ici !

— Détrompez-vous ! Les candidates doivent être cooptées par nous toutes, ce qui n'est pas de la tarte, croyez-moi ! Ensuite il faut être en bonne santé… Il ne faut pas avoir d'animaux… et ne pas être trop gâteuse de ses petits-enfants, pour celles qui en ont, parce qu'ils ne peuvent pas venir ici avant d'avoir 18 ans, c'est une décision prise à l'unanimité ! Mais il faut surtout pouvoir s'adapter à la vie en communauté… Les trop jeunes cinquantenaires, par exemple, ne restent pas… Elles ne sont pas encore prêtes.

— Et je suppose qu'il faut aussi avoir les moyens… ?

— Certes ! Mais je vous assure que ce n'est pas le critère principal.

— Et vous n'avez personne en vue susceptible de…

— Nous espérions que votre sœur, peut-être…

— Oui j'ai cru comprendre que Grenouillette se l'était imaginé, mais Charlotte n'est vraiment pas faite pour cette vie, elle est trop…

— Attention à ce que vous allez dire ! Moi je la trouve épatante !

— Elle peut l'être, c'est un fait, mais elle n'est pas… comment dirais-je… « facile » à vivre !

— Personne n'est facile à vivre, et dès que l'on a dépassé la soixantaine il est quasiment impossible de changer, ou de s'adapter à autre chose.

— Moi, du haut de mes 62 ans, je peux vous assurer que je le suis, facile à vivre !

— Oh mais je n'en doute pas, c'est Patriste ou Sitriste qui l'affirme ?

— Mais pourquoi ne pas ouvrir le Patio secret aux gays ? Vous pourriez danser la sevillana en couple et vous faire la bise avant que tout le monde aille se coucher, chacun de son côté !

— Quelle horreur ! Je déteste l'idée ! s'écria Rancunia qui venait de rentrer dans le salon.

Ladygold, elle, se contenta d'écarquiller les yeux, stupéfaite, mais silencieuse.

— C'est d'un pénible la guéguerre permanente entre les deux sœurs ! soupira Rancunia, heureusement que c'est à mon tour d'être morte, je suis venue prendre un peu d'air.

— Les deux sœurs ? s'étonna Patrice.

— Oui Bridgette et l'Autruche ! On ne vous a pas dit qu'elles étaient sœurs ?

— Mais elles n'arrêtent pas de se balancer des vannes et de se dire des horreurs !

— C'est parce qu'elles sont sœurs ! répondit Rancunia, sinon il y a longtemps qu'elles en seraient venues aux mains !

— Moi qui allais vous demander pourquoi Bridgette et Botoxia ne vous rejoignaient pas !

— Imaginez les deux frangines sous le même toit, ce serait l'enfer ! Quant à Botoxia elle travaille encore, son cabinet ne désemplit pas, et puis elle a… un coquin régulier !

— Le pharmacien à qui j'ai vendu ma pharmacie ! ajouta Ladygold.

— Mais vous ne m'aviez pas dit non plus que vous étiez pharmacienne !

— On ne peut quand même pas tout vous dire en quarante-huit heures ! Vous en savez déjà beaucoup trop ! lui rétorqua Rancunia en buvant une gorgée de champagne dans le verre de Ladygold.

— Je croyais vous l'avoir dit quand je vous ai raconté l'histoire du Patio… Je suis désolée, mais ça a si peu d'importance aujourd'hui.

— Vous êtes curieux comme une vieille chouette vous ! poursuivit Rancunia, d'ailleurs je vais vous appeler « La Chouette » ça vous ira très bien !

— Mais pourquoi pas, « Gaby chérie », je ne m'en offusquerai pas !

— Et vous, comment savez-vous qu'elle s'appelle Gaby !? demanda Ladygold sidérée.

— C'est elle-même qui me l'a susurré à l'oreille, entre deux portes, pendant la minute douze secondes où nous avons été intimes ! Mais rassurez-vous elle a repris son rôle de peau de vache tout de suite après ! répondit Patrice, le plus sérieusement du monde.

Les deux femmes éclatèrent de rire.

— Ah que ça fait du bien de rire ! dit Ladygold.

— Vous voyez qu'il vous manque quelqu'un comme Patriste, ou… « la Chouette », dans cette maison !

— Bon, moi je vous laisse ! Il faut que je retourne à mon bridge-combat, et en plus elles jouent à la parlante, je déteste ça, dit sèchement Rancunia en sortant.

Ladygold regarda silencieusement Patrice, et lui se contenta de lui sourire, sachant très bien qu'elle était en train d'analyser tout ce qu'ils venaient de se dire.

— Vous parliez sérieusement ? se décida-t-elle à lui demander.

— On ne peut pas plaisanter en permanence…

— Vous seriez candidat pour venir vous enterrer ici ?

— Vous parlez d'un enterrement... ! Je hurle de rire depuis vendredi !

— Mais votre vie... ?

— Quelle vie ? Je viens d'être poussé à la retraite... et je n'ai personne avec qui partager ma salle de bains !

— Vous allez bien finir par rencontrer quelqu'un ?

— Je vous ai déjà expliqué pourquoi c'était si compliqué, et puis je ne suis pas encore mûr... Il faut être blette pour tomber de l'arbre !

— Mais comment pouvez-vous envisager ça si rapidement ?

— C'est aussi bête qu'un coup de foudre, je me sens attiré, apaisé. Il y a tellement de bonnes ondes ici ! J'ai envie de vivre avec vous, parmi vous... Je m'y vois parfaitement, je vous assure.

— Je n'avais jamais envisagé ce genre de solution, vous me... prenez de court.

— C'est venu tout à l'heure quand Lilibeth a annoncé qu'elle allait chercher une maison dans la région... Je me suis dit « chouette ! ». Voilà une place de libre pour moi. C'était comme une évidence. En fait, ce ne devrait pas être très compliqué, il me suffirait de louer mon appartement en meublé. J'ai une amie qui a monté ce genre de business sur Internet, elle loue les apparts pour un mois, ou même plus, à des étrangers, des diplomates en mission pour la plupart. Pour commencer, je ne viendrais qu'avec quelques meubles que j'aime particulièrement, comme mon bureau, après on verra.

— Ne me dites pas que vous avez déjà pensé à tous ces détails !?

— Non… en fait ça a dû mûrir dans mon inconscient depuis vendredi. Je vous assure qu'à la minute où je suis rentré dans cette maison je me suis… senti comme chez moi ! Ça vous surprend ?

— Je vous avouerai que je suis… abasourdie !

— Promettez-moi d'y réfléchir calmement alors ?

— Oui… mais vous savez que je ne suis pas seule à décider, et puis les statuts… enfin c'est un bien grand mot… Disons le « règlement » de notre association stipulait « pas d'homme » !

— Si il n'y a aucune ambiguïté…

— Vous avez réponse à tout !

— Alors laissons faire les choses… C'est vous, après tout, qui m'avez soufflé « Destin-Volonté-Hasard » ! Et c'est à vous que je ferai une bise dans le cou, tout à l'heure, quand je vous raccompagnerai galamment jusqu'à votre suite, si vous le permettez bien sûr !

— Vous me causez un drôle de problème… Mais je vous adore !

— Quand on me dit ça je réponds toujours « moizaussi », mais j'avoue faire la même réponse à ceux qui disent ne pas m'aimer !

Note Chloé n° 10

J'ai l'impression que tout le monde m'observe dans le wagon ! Il faut dire que je n'arrête pas de rigoler, ça doit me faire passer pour une demeurée mentale. J'ai bien regardé les gens qui sont montés en même temps que moi, en gare de Nîmes. Personne ne peut imaginer qu'il existe, en pleine ville, un lieu si féerique que ses habitantes arrivent à croire, sans peine, qu'elles ont 20 ans pour la vie ! Quel bonheur ! Et ce n'est pas un mirage, je pourrai en témoigner, c'est simplement un secret bien gardé ! Il est évident que c'est grâce à cette divine Ladygold, mais pas seulement… Elles sont tellement soudées que chacune apporte, en vérité, quelque chose de particulier à l'ensemble. En étant attentives les unes aux autres, elles s'empêchent de vieillir les unes les autres ! Il y a tellement de vieux qui ne pensent plus qu'à eux et qui s'isolent totalement pour finir par se momifier sur place !

Et si elles peuvent vivre dans un tel luxe, tant mieux, c'est le rêve de beaucoup de gens d'arriver à se créer un petit paradis sur terre ! Elles, au moins, elles ont réussi. Leurs vies et leur fin de vie ! « Je déteste les jaloux ! » dirait la Rancunia.

Elles m'ont vraiment donné l'envie d'écrire sur elles, et peut-être plus qu'un article ! Elles méritent plus en tout cas.

Il me reste un paragraphe pour finir l'exposition et après je raconterai quelques scènes pas tristes, heureusement que j'ai pris des tas de notes !

« Le fait que toutes les chambres, en vérité une dizaine de confortables suites, ne soient pas toutes occupées laisse libre cours aux "invitations". Sous les mentions "Ni Armée du salut, ni restos du cœur !" un tarif « spécial paying-guests » est très clairement affiché. Mais sans exagération, ni dérogation possible, ces « visites » ne peuvent en aucun cas excéder trois jours, les affinités des unes lassant souvent les autres.

Certaines reçoivent leur famille, à l'exception des petits-enfants, jugés dans l'ensemble insupportables, d'autres accueillent de vieilles copines, avec l'espoir qu'elles puissent un jour les rejoindre, enfin il y a celles qui reçoivent des hommes ! Sous prétexte de leur faire passer un petit examen de passage, elles testent ouvertement leur savoir-vivre et, parfois, beaucoup plus secrètement, leur savoir-faire.

Il règne une gaieté folle au Patio secret et la vie s'y écoule agréablement, au rythme lent des départs, des arrivées, toujours très excitantes, et des visites, souvent folkloriques. »

« Ça vaut son pesant de cacahuètes ! » dirait ma grand-mère qui, elle, n'emploie que des expressions désuètes, mais elle pourrait tout aussi bien ajouter : « Il vaut mieux faire envie que pitié ! »

Lundi matin 9 h

Le bridge s'était terminé en pugilat. Rancunia, excédée, avait déchiré la marque en petits morceaux, Bridgette et Botoxia étaient reparties furieuses et l'Autruche avait juré qu'on ne l'y reprendrait plus ! Lilibeth, elle, avait sagement raccompagné son « jeune fiancé » jusqu'à la grille, maintenant ils avaient la vie devant eux ! Souris avait passé toute la soirée à « chatter » avec deux hommes à la fois ! Grenouillette s'était longuement épanchée sur l'épaule de Charlotte, qui était bizarrement devenue compréhensive, et Patrice, comme il le lui avait promis, avait fait une bise dans le cou de Ladygold en la raccompagnant jusqu'à sa suite ! La nuit, heureusement, avait fini par calmer tout ce joli monde.

En arrivant dans la cuisine Patrice trouva Souris, beaucoup plus guillerette que la veille.

— Thé ou café ? lui demanda-t-elle.

— C'est vous qui faites le petit déjeuner !? Je commence toujours par un thé, merci ! Vous avez bien dormi ?

— Le lundi matin il n'y a que Gervaise et, comme elle s'occupe des chambres, nous nous relayons... mais ce n'est pas très compliqué, après le thé et le café nous mettons tout sur la table et chacune fait ce qu'elle veut, biscottes sans sel ou toasts dégoulinants de confiture, ça dépend de l'humeur de la balance ! Vous n'auriez pas un truc, vous, pour m'aider à maigrir ?

— Arrêtez de boire et de boulotter ça suffit !

— Vous êtes fou, je ne veux pas mourir, je veux juste maigrir !

— Alors soyez diabolique, poussez tous ces pots de confiture vers les autres et dites-vous qu'elles vont grossir à votre place.

— Bonne idée ! Je vais essayer... Tenez prenez de celle-là, c'est la meilleure de loin ! Moi j'ai dormi comme une enfant de 5 ans ! Et vous ?

— J'avais programmé mes rêves... Ça a été divin !

— Comment faites-vous ça ? Je n'ai pas ce logiciel-là dans mes ordis...

— Vous pensez très fort à ce que vous souhaitez... et le sommeil vous borde avec... Essayez, vous verrez ça marche !

— Vous n'auriez pas programmé votre rêve sur des cuisses de poulet, par hasard ?

— Pas du tout ! Vous avez tout faux ! J'ai rêvé que... je venais m'installer ici, au Patio secret !

— Vous rigolez ou quoi ?

— Non je suis très sérieux ! Qu'en pensez-vous ?

— Moi, du bien ! Mais je doute que ce soit possible… Il y en a ici qui s'y opposeront à coup sûr !

— Eh bien nous verrons… J'ai demandé à Ladygold d'y réfléchir.

— À mon avis ce n'est pas elle qui tranchera…

— Vous êtes prête à m'aider ?

— Vous êtes en campagne électorale, si je comprends bien.

— Je peux compter sur vous ?

— Pourquoi pas… Moi, en tout cas, ça m'amuserait follement !

— Merci !… Comment vont vos affaires ?

— Mes affaires ?

— De cœur et… le reste ?

— J'ai de nouvelles touches… Il va falloir que j'aille à Paris.

— Je croyais que vous vouliez accompagner Charlotte en Afrique ?

— Je ne sais plus, on verra… Mais ne lui dites rien pour l'instant !

— Vous n'en avez pas marre de « surfer » sur le Net ?

— Non… j'y crois encore ! Il faut trier, c'est tout, et puis c'est un peu comme une drogue… C'est difficile d'arrêter… On espère encore et toujours que le prochain sera le bon.

— Moi je parie que si nous sortions ensemble dans Nîmes, ou à Montpellier, il y a des tas d'hommes qui vous dragueraient dans mon dos, vous voyez ce que je veux dire ?

— Vous seriez un peu mon alibi ? Genre « faux couple » ?

— Oui… je pourrais vous servir de… « chèvre » ! Ils se demanderaient ce que vous pouvez bien faire avec moi.

— Vous n'êtes pas un peu diabolique vous ?

— On peut s'entraider non ?

— C'est un marché pour votre « candidature » ?

— Vous me voyez plus noir que je ne suis ! Je ne sais pas si je dois me vexer. Ce n'est pas à vous que je vais apprendre que les hommes adorent séduire les femmes qui sont déjà en main ! Ça flatte leur ego… Et croyez-moi, en nous voyant, vous si… « pulpeuse » et moi disons si… « classique », la plupart penseraient que je ne peux pas vous faire grand mal… Alors qu'eux, à ma place, sauraient vous contenter au-delà de vos espérances !

— C'est bien ce que je disais, vous êtes diabolique !

— Tant pis pour vous ! Moi je parie que mon plan est le bon, vous ne sauriez plus où donner de la tête et moi j'accepterais sans problème de jouer les cocus magnifiques.

— Vous n'iriez pas jusqu'à vouloir regarder quand même ? Vous êtes vicieux ou quoi !?

— Non ! mais il n'y a pas de raison… La même chose pourrait m'arriver à moi aussi, dans l'autre sens ! J'ai toujours fantasmé sur les hétéros qui en meurent d'envie, mais qui n'osent pas.

— Chut ! Si on nous entendait... ! Vous me feriez faire la « chèvre » à moi aussi ? Vous cachez bien votre jeu, espèce de vieux dégoûtant, pervers...

— Eh bien quoi ? À notre âge, ma petite Souris, un peu de piment ne peut pas faire de mal !

— À qui le dites-vous ! Moi j'assume, je cherche ouvertement un homme, alors tous les moyens sont bons... et ça m'excite de chasser ! Il n'y a qu'à vous que je peux l'avouer.

— J'ai peur que vous soyez un peu trop naïve... Il vaut mieux être chassé... C'est quoi vos deux nouveaux plans ?

— Le roi de la maille ! Un riche Italien qui veut me rencontrer au bar du Ritz ! Il m'a mailé sa photo... un peu mûr... un peu trop chauve mais pas si mal !

— Certainement un vieux beau, dont la photo doit dater de plus de dix ans ! Il ne vous parlera que de lui, de ses trois ex-femmes et des études brillantes de tous ses petits-enfants ! Puis il vous confiera bien vite le soin de passer sa viande à la moulinette et vous demandera d'avoir toujours ses pilules pour la tension et sa boîte de Viagra dans votre sac à main au cas où... Vous finirez par pousser son fauteuil roulant, déguisée en infirmière !

— Espèce de saligaud ! répondit Souris en lui tapant sur la main avec sa cuillère collante de confiture, vous êtes encore plus dur que votre sœur !

— Et le deuxième… ?

— C'est sans doute un petit peu moins reluisant… mais il visite quand même tous les Relais & Châteaux de France ! Il est directeur commercial dans les vins et champagnes. Il est beaucoup plus jeune que l'autre, plus rond aussi…

— Vous permettez que je vous mette les sous-titres : celui-là il doit être VRP dans les boissons gazeuses pour la grande distribution et en fait il ne descend que dans les hôtels Ibis parce qu'ils sont tous à côté des centres commerciaux !

— Stop ! Plus un mot ! Vous n'arriverez pas à…

— Bonjour vous deux ! dit joyeusement l'Autruche en arrivant dans la cuisine.

— Salut ma belle ! répondit Souris en faisant les gros yeux à Patrice pour qu'il change de conversation.

— Bonjour vilaine cachotière ! enchaîna Patrice, vous ne m'aviez pas dit que Bridgette était votre sœur !

— À quoi bon… ne me parlez pas de celle-là, elle m'a encore bousillé une soirée avec son foutu bridge !

— Vous avez gagné ?

— Bien sûr que non ! Il paraît que je ne suis pas assez « concentrée », en plus elles sont horripilantes avec leur jalousie !

— Elles rabâchent encore cette vieille histoire ? lui demanda Souris.

— Eh oui ! Figurez-vous, dit-elle en s'adressant à Patrice, que dans tout ce petit groupe de bridgeurs il n'y a, pour l'instant, qu'un seul veuf ! Il n'est pas mal en plus ! Autant vous dire qu'à l'enterrement de sa femme, que nous connaissions toutes évidemment, l'église était pleine à craquer de candidates à la succession !

— C'est inimaginable ! s'écria Patrice, vous plaisantez j'espère ?

— Non, non, je vous jure que c'est vrai ! Dis-le-lui Souris…

— On aurait dit un essaim d'abeilles, enchaîna Souris, alors quand il est revenu au bridge, elles se sont toutes jetées sur lui !

— Et c'est avec moi qu'il a voulu jouer ! C'est devenu mon partenaire officiel quand nous organisons des tournois entre nous ! Imaginez la tête de ces garces ! Elles ont tout essayé pour le détourner, ce qu'elles ont pu lui raconter sur mon compte ! Mais moi je m'en fous ! Et, ça tombe bien, lui aussi ! Je vais vous dire pourquoi il ne veut jouer qu'avec moi… C'est mon secret… Je le fais rire ! C'est tout, et c'est pas très compliqué ! Quand il me raccompagne je ne me frotte pas contre lui, comme le feraient sans doute toutes ces bécasses ! Je me contente de lui chanter une petite chanson… et ça l'enchante ! Je suis patiente, je sais qu'un soir il me prendra la main… Pour l'instant c'est trop tôt, le fantôme de sa femme est toujours sur son épaule droite !

— Parce que vous voyez le fantôme de sa femme !? s'écria Patrice abasourdi.

— Je ne le vois pas… mais je le sens, c'est pareil après tout ! Vous savez bien que les morts tournicotent un temps autour de ceux qui ont trop de chagrin de les avoir perdus ! Mais attention uniquement autour des plus sincères ! Et puis un jour ils sentent que la cicatrisation va commencer, que le chagrin va prendre une autre dimension, et devenir à la fois plus calme et plus profond… Alors ils s'envolent à jamais, ils vous laissent enfin… Peut-être parce qu'ils vous sentent apaisés… Ne me dites pas que ça ne vous est jamais arrivé !? Que vous n'avez jamais ressenti la présence…

— Vous avez trop vu « Ghost » vous ! lui répondit Patrice en riant.

— Dis donc l'Autruche tu vas finir par nous foutre le bourdon ! intervint Souris, tu n'as pas autre chose dans ton répertoire !?

— Tu as raison ! Heureusement c'est lundi et je vais passer une bonne journée !

— Qu'est-ce qui se passe de spécial le lundi ? demanda Patrice de plus en plus sidéré.

— Tous les lundis Jean-Loup, mon coiffeur, vient me chercher et nous partons pour Montpellier… Nous allons aux Galeries Lafayette !

— Tous les lundis ? s'étonna Patrice, mais pourquoi ?

— Pour rien ! On y passe la journée, on adore ! On monte, on descend, on regarde tout, on commente tout… On fait un petit stop pour grignoter une salade au snack et puis on recommence ! Qu'est-ce qu'on rit !

— Et vous n'achetez rien ?

— De temps en temps un collant pour moi, ou des autobronzants pour lui… mais c'est rare ! En tout cas je peux vous assurer que tout le monde nous connaît là-bas ! Le directeur m'appelle « Madame Toujours Jeune » ! Il m'a reproché un jour, en riant, d'user ses escalators pour rien ! Je lui ai répondu très sérieusement qu'il devrait me payer pour faire autant de figuration dans son magasin ! On s'amuse comme des petits fous, avouez que c'est drôle pour une grand-mère de bientôt 70 ans ! Enfin… je ne les ai pas encore ! Si Lilibeth se dit jumelle avec la reine, moi il paraît que j'ai le même âge que Tina Turner ! Ce sont mes petites filles qui m'ont dit ça, la « mammy du rock » ça fait plus branché non ?

Patrice se cacha le visage dans les mains pour ne pas rire.

— Elles sont toutes plus que comiques, c'est incroyable ! se dit-il à lui-même, comment garder son sérieux au milieu de toutes ces folles-dingues insensées !?

— Bonjour tout le monde ! dirent dans un bel ensemble Grenouillette et Charlotte en arrivant.

— J'ai faim ! annonça Grenouillette, c'est dommage que ce ne soit pas le tour de Lilibeth pour le breakfast, je lui aurais commandé des œufs au bacon !

— La cosette du jour c'est moi ! répondit vertement Souris, alors il n'y a que du pain grillé au menu ! Vous pouvez vous plaindre à la direction, si vous voulez… Le problème c'est que je ne sais rien faire d'autre ! Tu peux toujours te rabattre sur les confitures, si tu veux… !

— Tout va bien ! Calme-toi ! dit Ladygold en arrivant à son tour, celles qui veulent des œufs lèvent le doigt, je prends le relais ! Pendant ce temps-là, ma petite Souris, tu vas aller sortir Lilibeth de ses rêves, et toi l'Autruche, je sais que c'est lundi, mais tu vas devoir faire patienter ton coiffeur… Je vous veux toutes dans une demi-heure dans mon salon, nous avons un gros problème à régler d'urgence.

— Et Rancunia ? osa demander Grenouillette.

— Elle est déjà dans mon salon, sois gentille… Va lui apporter une tasse de thé !

Elles filèrent toutes les trois, sans discuter, comme des gamines effarouchées.

— Je ne sais pas ce qui se passe ici depuis votre arrivée, enchaîna Ladygold, mais je commence à me poser des questions, quelle tourmente ! Avez-vous, au moins, réglé votre problème de terrain avec Grenouillette ?

Patrice interrogea Charlotte du regard, il ne savait pas ce qu'elles avaient pu se dire dans son dos.

— C'est en très bonne voie… rassurez-vous, répondit calmement Charlotte, nous avons crevé pas mal d'abcès, maintenant il faut que ça cicatrise.

— Épargnez-moi les détails... Le principal c'est qu'il n'y ait plus de malentendus entre vous ! dit plutôt sèchement Ladygold.

— De toutes façons... c'est une histoire pleinement privée, lui répondit sur le même ton Charlotte.

— Chère amie, reprit Ladygold, nous ne sommes que six, en ce moment, à vivre sous le même toit, et du bonheur de chacune dépend le bien-être de toutes les autres, vous comprendrez aisément que je puisse me préoccuper, en tant que maîtresse de maison, de l'harmonie qui doit, à tous moments, régler notre vie communautaire !

— Là, excusez-moi, vous vous posez un peu trop en « mère supérieure » ! lui répondit perfidement Charlotte.

— Peu importe comment je me positionne, chère Baronnette, sachez que, quoi qu'il arrive, je défendrai toujours bec et ongles mes ouailles !

— Rassurez-vous, il n'y a personne à défendre contre moi, répondit Charlotte, et j'estime que c'est à Grenouillette de vous expliquer, ou non, le fin mot de l'histoire !

Patrice, qui assistait, médusé, à cet échange aigre-doux, se décida à intervenir :

— Qu'est-ce qui vous prend !? Quelle mouche a pu vous piquer toutes les deux !? Je vous en supplie, calmez-vous ! Où est le problème d'ailleurs ?

— Il n'y a pas de problème ! Je vous prie de m'excuser, répondit Ladygold, mais avouez qu'il se passe quelque chose de… bizarre depuis vendredi ! C'est comme si votre présence provoquait une série de bouleversements, j'ai un curieux pressentiment…

— Nous ne sommes quand même pas les messagers du diable, comme dans « Les Visiteurs du soir », lui répondit Patrice avec une pointe d'humour.

— Pardonnez-moi, je ne vous suis plus du tout, intervint Charlotte plus sérieusement, notre problème de famille est quasiment réglé, qu'avez-vous donc, comme autre souci, qui serait susceptible de nous concerner, de loin ou de près ?

Patrice lança un regard explicite à Ladygold et celle-ci comprit immédiatement qu'il ne voulait pas encore annoncer sa candidature à sa sœur.

— Le départ précipité de Lilibeth va sans doute bousculer notre vie, se justifia Ladygold, et je suis très perturbée par un autre sujet… Ne m'en veuillez pas, je dois rejoindre Rancunia et les autres maintenant, nous devons nous parler. Nous avons droit à une tempête de ciel bleu, aujourd'hui, nous pourrons pique-niquer dans le jardin avant votre départ, à tout à l'heure !

Patrice se leva poliment, mais elle était déjà sortie de la cuisine.

Lundi matin 9 h 30

— Qu'est-ce qui se passe au juste ? demanda Charlotte à Patrice, on me cache quelque chose ? Que font-elles en réunion ?

— Je ne sais pas tout ! répondit très hypocritement Patrice, Rancunia doit faire des siennes...

— Elle est mauvaise comme la gale celle-là, Grenouillette me l'a confirmé.

— Je la crois simplement aigrie, et elle en rajoute un peu pour tenir son rôle de la garce de service ! Comment ça s'est terminé avec la belle-sœur ?

— Elle est sonnée ! On le serait à moins... Mais pour le Champommier il n'y a plus de problème, maintenant qu'elle sait que le père de son enfant n'est pas au fond du puits.

— Elle ne va pas tenter d'aller le retrouver quand même !?

— Elle a dû y penser un moment, mais le choc passé, elle a réalisé que ce serait une folie ! Et puis rien ne nous dit qu'il est encore en vie... Je lui ai conseillé d'oublier tout ça, mais je doute que ce soit facile.

— Tu as dit que tu l'aiderais...

— J'ai commencé par la faire parler… et je l'ai sagement écoutée… sans lui couper la parole, rassure-toi ! Nous sommes remontées très loin en arrière… En fait ce qu'elle nous reproche le plus, à tous les deux, c'est d'avoir été absents.

— Absents ?

— Oui c'est elle qui a vécu la vieillesse des parents… Nous, nous vivions nos vies pendant qu'elle se farcissait les corvées.

— Elle voudrait qu'on culpabilise ?

— Non, pas vraiment… Mais à la fin elle leur faisait leur toilette… Tu vois ce que je veux dire…

— Tais-toi, c'est affreux !

— Oui, c'est affreux, et c'est pour ça que nous lui devons beaucoup ! Tu imagines quelle vie elle a eue… Sois gentil avec elle !

— Moi je l'ai toujours été, c'est toi qui as passé ta vie à la snober.

— Oui… j'avoue ! Mais on ne peut pas réécrire l'histoire…

— Destin-Volonté-Hasard ! Ladygold a bien raison.

— Je ne vois toujours pas ce que vient faire le hasard là-dedans…

— Il y a plein de gens qui commencent leurs phrases par « le hasard a voulu… ».

— C'est ça qui est stupide, le hasard ne peut pas vouloir quoi que ce soit… C'est toi, et uniquement toi qui veux et qui décides !

— Tu as raison, Lolotte, c'est nous qui décidons ! Mais le destin, lui, est souvent plus fort que toi ! Je viens de prendre une décision importante, mais je t'en parlerai un peu plus tard... En attendant il faut que je t'avoue quelque chose...

— Je crains le pire... Qu'est-ce qui t'arrive ?

— Il faut que nous remontions des années en arrière.

— Dix ans ? Vingt ans ? Trente ans, ou plus ? Est-ce que je vais m'en souvenir si c'est si vieux ?

— Je venais d'avoir 16 ans...

— Ne me dis pas que tu as piqué quelque chose dans ma chambre il y a cent ans !?

— Ne plaisante pas !

— J'avais donc 24 ans... L'année de mon mariage ?

— Oui, exactement le soir de ton mariage...

— Et alors ? Qu'est-ce que tu as fait ?

— C'est mon tour de quart d'heure confesse... Tu m'as dit que je devais y passer moi aussi, que ça faisait un bien fou, que ça... « lavait » ! Ce sont bien tes mots ?

— Oui, oui... je t'écoute...

— Il fallait bien que je te l'avoue un jour ou l'autre... Et c'est vrai qu'il se passe de drôles de choses ici depuis vendredi... Tout le monde s'épanche, tout le monde se livre, moi aussi, comme Grenouillette, j'ai envie de me libérer d'un poids.

— Eh bien alors accouche !

— Curieusement tu viens de le dire... Je t'ai piqué quelque chose ce soir-là...

— Mais quoi… idiot !? Comment veux-tu que je m'en souvienne ?

— Tu ne risques pas d'avoir oublié ! Lolotte, c'est moi qui t'ai volé… ta nuit de noces !

— Qu'est-ce que tu dis !!!?

— Quand tu as raconté ton mariage en Écosse, vendredi soir, tu as bien dit que Kenneth n'était revenu dans la chambre qu'au petit matin avec le kilt froissé…

— Ne me dis pas !

— Si… !

— Salaud ! Comment oses-tu me raconter ça aujourd'hui ! Et pourquoi justement aujourd'hui !?

— Parce que j'ai vu Grenouillette avoir le courage de se confesser devant nous, et qu'à ce moment-là je me suis trouvé bien lâche de ne jamais te l'avoir avoué avant ! Et que depuis que nous sommes arrivés dans cette maison il y a comme un vent de… franchise, de libération, de… bilan de nos vies ! Toi-même tu t'es racontée devant ces femmes sans retenue, sans tabou ! Jamais je ne t'ai entendue livrer autant de détails sur ta vie ! C'est toi qui nous as expliqué ce que pouvait être un quart d'heure confesse !

— Mais comment as-tu pu me faire ça !?

— Je te jure en effet que le hasard n'avait rien à voir avec ça ! Kenneth avait trop bu et il n'arrêtait pas de me reluquer… Moi j'avais 16 ans et des fantasmes plein la tête, je me demandais ce qu'il portait vraiment sous son kilt… Je lui ai naïvement posé la question idiote que tout le monde se pose… Il a ri et m'a proposé de me donner un de ses kilts pour voir ce que ça me ferait de me retrouver en jupe, comme lui… Alors il m'a entraîné dans sa chambre de célibataire et m'a dit de me déshabiller pendant qu'il fouillait dans son armoire… Quand il s'est retourné et qu'il m'a vu, il m'a sauté dessus ! Voilà, tu sais tout, je suis désolé Charlotte ! Est-ce que je dois te demander pardon pour ça !? Sache seulement que si ça n'avait pas été moi il se serait jeté sur un autre… Je te le répète, il était ivre !

— Deux secrets de famille, qui valent chacun leur pesant d'or, et pendant le même week-end, c'est beaucoup pour une pauvre femme comme moi, tu ne trouves pas !?

— Oui mais ils se sont passés tous les deux il y a quarante-cinq ans ! Il y a prescription quand même ! Et de toutes façons Kenneth n'aurait pas échappé à son destin !

— Pourquoi me l'avoir dit alors ?

— Pour me libérer vis-à-vis de toi, d'une part, et répondre à ta question, d'autre part, tu nous as dit que tu te demandais toujours avec qui il avait pu froisser son kilt… Maintenant tu le sais !

— Mais ça ne t'a pas gêné de te taper mon mari, qui était aussi ton beau-frère je te le rappelle !?

— J'avais 16 ans Lolotte, il était ton mari depuis deux heures et je ne savais pas encore ce qu'était un beau-frère !

— Il ne t'a pas violé quand même !?

— Non ! Rassure-toi, je ne pense pas qu'on puisse violer quelqu'un quand on a trop bu…

— Et… vous avez remis ça tous les deux, après ?

— Jamais, je te le jure ! De toutes façons je n'ai dû le revoir que deux fois, et toujours avec toi, avant… son accident !… Charlotte, pardonne-moi… tout ça ne changera plus rien à nos vies !

— Alors, je te le répète : pourquoi me l'avoir dit !?

— Parce qu'à nos âges on doit tout se dire, non ? C'est toi, également, qui m'as dit qu'il fallait se dépêcher, que le destin nous rattrapait.

— Tu as peut-être raison… Et puis Kenneth c'est si loin… J'ai l'impression que cette nuit de noces ratée, en Écosse, c'était dans une autre vie.

— C'est parce que tu as vécu pas mal d'autres vies après celle-là !

— Oui… c'est comme si j'étais centenaire ! Je te remercie… Tu es d'une délicatesse parfois !

— Tu es comme « Highlander », tu es immortelle, ma pauvre Lolotte !

— Moi aussi je t'avouerai quelque chose… mais plus tard, dans la voiture, quand nous serons loin d'ici, enfin c'est beaucoup moins grave… et beaucoup plus drôle !

— Pourquoi pas maintenant ?

— Parce que j'aurais trop peur que tu le répètes ! Quand je pense à ce que tu m'as fait ! Espèce de salaud !

— Lolotte c'était il y a quarante-cinq ans !

— Oui mais c'est maintenant que je suis cocue ! Et par pitié, cesse, une bonne fois pour toutes, de m'appeler Lolotte, c'est tellement ordinaire !

Ils tombèrent dans les bras l'un de l'autre, en éclatant de rire.

Lundi matin 10 h

Certaines avaient préféré repasser à toute vitesse par la cuisine pour prendre leur tasse de thé, les autres semblaient bouder parce qu'il leur fallait, à elles, plusieurs tasses de café avant de se sentir d'attaque.

Un peu anxieuses, se regardant toutes en silence, elles attendaient que Ladygold veuille bien leur dire pourquoi elles étaient toutes réunies dans son salon, à l'heure bénie du petit déjeuner.

Rancunia, pourtant la plus râleuse de toutes, restait curieusement de marbre, en patientant, elle aussi. Les autres en déduisirent qu'elle devait déjà être au courant, ce qui laissait présager toute l'importance de la décision à prendre. Alors Lilibeth, bien consciente du problème qu'allait provoquer son prochain départ, préféra courageusement couper l'herbe sous les pieds de Ladygold.

— Avant que tu nous parles, je vous prie toutes de bien vouloir m'excuser de ne rien vous avoir révélé de mes projets... Je ne pouvais pas le faire avant d'être certaine de ce qui allait m'arriver... Je vous demande pardon à toutes, am sorry, I love you !

— Tu vas nous manquer, Majesté ! lui répondit l'Autruche.

— Oh oui ! ton bonheur nous ravit, mais tu nous manqueras énormément ! ajouta Grenouillette.

— On ne va quand même pas trinquer avec nos tasses ! enchaîna Souris, attendons l'heure de la petite coupette pour boire à ta nouvelle vie !

— Ce matin, j'espère que c'est du vrai thé que tu as dans ta tasse !? demanda perfidement Rancunia à Lilibeth, parce qu'hier j'ai bien vu ton petit manège des mignonnettes avec José... Tu es devenue la reine des hypocrites, Majesté...

— Ne me dis pas ça, je t'en prie, si tu savais le courage qu'il m'a fallu hier ! J'en avais bien besoin de mon petit bourbon... Je vous jure que je ne savais pas si Harold viendrait... Si il tiendrait sa parole et si il aurait l'audace de faire sa demande devant vous... Et ça j'y tenais beaucoup... Mais je redoutais aussi vos réactions... Mets-toi un peu à ma place...

— Ne te fais pas de soucis, intervint Ladygold, nous sommes ravies de ce qui t'arrive ! Mais avoue que c'est un choc pour nous toutes, surtout si peu de temps après le départ de Nonnette !

— Les deux doyennes, 92 et 82 ans, qui se marient, l'une après l'autre, et en si peu de temps ! s'écria l'Autruche, pendant que toutes les cadettes continuent à faire tapisserie ! Ça vaudrait un article dans le journal, vous ne trouvez pas !?

— T'es pas folle ! s'écria Souris, pour que nous passions pour des laissées-pour-compte, les tromblons de service ! Parle pour toi ! Moi je ne désespère pas !

— Joker mesdames ! Ne culpabilisez pas Lilibeth, on finirait par croire que vous êtes jalouses de son bonheur ! Dis-nous plutôt quand tu envisages de nous quitter ?

— Euh… rien ne presse en vérité… Il faut que nous trouvions une petite maison dans la région… et après il y aura sans doute quelques travaux d'aménagement… Nous préférerions évidemment avoir deux chambres… et par la suite il faudra que je trie mes souvenirs pour déménager ! En restant raisonnable je pense ne pouvoir libérer ma suite que dans quelques mois… D'ici là, n'ayez crainte…

— Là n'est pas la question ! dit gentiment Ladygold, en l'interrompant, ne te mets pas martel en tête… Tu sais que nous t'aimons toutes infiniment, tu as tout ton temps… Mais nous devons gérer ce nouveau départ, d'autant plus qu'il y a déjà deux suites vacantes ! C'est d'ailleurs pour en discuter que je vous ai réunies ce matin…

— Vous voulez que je vous laisse ? demanda timidement Lilibeth, puisque ma voix ne compte plus…

— Oh non ! Pas ça, je t'en prie ! s'écria Ladygold, tu fais toujours partie de la famille !

— Et tant que ton horloger ne t'a pas enlevée, tu fais encore partie… des meubles ! ajouta perfidement Rancunia.

— Ce que je voulais vous annoncer… reprit Ladygold de sa voix grave, c'est que nous avons enfin une candidature sérieuse.

Il y eut un léger brouhaha et elles se mirent toutes à parler en même temps.

— Attendez ! Attendez ! Chut, chut, chut… ! s'écria Ladygold en tentant de les faire taire, il va falloir voter !

— Voter ? Pour quoi faire ? demanda l'Autruche, je pense que nous sommes toutes d'accord, non ?

— Eh bien détrompe-toi… lui répondit Ladygold, je n'en suis pas si sûre…

Elles se regardèrent toutes sans vraiment comprendre.

— Si c'est de Charlotte dont tu parles, enchaîna l'Autruche, je ne vois pas qui pourrait s'y opposer ! Pas moi, en tout cas ! Pas Grenouillette, évidemment ! Pas non plus Lilibeth, qui admire sa « Baronnette » ! Je ne vois pas Souris voter contre… Donc il ne reste que deux voix, la tienne et celle de Rancunia !?

— Et si ce n'était pas de Charlotte dont je vous parlais… répondit sournoisement Ladygold.

Souris, qui avait compris, se mordit la lèvre et Rancunia, qui redoutait ce moment, ferma les yeux. Les trois autres, stupéfaites, s'interrogèrent du regard.

— De qui parles-tu alors ? demanda timidement Grenouillette.

— Quand nous avons créé cette association... Nonnette, Rancunia et moi, nous avons décidé que cette maison ne pourrait jamais accueillir que des femmes seules, veuves ou divorcées...

— Pas d'homme ! avait décrété ta sœur. Pas d'homme avais-je acquiescé ! Et pas d'homme avais-tu confirmé ! Et depuis toutes les résidentes qui se sont succédé ici ont accepté cette règle ! Que veux-tu nous annoncer ? lui demanda perfidement Rancunia.

— Je ne fais que vous informer d'une demande... lui répondit Ladygold en la regardant dans les yeux, il serait impardonnable de ma part de ne pas soumettre cette candidature aux voix !

— Mais enfin... dis-nous vite qui veut venir vivre ici !? demanda vivement l'Autruche.

— Si ce n'est pas Charlotte... alors ce n'est pas très compliqué de trouver... C'est en fait Patrice, son frère ! avoua Ladygold.

— Patrice ! s'écria Grenouillette sidérée.

— Oui ! Patrice ! répondit Ladygold, et je vous demande d'y réfléchir... avant de faire un quelconque commentaire !

— Mais c'est un... dit l'Autruche, sans finir sa phrase.

— Attention à ce que tu vas dire ! l'interrompit Ladygold.

— C'est une idée formidable ! dit Lilibeth en applaudissant.

— Toi, tu t'en fous, tu pars ! lui lança Rancunia.

— Je ne sais pas ce que vous déciderez, enchaîna Souris, mais moi je suis à 100 % pour !

— Encore une fois, voulez-vous y réfléchir ? ajouta Ladygold, ou préférez-vous voter tout de suite... à chaud ?

— Mais, tu es vraiment sûre qu'il viendrait !? demanda Grenouillette, perplexe.

— Si vous voulez l'interviewer vous-même, répondit Ladygold, vous n'avez qu'à l'appeler dans sa chambre, il doit être en train de faire son bagage...

Grenouillette regarda lentement autour d'elle, mais comme personne ne semblait réagir, elle osa se lever pour décrocher le téléphone :

— Patrice, c'est Thérèse, peux-tu venir tout de suite nous rejoindre dans le salon de Ladygold ? Oui, oui... nous t'attendons, nous avons quelques questions à te poser.

Elles ne se dirent plus un mot. Chacune tentait d'imaginer l'avenir avec un homme au Patio secret, tout en pesant, sans doute, le pour et le contre en son for intérieur.

Il arriva deux minutes plus tard, le sourire aux lèvres, et il ne lui suffit que d'une seconde pour comprendre la situation. Après un échange furtif de regards avec Ladygold, il réalisa que la partie était loin d'être gagnée. Alors il se lança, sans état d'âme, dans ce qui allait être sa plaidoirie.

— Mesdames, quelle joie de vous voir toutes réunies ! Je suppose que Ladygold vous a fait part de ma demande… Aïe, aïe, aïe… j'ai l'impression de me retrouver devant un grand jury d'examen, ou serait-ce devant un vrai tribunal… ? En tout cas je jure de dire toute la vérité et rien que la vérité, je lève la main droite et sur mon âme et conscience je vous jure que… je suis un très gentil garçon !

Son humour venait de détendre l'atmosphère et, en faisant un rapide calcul, il estima qu'il pourrait compter sur la moitié des voix. Souris, il le savait, était pour, la charmante Lilibeth ne pouvait voter que dans le bon sens, et Ladygold avait semblé séduite par l'idée. Mais il se demandait encore comment Grenouillette pouvait réagir, même si elle était sa belle-sœur, l'hypothétique position de cette folle-dingue d'Autruche n'était pas évidente, et il savait pertinemment que la garce de Rancunia serait tout à fait contre !

— Quand je suis arrivé dans cette maison, vendredi, j'ai ressenti comme un choc… La beauté du lieu… le jardin, ce salon… l'atmosphère qui règne dans ces murs… tout m'a séduit… en bloc ! Je me suis senti immédiatement à l'aise, comme arrivé à bon port, enfin ! Inconsciemment, sans doute, j'ai dû rêver de vivre un jour dans cette maison ! C'est une question d'ondes… ça ne s'explique pas ! Et puis je vous ai rencontrées, Ladygold en premier lieu, ici même, et là je peux vous avouer, humblement, que je me suis senti tomber sous le charme… Mon deuxième choc s'est passé là-haut, sur la loggia, quand je vous ai toutes vues arriver en dansant la sevillana ! Si on y réfléchit aujourd'hui, il est évident que je n'ai pas pu résister… J'ai réellement couru vers vous, souvenez-vous… Et tout au long de ce week-end, si j'ai pu faire plus ample connaissance avec vous, je peux vous certifier que j'ai toujours eu l'impression de déjà vous connaître toutes depuis longtemps… Peut-être était-ce dans une autre vie ? On ne sait pas vraiment comment ça se passe dans notre petite tête, tout là-haut sous le cerveau… mais c'est toujours troublant cette impression de déjà-vu, de déjà-vécu, cette sensation de… retrouvailles !

Elles restaient silencieuses et attentives et lui se surprit à penser qu'il était dans une sorte de réunion Tupperware où, comble de l'ironie, le seul produit qu'il avait à vendre se trouvait être lui-même !

— « Destin-Volonté-Hasard » c'est ce que m'a soufflé notre chère hôtesse… Je viens de vous énumérer les signes du destin… Il me reste à vous décortiquer les cheminements de ma propre volonté, mais je ne laisserai rien au hasard… dit-il en faisant un rapide clin d'œil à Ladygold. Il s'est passé quelque chose de curieux pendant ces trois derniers jours… Comme si, à un moment ou à un autre, nous avions, ensemble, ressenti le même besoin de nous livrer davantage. Ma vie n'a pas de secret, et pas vraiment de sens en ce moment. En vérité elle est terne, comme en « stand-by »… Je suis à la croisée des chemins… ! Vous souvenez-vous de cette fameuse scène dans « La mort aux trousses », celle ou Gary Grant se retrouve sur cette longue route absolument déserte… Il ne sait plus qui il est vraiment, parce qu'on le confond avec un autre, il ne sait plus où il est, il ne sait pas non plus ce qui va lui arriver… et soudain l'avion surgit et il comprend enfin la menace d'avoir réellement la mort aux trousses…

Eh bien, cette nuit, j'ai rêvé exactement tout le contraire de cette scène… J'étais dans le même état d'esprit, vraisemblablement paumé sur une route bien déserte, et tout à coup j'ai vu arriver sur la route une sorte de grand landau, tiré par deux chevaux blancs lancés au galop ! Je me suis écarté pour le laisser passer et je vous ai reconnues, vous y étiez toutes les six assises, dans vos tenues d'Andalouses ! Vous me faisiez de grands signes pour monter vous rejoindre… Alors je me suis mis à courir pour essayer de grimper sur le marchepied, je venais de réaliser qu'il était vital pour moi d'arriver à monter dans cet attelage sinon je risquais de rester seul, perdu sur cette route déserte et sans fin pour un bout de temps ! Je suis tombé plusieurs fois, j'étais couvert de poussière, exténué, et curieusement très assoiffé… C'est alors que l'une d'entre vous, je n'ai, hélas, pas vu laquelle, m'a tendu une coupe de champagne ! Et miraculeusement, quand j'ai pu l'attraper, j'ai senti plusieurs mains me saisir le bras et j'ai pu, enfin, sauter sur ce foutu marchepied ! Je me suis réveillé apaisé, et j'ai compris que c'était exactement le style de vie dont je rêvais, que je venais de découvrir ici, parmi vous ! J'ai envie de partager cette vie-là, j'ai envie de partager vos vies et votre joie de vivre, j'ai envie de danser la sevillana avec vous, comme j'ai envie d'aller boire un petit blanc avec vous aux Halles ! En choisissant de vieillir ensemble, dans ce lieu magique, qui semble à l'abri du stress, c'est comme si justement vous aviez réussi à ralentir tout signe de vieillissement… Cet amour de la vie et votre jeunesse me bluffent ! Je sais que vous aviez voté pour qu'il n'y ait jamais d'homme à demeure… et je le comprends tout à fait… Mais vous connaissez ma vie et mes goûts… Il ne peut pas y avoir d'ambiguïté… Et si nous supprimons toute idée de sexualité il reste alors beaucoup de connivence, d'amitié et d'affection à se donner ! Mesdames les Jurées soyez indulgentes avec ce pauvre accusé, ne le laissez pas croupir et vieillir seul, sinon il finira plus ratatiné qu'un marron glacé ! Donnez-lui, au contraire, sa chance, accueillez-le comme un frère au sein de votre joyeuse communauté ! Soyez bonnes, adoptez-le, nom de Dieu de merde ! Le retour sur affection est garanti, je vous le jure !

Elles éclatèrent de rire et certaines allèrent jusqu'à l'applaudir, il se courba alors en deux pour saluer et réalisa, alors qu'il avait la tête en bas, qu'il venait, en quelques minutes, d'engager sa vie dans une toute nouvelle direction. Était-ce le bon choix ? Ou n'avait-il pas eu vraiment de choix, à proprement parler. La seule vérité c'est que le destin venait de le rattraper. Alors, à cette seconde précise, il ressentit un trac immense au creux de l'estomac.

Lundi 11 h

Quand le silence fut revenu, Ladygold le félicita :

— Bravo ! Vous êtes plutôt convaincant… Je propose que nous passions au vote… Que celles qui sont d'accord pour accueillir Patrice parmi nous lèvent la main !

— Vous allez me faire regretter de partir ! s'écria Lilibeth en levant les deux mains, j'aurais adoré vivre avec vous !

— Youpi ! cria Souris, moi je l'ai déjà dit, je suis à 100 % pour !

— Bienvenue chez les filles ! dit joyeusement l'Autruche, je crois qu'au quotidien, on pourrait arriver à s'entendre… Mais que ce soit clair entre nous, chéri, ce sera à vous de faire toutes les concessions !

Grenouillette et Rancunia restant silencieuses, Ladygold, étonnée et un peu gênée, les interrogea du regard.

— En ma qualité de belle-sœur de l'accusé, répondit Grenouillette, je préfère me prononcer en dernier, si vous le permettez…

— Quant à moi, dit Rancunia, j'ai quand même quelques questions à poser… C'est l'usage, non, de soumettre les candidates au feu des questions, je ne vois pas pourquoi les « candidats », puisque « candidat » il y a… y échapperaient… Au nom de quoi !?

— Vous avez entièrement raison ! lui répondit Patrice, surtout pas de sexisme entre nous ! Je suis tout à vous… Que voudriez-vous savoir, que vous ne sachiez déjà ?

— Premièrement… Si je vous le demandais, accepteriez-vous d'être mon partenaire au bridge ?

— C'est drôle… J'allais justement vous le proposer ! Mais je compte beaucoup sur vous pour me remettre à niveau, je ne voudrais pas vous faire honte ! lui répondit Patrice avec un sourire en coin.

Elles s'amusèrent toutes de cette réponse, aussi comique qu'hypocrite, puis tournèrent à nouveau la tête en direction de Rancunia pour écouter la question suivante.

— Je rêve depuis longtemps… et ça va faire sourire ces dames… de prendre des cours de… tango ! Le problème c'est qu'il faut y aller en couple ! Accepteriez-vous d'être mon… cavalier ?

— Partenaire au bridge et votre danseur attitré, vous m'en voyez ravi et flatté, chère amie ! lui répondit ironiquement Patrice, mais là encore vous surestimez mes talents… Il ne faudra pas m'en vouloir si je vous écrase les pieds !

Ladygold, ayant compris que la partie était sans doute gagnée, se mit à rire aux éclats, mais les autres, qui se méfiaient toujours de Rancunia, préférèrent en sourire en attendant la troisième question.

— La dernière chose que je vais vous demander, sachez que je n'ai jamais osé la demander avant ce jour… n'ayant, en effet, jamais rencontré un homme, suffisamment discret et fiable, à qui je pourrais, un jour, confier cette mission plutôt… délicate !

— Alors là je me sens très honoré… Dites toujours, nous verrons bien si je peux être à la hauteur !

— Je suis donc au pied du mur… Il va falloir que je vous fasse à tous des confidences sur ma vie privée… et vous savez que ce n'est pourtant pas mon genre ! Mais je crois que c'est le moment pour moi aussi de passer au quart d'heure confesse…

Elles se regardèrent toutes, médusées, et restèrent, pour la plupart, la bouche grande ouverte en attendant, avec curiosité, les toutes premières confidences de Rancunia.

— Je me suis mariée par amour ! Et j'ai eu deux enfants avec l'homme de ma vie ! J'étais pleinement heureuse et je commençais à oublier ma triste enfance, ma mère s'étant enfuie avec son amant lorsque j'avais 10 ans ! Voilà pour le début de cette histoire… et je n'ai pas envie de vous en raconter plus ! Et puis un jour ma meilleure amie a divorcé, ça semble banal mais à l'époque le divorce par consentement mutuel était rare. Son mari l'ayant piégée avec un horrible constat d'adultère, elle a perdu la garde de son enfant unique, ce qu'elle a, évidemment, affreusement vécu ! Moi, en vraie bonne poire, j'ai voulu m'occuper d'elle, alors nous l'emmenions tous les week-ends avec nous à la campagne… Les enfants l'adoraient et l'appelaient affectueusement « tatie ». Je n'ai rien vu venir, je ne pouvais pas l'imaginer… Mais un jour d'été, où j'étais allée seule au village voisin pour faire le marché, je n'ai trouvé, à mon retour, qu'un petit mot sur la table de la cuisine. Mon amour de mari était parti avec cette femme que j'avais consolée et portée à bout de bras, cette femme que les enfants appelaient affectueusement « tatie », et ils m'avaient écrit simplement : « Nous partons, nous nous aimons ! » C'est tout ! Les voisins m'ont trouvée évanouie, avec ce tout petit mot dans la main, quand ils ont raccompagné les enfants qui allaient souvent jouer avec les leurs. Ma fille avait 7 ans et mon fils 5 ! Et ça s'est passé il y a trente-cinq ans ! Des années plus tard j'ai découvert que mes enfants les voyaient dans mon dos ! Ce sont eux qui m'ont petit à petit parlé de divorce, ils ne s'étaient pas rendu compte que leur père les manipulait dans ce sens ! Je n'ai jamais voulu divorcer, je ne voulais pas que ces deux traîtres puissent se marier, et il m'en a fallu des stratagèmes ! J'en suis même arrivée à évoquer ma foi dans les liens sacrés du mariage ! Bref, les années ont passé et je n'ai pas besoin de vous dire que je ne suis plus vraiment proche de mes enfants… Or, tenez-vous bien, ce matin, oui ce matin ! C'est incroyable, non ? Ils m'ont téléphoné, de très bonne heure, pour m'annoncer que leur chère « tatie » venait de mourir et que leur père en était évidemment très affligé, d'autant plus qu'il était, lui aussi, malade depuis quelques mois ! Il aurait, soi-disant, beaucoup insisté pour avoir de mes nouvelles et serait ravi de me revoir, maintenant qu'il n'y avait plus le problème de la présence de cette chère « tatie » à ses côtés ! Est-ce que vous comprenez maintenant pourquoi je suis parfois un peu remontée contre la vie, en général, et contre les hommes en particulier… !? Mais attention ! Je ne veux surtout pas de pitié, ni de compassion de votre part ! Nous avons toutes, ici, eu notre lot personnel d'emmerdes, je ne voudrais pas faire un concours !

Personne n'osa faire de commentaires, mais toutes étaient visiblement affligées et peinées par ce qu'elles venaient d'entendre. Lilibeth osa, la première, rompre le silence :

— Tu ne veux même pas qu'on t'embrasse ? Juste une petite bise pour te montrer notre affection ?

— Non ! Pas maintenant ! Ça ressemblerait trop à un défilé de condoléances ! Je suis ravie, moi, qu'elle soit morte cette salope de « tatie » !

— Je te connais bien… lui dit Ladygold en lui caressant la main, je suis contente que tu aies pu, enfin, raconter calmement toute cette histoire. C'est troublant que tu aies reçu ce coup de fil aujourd'hui… juste aujourd'hui !

— Pardonnez-moi… chère Gaby, vous permettez que je vous appelle Gaby, n'est-ce pas ? lui demanda Patrice, je suis, sans doute comme toutes ces dames, profondément choqué et désolé par votre triste récit… Mais dites-moi ce que vous attendez de moi… Que puis-je faire pour vous ?

— C'est très simple ! Accepteriez-vous de passer pour mon amant ?

Ladygold éclata de rire et les autres en restèrent bouche bée, matraquées de stupéfaction. Patrice, lui, s'était contenté d'écarquiller les yeux en signe d'interrogation.

— Il faut que j'aille voir cet ignoble salaud ! Il faut que je mette un point final à cette histoire ! Que j'aille au bout de mon ressentiment ! J'ai tellement été frustrée de ne pas avoir eu de vraie rupture que j'ai un besoin vital de le revoir, ne serait-ce qu'une seule fois ! Et ça fait trente-cinq ans que j'attends ça ! Et ce qui est étrange c'est que je me suis toujours imaginée y aller au bras d'un homme ! Mais comme j'étais complètement bloquée de ce côté-là… je n'ai jamais, hélas, pu rencontrer d'homme à qui oser demander de louer son bras… ! Vous, vous déboulez dans notre vie et vous vous glissez très intelligemment dans notre intimité, vous voulez même qu'on vous adopte ! Comment pourrais-je ne pas saisir, égoïstement, cette opportunité, pour réaliser ce que j'attends depuis si longtemps !? Alors, oui, je vous le demande devant témoins, accepteriez-vous de jouer le rôle de mon amant pour aller narguer ce fumier, pour m'aider à aller rompre avec mon infâme pourriture de mari, et pour tourner définitivement la page !?

— Chiche ! Partenaire au bridge, cavalier pour le tango, et amant de substitution ! Je suis votre homme ! Me voilà tout à vous Gaby chérie, j'espère seulement pouvoir être à la hauteur !

— Alors banco ! répondit Rancunia, vous voilà de la maison !

Elles sautèrent toutes de joie, soulagées et ravies. Ladygold et Lilibeth entourèrent Rancunia pour l'étreindre, tandis que Souris et l'Autruche en profitèrent pour se jeter sur Patrice et le couvrir de baisers.

— Stop ! s'écria Grenouillette, je ne me suis pas encore prononcée, ni Ladygold d'ailleurs…

— Oh mais moi je suis enchantée ! répondit Ladygold, je trouve cette idée délicieusement excitante ! Ça va nous faire un bien fou d'avoir un homme à la maison !

— Alors… nous t'écoutons, Grenouillette… dit Patrice, quelque peu amusé.

— Je dois mettre quelques conditions à ta venue… Premièrement je ne veux plus que tu fasses sans cesse de l'humour déplacé sur ton défunt frère, je ne le supporte pas ! Tu sais désormais combien Hubert a compté pour moi…

— Nous sommes dans le sublime salon de Ladygold et je ne peux pas aller jusqu'à cracher par terre… mais je te le jure ! lui répondit Patrice très sérieusement.

— Deuxièmement, puisque vous m'avez convaincue de vendre le Champommier… je veux que tu en profites pour prendre mes intérêts en main ! Je te confierai tous mes documents et ce sera à toi de gérer à ma place le peu que j'ai, j'en ai marre d'être toute seule, perdue, face à la paperasserie !

— J'irai même jusqu'à remplir tes feuilles de Sécu ! lui répondit Patrice avec humour.

— Enfin, dernière chose, je veux que tu sois aussi gentil avec moi qu'avec toutes les autres ! Parce que je ne supporterai pas d'être un jour jalouse de toute cette affection que tu t'apprêtes à leur donner ! Que je sache, moi, je suis encore de ta famille, merde alors !

— Viens m'embrasser grosse gourde ! Tu sais bien que, dans les familles, justement, qui aime bien, châtie bien !

Ils tombèrent dans les bras l'un de l'autre et tout le monde les applaudit joyeusement.

— Grenouillette, enchaîna Ladygold, il est évident que tu seras sa marraine ! Alors sois gentille de le briefer vite fait sur notre budget… !

— Oui, ajouta Rancunia, on ne sait jamais, il va peut-être partir en courant… quand tu vas lui annoncer ce que va lui coûter son adoption !

— Dernier petit détail mes amis, ajouta Ladygold, je vous rappelle que nous sommes lundi… Nous sommes en manque de personnel ! Il va donc falloir tous mettre la main à la pâte pour le pique-nique.

— Où est donc José ? demanda Patrice.

— Il passe tous ses lundis matin dans une salle de gym, ça vous fera peut-être du bien d'y aller avec lui… avec tout ce qui vous attend ici ! répondit perfidement l'Autruche.

Ils sortirent du salon à la queue leu leu, en riant aux éclats.

Lundi 11 h 30

Patrice avait filé rejoindre Charlotte dans la suite Touthermès, il voulait à tout prix éviter qu'elle ne l'apprenne au hasard d'un couloir. Son sac était déjà prêt et elle venait, visiblement, de se remettre du rouge à lèvres.

— Mais où étais-tu ? Je t'ai cherché partout !

Quand il lui raconta ce qu'il venait de se passer, dans le salon de Ladygold, elle se laissa tomber sur le lit.

— Alors là, putain-bordel, je suis sur le cul !

— C'est vraiment curieux cette habitude que tu as d'être vulgaire à chaque fois que tu es surprise !

— Là, il y a quand même de quoi ! Non seulement tu ne m'as rien dit « avant », mais, si je comprends bien, tout ça vient de se passer dans mon dos !

— Thérèse m'a appelé en me disant qu'elles voulaient me poser quelques questions… Je n'allais pas leur dire qu'il fallait absolument que ma grande sœur soit là pour me défendre ! Enfin, Lolotte, réfléchis un peu, ça aurait été grotesque !

— Mais comment t'es-tu décidé si vite !?

— C'est un coup de foudre ! C'est ce que j'ai avoué à Ladygold... J'ai envie de venir vivre ici avec ces femmes ! Qu'est-ce qui m'en empêche ? Trouve-moi une raison valable !

— Mais je croyais qu'elles ne voulaient pas d'homme ici !

— Pas d'homme... pas d'homme... certes ! Enfin... pas d'homme susceptible d'en draguer une !... Avec moi, elles savent qu'elles ne risquent rien !

— Pauvre idiot, ça te plaît de jouer le rôle de l'eunuque de service au sérail ? Mais c'est l'enfer que tu vas vivre !

— Pourquoi ? Je ne vois pas ce que tu veux dire...

— Parce que tu vas être leur petit camarade de jeux... comme à l'école, dans la cour de récré ! Elles vont vite se crêper le chignon pour être ta préférée, chacune rêvant secrètement de te dominer ! Une fois que tu seras devenu leur « chose », tu vivras en permanence écartelé entre toutes ces bonnes femmes ! Et, en fin de compte, elles finiront par te bouffer tout cru ! Dans quelques mois tu m'appelleras au secours pour venir te rechercher sous un prétexte quelconque !

— Je pleure de rire ! On dirait que je suis le fils – que tu n'as pas eu – et que tu trembles de peur à l'idée que j'aille à ma première boum ! J'ai 62 ans Lolotte !

— Mon pauvre Patty, ça se voit que tu ne connais rien aux femmes !

— Détrompes-toi, je comprends mille fois mieux les femmes que n'importe quel abruti d'hétéro… ! Moi je reste persuadé que je vais être très heureux ici. Prenons le pari !

— Si tu veux, parions ! Tu m'offriras un quart d'heure de « full credit » chez…

— Monoprix ?

— Non ! je préfère Chanel… ou Dinh Van… ! Je choisirai le moment venu… Disons que je te donne six mois.

— Ça passera vite, j'ai déjà un programme d'enfer.

— Alors, tope là pour un an ! Mais tu pleureras toutes les larmes de ton corps avant. Je vais me délecter en prenant la température ambiante, par surprise !

— Souhaite-moi bon courage alors… Et embrasse-moi, salope !

— Oui, tu as raison… Viens que je te mette un peu de rouge sur la joue, tu verras les réflexions auxquelles tu auras droit si ça t'arrive un jour, ici !

— Tu crois qu'elles seraient jalouses de ça ? Tu rigoles ?

— Elles seront jalouses de TOUT ! Tu sais les femmes entre elles… surtout ces vieilles tigresses !

Elle l'embrassa, en faisant bien attention que son rouge lui laisse une trace sur la joue, et ça le fit sourire. Il lui raconta alors le petit discours de Grenouillette et ça la mit en joie.

— Te voilà son fondé de pouvoir, en quelque sorte ! C'est inespéré ! Nous allons donc vendre ce foutu terrain et toucher du fric tous les trois, moi j'en ai surtout besoin pour remettre ma maison d'Afrique en état ! Toi, fais très attention à ne pas le dépenser… Garde-le précieusement pour payer mon « full credit » !

— Tu rêves ! Allez viens, il faut descendre les aider à la cuisine.

Lundi 12 h

Ils crurent débarquer dans une ruche, en pleine ébullition. Elles étaient là toutes les six, se bousculant et s'agitant dans tous les sens.

Ladygold, dans l'office, ouvrait une à une les portes de tous les réfrigérateurs en râlant :

— Sortons tout ce qui est périssable ! Il y en a parmi vous qui ne sont vraiment pas raisonnables ! Il y a des fruits trop mûrs ici, de la salade qui risque de se perdre dans celui-là, et dans cet autre j'ai trouvé une douzaine d'œufs, sans doute oubliée au milieu des crèmes de beauté ! Allons, mettons tout en commun, et voyons…

— Mais tout est déjà prêt pour faire une salade niçoise géante ! Il n'y a plus qu'à peler les œufs durs, dit doucement Grenouillette, j'avais volontairement prévu ce déjeuner léger avant qu'ils ne reprennent la route…

— C'est gentil d'avoir pensé à moi, lui dit Charlotte, parce qu'il faut que vous sachiez que Patrice n'aime pas vraiment conduire.

— Alors ? Vous avez appris la nouvelle ? lui demanda l'Autruche.

— Rassurez-vous Charlotte, enchaîna Rancunia, il n'est pas prévu, pour l'instant, que votre frère nous serve de chauffeur !

— Heureusement pour vous ! reprit Charlotte, parce qu'il regarde tout ce qui se passe en dehors de la route en conduisant et qu'il lui arrive parfois de s'endormir au volant !

— C'est agréable d'entendre que je suis un danger public ! soupira Patrice.

— On s'en fout, il aura tellement d'autres occupations… dit Souris avec humour.

— Oui… il est déjà programmé pour s'occuper beaucoup de Rancunia… ajouta l'Autruche d'un ton acerbe.

— Ne sois pas jalouse, vieille gouailleuse, tu n'as qu'à, toi aussi, lui proposer une activité qui lui plaise ! répondit Rancunia sur un ton caustique.

Charlotte se retourna pour regarder Patrice. Elle lui montra ses poignets et ses doigts, en comptant fictivement les nombreuses bagues et bracelets qu'elle allait gagner grâce au pari qu'ils venaient de faire. Il se contenta de lui tirer la langue pour toute réponse.

— Eh bien, cher Patriste, enchaîna l'Autruche, moi c'est simple, je voudrais que vous chantiez avec moi en duo !

— Vous permettez que je réponde pour lui ? intervint Charlotte, évitez ça, ma chère, il chante comme une casserole !

— Je pourrai quand même vous conseiller sur le choix de vos textes et vous faire travailler votre voix… dit Patrice, j'en serai ravi, croyez-moi.

— Du moment que vous vous occupez un peu de moi… lui répondit l'Autruche, en gloussant.

— Et moi ? s'écria Souris, vous m'avez promis de sortir en ville, n'est-ce pas ?

— Rassurez-vous, je n'ai rien oublié de notre plan diabolique, répondit Patrice, pourvu que ça reste un secret entre nous !

— Taratata ! s'écria Ladygold, pas de secret, pas de messe basse ! Je me demande si, après tout ça, vous aurez encore le temps de penser un peu à moi, ingrat que vous êtes !?

— Oh mais oui ! s'écria Patrice, nous, nous irons tout le temps au cinéma, bras dessus bras dessous comme deux amoureux, et on pleurera ensemble, que ce soit triste ou que ce soit mielleux !

— Ça sera délicieux, de toute façon !

— Et j'espère bien aussi pouvoir vous accompagner à Montpellier pour vos déjeuners-étudiants.

— Chouette alors ! Et la bise dans le cou… ? Vous n'oublierez pas la bise dans le cou, j'espère !

— Ne vous inquiétez pas, j'assumerai tout ce que je vous ai promis à toutes !

— Ça y est, la salade est prête ! claironna Grenouillette, prenez toutes des plateaux et allons dehors ! Patrice va se charger des bouteilles de vin, il y a, comme d'habitude, du rouge, du blanc et du rosé, le tire-bouchon est juste là… N'oublie pas les glaçons.

Charlotte profita du mouvement pour se rapprocher de son frère et lui donner un coup de coude.

— Ça m'a tout l'air d'un programme de fille au pair, tu ne vas pas chômer, on dirait ! Nous n'attendrons pas un an pour faire le point, mon pauvre coco, avant six mois tu auras craqué !

— Ta gueule Lolotte ! lui répondit-il, en souriant comme si de rien n'était. Fais attention à ne boire que de l'eau… Je te rappelle que c'est toi qui conduis.

Toute la petite troupe s'installa gaiement dans le jardin, à l'ombre.

— Avant votre départ, Charlotte, je tenais à vous faire un compliment, dit tout à coup Rancunia.

— Un compliment ! Elle ! Elle est souffrante ou quoi ? s'écria l'Autruche.

— Oui… un compliment, et même deux ! poursuivit Rancunia, je voulais vous dire que, non seulement, j'admirais votre élégance et votre style, tout ce noir et ces touches de couleur vous vont à ravir. Mais je suis surtout en pamoison devant votre teint et votre fraîcheur ! Voilà !

— Bravo ! Elle a tout à fait raison ! Et surtout raison de le lui dire ! intervint Ladygold.

Elles applaudirent toutes, en signe d'approbation.

— Merci ! C'est trop gentil, je suis très touchée ! répondit Charlotte. Je vais vous donner mon petit secret… mais ne l'ébruitez pas trop, s'il vous plaît. Sachez que, tous les matins, quand je me découvre dans la glace, je me dis « ta gueule la vioque ! » en me tirant la langue pour faire fuir la petite vieille qui est en moi ! Et, après mon ravalement, qui prend quand même un moment, rassurez-vous, je me lance un baiser en me félicitant : « T'es belle ! T'es fraîche ! »

— Vous êtes gentille mais « t'es belle ! t'es fraîche ! » certains matins… lui répondit Rancunia.

— C'est à vous que vous mentez, quelle importance ! Essayez… vous verrez, ça met en joie !

Tout le monde éclata de rire.

— C'est délicieusement drôle ! s'écria Ladygold, moi je vais l'adopter votre « ta gueule la vioque » ! C'est comme votre « Quart d'heure confesse » ! Charlotte, vous êtes vraiment é-patante !

— On peut aussi se le dire entre nous ! intervint Rancunia, pour faire taire les petites vieilles qui auraient tendance à se plaindre ! « Ta gueule la vioque », ça voudra bien dire ce que ça veut dire, n'est-ce pas mesdames !

— Tu as raison, lui répondit l'Autruche, ça va nous faire un bien fou de te dire « ta gueule la vioque » quand tu nous saouleras avec tes « je déteste » !

— Mon Dieu que je vais vous regretter toutes ! s'écria Lilibeth en pleurant de rire.

— Tu n'as qu'à rompre, il est encore temps ! intervint Souris.

— Pas question ! répondit Lilibeth, justement je voulais, moi aussi, demander quelque chose à Patrice…

Le silence se fit curieusement, sans qu'aucun ange ne soit passé.

— Mais… je vous écoute, Majesté, répondit Patrice intrigué, que puis-je faire pour vous ?

— Eh bien voilà… Harold est anglican, et moi catholique… Nous avons donc prévu deux simples bénédictions pour notre union. L'une en Angleterre, évidemment, et l'autre ici, à Nîmes, à Sainte-Perpétue. Je n'ai, hélas, plus de père, de frère, ou de fils pour me conduire jusqu'à l'autel ! Accepteriez-vous, cher Patrice, de m'offrir votre bras pour remonter l'allée qui me mènera vers Harold ?

— Comme je suis touché par cette demande ! répondit Patrice éberlué, vous êtes adorable et ce sera tel un honneur pour moi ! Oui, oui, oui ! C'est avec joie et un profond respect que je jouerai la scène du « Père de la Mariée » pour vous offrir mon bras, chère Lilibeth !

Il se leva et courut l'embrasser, tandis que les autres, aussi surprises qu'émues, prirent du temps avant de les applaudir tous les deux.

— Ce n'est pas banal ! dit Ladygold, nous venons à peine de l'adopter, et le voilà qui, à son tour, adopte Lilibeth !

Charlotte, qui n'en revenait pas, s'approcha de son frère pour lui glisser quelques mots à l'oreille :

— Je te laisse avec un statut de fille au pair, il y a à peine cinq minutes, et te voilà papa d'une gamine à marier de 82 ans ! Chapeau mon vieux ! Comme changement de vie, j'avoue que c'est radical et surtout hyper rapide !

— Si Lilibeth est ma fille, lui répondit-il en forçant la voix pour que tout le monde entende, alors elle devient forcément ta nièce ! Ça ne te rajeunit pas non plus, ma pauvre vieille !

Là encore, tout le monde ne put qu'éclater de rire ! Lilibeth, elle, en tressautait de joie.

— Mais quel rôle va pouvoir jouer Patrice lors du dîner des veuves ? demanda tout à coup Souris.

Lundi 12 h 30

Elles s'étaient toutes regardées, sans savoir quoi répondre. Dans l'euphorie ambiante, aucune d'elles, en effet, n'avait pensé à ce problème.

Patrice, légèrement inquiet, s'étonna :

— Mais quel dîner des veuves ? Racontez-moi !

— Celui que nous avons tous les mois ! lui répondit Ladygold, et le prochain doit avoir lieu ici même, nous serons une bonne douzaine !

— Vous n'aurez qu'à le déguiser ! s'écria Charlotte, dans un fou rire nerveux.

— Je te remercie, Lolotte, répondit Patrice, tu me vois comment ?

— Je vous le répète, je ne suis pas veuve ! intervint Rancunia, alors n'assistant pas à ce dîner, nous pourrons, Patrice et moi, aller prendre notre premier cours de tango !

Charlotte, qui ne pouvait pas connaître ce détail de la future vie de son frère, repartit de plus belle dans son fou rire.

— Mais qui sont toutes ces veuves ? demanda Patrice, un peu gêné et agacé par l'attitude de sa sœur.

— Une joyeuse troupe, venant de tous les environs ! lui répondit Souris.

— Nous formons comme un club, enchaîna Ladygold, et nous organisons un dîner à tour de rôle…

— Et comme il y a pas mal de veuves ici, ces dîners se passent souvent chez nous ! poursuivit l'Autruche, c'est d'un drôle !

— Oui… il y en a de très joyeuses ! Un peu trop, soupira Grenouillette.

— Ça aussi ça va me manquer ! ajouta Lilibeth.

— Tu ne peux quand même pas tout avoir, Majesté ! lui répondit l'Autruche.

— Il y a surtout Paula-Toutous, qui nous fait hurler de rire ! enchaîna Souris, c'est une mémère-chiens qui en a toujours trois ou quatre de la même race, pour qu'ils ne s'ennuient pas ! Et, comme elle est inconsolable quand ils meurent, elle a gardé les cendres de tous les chiens qu'elle a eus depuis… au moins cent ans ! Elle les a posées sur la cheminée devant son lit, pour bien les voir ! Le problème c'est qu'elle a mis les cendres de ses deux maris dans le même style d'urne funéraire ! Elle ne sait plus qui est qui ! À chaque dîner nous lui demandons si elle a, enfin, retrouvé les maris parmi les chiens, et à chaque fois elle met sa main devant sa bouche, comme une petite fille en faute, pour admettre qu'elle ne sait toujours pas ! Elle pourrait faire engager des recherches ADN, mais ça lui coûterait, sans doute, une fortune de faire analyser toutes les urnes, alors elle hausse les épaules en avouant, qu'après tout, elle a autant aimé ses chiens que ses maris ! C'est à mourir de rire !

— Moi j'adore Phi-Phi-l'Amour ! enchaîna l'Autruche. Elle a un look de grand-mère bien comme il faut et elle nous raconte crûment tous les détails de ses parties de jambes en l'air les plus ahurissantes ! Il y a quarante ans elle a été la reine de Saint-Tropez, ils avaient une belle propriété dans les vignes, près de la maison de Colette, et un voilier magnifique, qui attirait les pique-assiettes. Son mari tenait la barre pendant qu'elle, prétextant toujours un léger mal de mer, se tapait le marin, les copains du mari, ou des gigolos de passage dans sa cabine ! Vous lui donneriez pourtant le bon Dieu sans confession ! Et sous ses airs de dame patronnesse, je crois qu'elle entretient encore un ou deux gigolos sur le retour, en souvenir du bon vieux temps !

— Et moi c'est Strawberry-Blonde qui m'amuse ! dit Ladygold. Son surnom vient de la couleur de ses cheveux, un ton plutôt étrange de fruits écrasés ! Elle est refaite de partout, il n'y a plus rien d'origine ! Et c'est une obsession chez elle, elle cherche constamment ce qu'elle va pouvoir se faire refaire ! C'est une femme délicieuse, intelligente, cultivée et drôle ! Si elle a fait la fortune des chirurgiens esthétiques, le résultat est pourtant très éprouvant à regarder ! Mais il n'y a rien de pathétique dans tout ça parce qu'elle vous avoue simplement que le physique n'est, pour elle, qu'une enveloppe et elle a une sainte horreur du papier froissé ! En fait son mari lui avait interdit de se faire lifter alors, depuis qu'il est mort, elle s'en donne à cœur joie ! Et elle adore le raconter, c'est son choix, après tout !

— Vous oubliez Radio-Cancans, qui, à force de parler 24 heures sur 24, finit par radoter complètement ! ajouta Grenouillette, et puis la Dindouille, qui, comme son surnom l'indique, est le croisement d'une dinde et d'une andouille ! Mais la pire de toutes, c'est la copine de Lilibeth...

— Oh, oui... Navratilova ! enchaîna Lilibeth, c'est l'extralucide de service que l'on a baptisée comme ça parce qu'elle a toujours une balle de tennis dans son sac pour vous lire votre avenir ! Elle dit que c'est moins lourd à transporter que du cristal et qu'elle y voit autant ! Elle est mignonne... Depuis des années, à chaque dîner, elle m'annonçait invariablement que l'amour finirait par gagner en cinq sets contre moi ! Avouez que c'est époustouflant, mais elle ne s'est pas trompée, finalement !

— Il y a encore pire ! intervint Rancunia, vous avez aussi Harpagon et la Plaideuse, dans le lot, elles sont gratinées ces deux-là, je les déteste !

— Harpagon ? s'étonna Patrice, c'est un homme ?

— Pas du tout ! Mais ça ne l'empêche pas d'avoir de la moustache ! répondit Rancunia, même une petite crème dépilatoire est trop chère ! Quand elle demande un café, on lui dépose deux morceaux de sucre dans sa soucoupe, sinon elle renverserait tout le sucrier dans son sac ! Et il paraît qu'elle dort sur un tas d'or ! Je le sais, c'est son banquier qui me l'a dit !

— Je l'ai déjà vue, à la fermeture des Halles, négocier, sans honte, le prix d'une salade avec son caillou de plusieurs carats au doigt ! ajouta l'Autruche.

— Je parierais que c'est un zircon, intervint Lilibeth, avant d'ajouter en touchant ses trois rangs de perles, et je m'y connais en faux bijoux !

— Et la Plaideuse ? demanda Charlotte, amusée qu'elles se mettent toutes à déblatérer sur leurs prétendues copines.

— C'est une procédurière hors pair ! poursuivit Rancunia, elle a au moins dix procès sur le dos, dont deux avec ses propres enfants ! Sa fille lui reproche d'avoir fait chanter leur père, parce qu'il avait deux maîtresses à la fois et qu'elle le menaçait en permanence d'aller tout balancer à chacune d'elles, si il ne la payait pas ! Son fils, lui, l'accuse de détournements de fonds dans l'affaire familiale, dont ils ont hérité tous les trois !

— Et ils l'ont attaquée tous les deux !? demanda Patrice, fasciné.

— Mais pas du tout ! C'est elle qui les a traînés en justice, pour diffamation aggravée ! Elle a un culot phénoménal !

— Vous oubliez la cerise sur le gâteau ! dit Ladygold, en souriant, nous avons droit, de temps en temps, à Perle de rosée !

— Ah, oui ! celle-là non plus n'est pas triste ! enchaîna Rancunia, on dirait la sœur de Cochise, le grand chef indien, elle est tellement barbouillée d'autobronzant et de fond de teint cuivré qu'elle ressemble à une vieille squaw ratatinée ! En plus elle se fait une pauvre petite natte toute maigrelette qu'elle teint, elle-même, en noir corbeau, il ne lui manque que la plume !

— Mais d'où vous vient cette idée de tous ces surnoms ahurissants ? demanda Patrice, hilare.

— Parce que ces surnoms sont des images très parlantes et qu'il est plus facile de s'en souvenir, lui répondit Lilibeth de sa voix douce. Sinon, quand on commence à chercher un prénom, toutes les autres vous regardent affolées en pensant qu'Alzheimer vous guette, c'est assez traumatisant à la longue !

— Vous m'enchantez avec toutes ces histoires ! dit Patrice joyeusement. Je vais regretter de ne pas assister à ce dîner, mais vous trouverez bien un moyen de me les présenter, ces phénomènes !?

— Pas de problème de présentation puisqu'il est dorénavant… le père de Lilibeth ! intervint Charlotte.

— Charlotte ! Je t'en prie ! s'écria Patrice, en faisant semblant d'être choqué.

Mais elles riaient toutes de bon cœur et Lilibeth, la première, semblait se régaler pleinement de cet humour ravageur.

— Moi aussi j'ai une grande nouvelle à vous annoncer, poursuivit Charlotte, je vais entraîner Souris en Afrique ! Nous partirons dans un mois.

— Attendez Charlotte ! s'écria la pauvre Souris, rougissante.

— Ne me dites pas que vous avez changé d'avis ? lui demanda Charlotte.

— Euh… c'est-à-dire que… Enfin… vous m'aviez dit de réfléchir… et je voulais vous en parler, mais… je suis confuse !

— J'ai compris ! Vous ne partez plus ! Mais pourquoi ? Vous aviez l'air si excité par l'idée ?

— Il faut que je vous avoue… Coq hardi m'a renvoyé des dizaines de mails ! Il m'a expliqué que c'était vraiment cette salope de Taille-crayon qui lui avait tendu un piège. Il m'a demandé pardon et il veut à tout prix que nous nous voyions pour dissiper tout ce malentendu…

— Et vous tombez dans le panneau ? Vous êtes vraiment naïve, ma petite !

— Charlotte a raison, enchaîna Ladygold, tu es sûre de…

— Je ne suis sûre de rien ! l'interrompit Souris, je veux simplement vérifier si je l'aime. Le quart d'heure confesse de Rancunia m'a ébranlée, est-ce qu'il ne faut pas que, moi aussi, j'aille jusqu'au bout de cette histoire ?

— Mais elle n'a même pas commencé ton histoire ! lui cria L'Autruche.

— Ne prends pas exemple sur moi ! poursuivit Rancunia, j'ai ruminé comme une idiote pendant trente-cinq ans ! Toutes nos vies sont différentes, il ne peut pas y avoir de modèle en la matière. Fais ce que tu sens, au contraire, ce que tu as envie de faire ! N'écoute personne, ma poulette ! Et si tu te brises en mille morceaux, nous serons là pour te recoller. Je déteste les conseils, ça fait souvent tout foirer !

— Vous avez entièrement raison ! s'écria Patrice, laisse Souris tranquille, Charlotte ! Je ne me fais pas trop de soucis pour toi… Tu trouveras bien une autre dame de compagnie pour porter ton vanity.

— Pourquoi pas MOI ? dit doucement Grenouillette.

Encore une fois, sans qu'aucun ange ne soit passé, le silence se fit curieusement. Ils eurent tous le même réflexe d'ouvrir la bouche et d'écarquiller les yeux pour regarder Grenouillette.

— Eh bien oui ! Après tout il n'y a pas de raison ! leur annonça Grenouillette, moi aussi j'ai envie de… bousculer ma vie ! Et je me demande sérieusement si je ne vais pas me couper les cheveux. Vous ne trouvez pas que ça fait mémère ces peignes, ces coques et ce chignon ?

— Putain-bordel ! s'écria Charlotte, je suis à nouveau sur le cul !

— Pardon mesdames ! enchaîna immédiatement Patrice, vous avez dû remarquer que ma soeurette était parfois d'une vulgarité sans égal ! C'est sa façon à elle de manifester son étonnement... Je pense qu'elle tient ça de son troisième mari !

— Ferme-la Patty ! lui répondit sèchement Charlotte, mais... tu parles sérieusement, Thérèse ?

— Ai-je l'air de plaisanter ? Je ne tiens pas, aujourd'hui, à raconter à mes amies le grand service que tu viens de me rendre... Qu'elles ne m'en tiennent pas rigueur, c'est une sombre histoire de famille que je préfère garder secrète. Sachez seulement que je me sens libérée d'un poids énorme, j'ai envie de mille choses ! Alors pourquoi ne pas t'accompagner et découvrir ton coin d'Afrique ?

— Bravo ! s'écria Ladygold, tu as raison, Grenouillette, et je suis ravie pour vous deux ! C'est incroyable, mes amis, tout ce qui a pu se passer ici, depuis vendredi, quel chahut ! On dirait que le destin est en train de nous secouer ?

C'est à cette seconde précise qu'ils entendirent le léger grincement de la petite porte en fer.

Tout le monde tourna la tête et José apparut dans le jardin, en survêtement blanc, son sac de sport sur l'épaule. Quand il s'aperçut que tous les regards étaient tournés vers lui, il leur décocha un sourire éclatant en leur faisant un petit signe amical de la main.

— Il faudrait un jour lui offrir un nouveau survêtement… soupira Rancunia, celui-là le boudine un peu trop !

— Moi je ne trouve pas ! lui répondit Souris, il est comme moi, il aime être « moulé », c'est son droit !

Ils le virent se retourner pour ouvrir la boîte à lettres et dès qu'il eut toutes les enveloppes en main, il poussa un hurlement. Personne ne comprit ce qu'il criait, mais ils s'étonnèrent de le voir jeter son sac et le courrier en l'air avant de courir vers Ladygold, une seule enveloppe à la main.

— Señora ! Señora ! Señora !

— Du calme José ! Aucune facture n'est aussi urgente, que je sache ! lui dit doucement Ladygold.

Il tomba à ses pieds, visiblement ému, pour lui tendre la lettre en tremblotant, et resta immobile, à genoux, en attendant sa réaction.

Encore une fois, le silence se fit naturellement, tout le monde se demandant ce que cette mystérieuse enveloppe pouvait contenir de si important.

En découvrant les timbres et la provenance de ce courrier Ladygold poussa un petit cri.

Elle lâcha la lettre, qui tomba sur ses genoux, se couvrit la bouche des deux mains, comme pour étouffer un sanglot, et les regarda tous, d'un air effaré.

Lundi 13 h

Personne n'avait osé bouger, et, pendant quelques secondes, tout sembla en suspens.

Comme Ladygold semblait toujours tétanisée, Rancunia s'était levée d'un bond, pour saisir l'enveloppe.

— Oh ! putain-bordel, comme dirait Charlotte ! Tu veux que je l'ouvre pour toi, ou tu préfères attendre d'avoir retrouvé tes esprits ?

— Oui, oui… je préfère que tu me la lises, allons là-bas, sur le petit banc. Pardon mes amis, je suis très émue, c'est une lettre qui arrive d'Australie… une lettre de mon fils !

Toute la petite troupe poussa un « oh ! » qui mêlait l'étonnement à l'inquiétude.

José l'aida à se lever et lui tendit son bras pour marcher. Elle lui tapota la main et le regarda affectueusement :

— Tu es mon ange gardien depuis tant d'années, tu ne pourrais pas m'avoir apporté une mauvaise nouvelle, n'est-ce pas mon José ?

— Yé souis sour qué tout va bien, né vous faites pas dé soucis, lui répondit-il en la soutenant pour l'accompagner à l'autre bout du jardin, avant de l'aider à s'asseoir.

Il abandonna discrètement les deux femmes à leur lecture et repartit ramasser son sac et le reste du courrier.

— Yé vais mé changer, yen ai pour dos minutos et yé reviens vous servir, dit-il au reste de la troupe qui n'avait pas bougé, ni dit un mot depuis l'arrivée de la lettre. Patrice était d'ailleurs resté debout, le tire-bouchon dans une main et une bouteille de rosé dans l'autre.

— Charlotte, je crois que c'est toi, la première, qui as dit, pendant ce week-end, que le destin nous rattrapait… J'espère que tu n'auras pas été un oiseau de mauvais augure !

— Ne me mets pas tout sur le dos ! Il doit y avoir une singulière configuration de planètes au-dessus de toutes nos têtes ! C'est tout !

— C'est vrai que c'est troublant… intervint Grenouillette, visiblement perturbée.

— Heureusement que cette folle de Navratilova n'est pas là, ajouta l'Autruche, elle nous sortirait sa balle de tennis !

— Elle serait plus que survoltée ! ajouta Lilibeth, elle nous aurait certainement réclamé, en plus, un guéridon pour le faire parler !

— Ne plaisantez pas, dit Souris, moi je me demande si je ne vais pas lui demander une vraie consultation !

— En Afrique ils vous prédisent l'avenir avec des corries, intervint Charlotte, ce sont de ravissants coquillages qu'ils jettent sur le sol comme des osselets, c'est très folklorique, mais il y en a qui y croient ! Vous voyez ce que vous loupez !

— À propos, dit Grenouillette, je n'ai rien à me mettre pour partir dans un pays chaud ! Comment vais-je faire !?

— Tu prends la jupe-culotte qui te va le mieux, puisque tu aimes ça, et je te la ferai copier en une nuit dans des tissus africains, il y en a de très beaux et ça coûte trois sous cinquante ! Pour les maillots de bain, tu demanderas à Patrice de t'emmener à Monoprix – il adore ce magasin ! – ils en ont de formidablement bien coupés, même à ta taille ! Profites-en pour prendre trois tee-shirts blancs, au rayon homme, taille XXL ! Pour les chaussures, ne te casse pas la nénette, il te faut des espadrilles, c'est l'idéal, et une paire de tongs, qu'on te trouvera sur place ! Voilà, c'est tout ! lui répondit Charlotte d'un ton directif.

Grenouillette sembla ravie des instructions et ne releva même pas les piques. Patrice, lui, n'avait rien écouté des conseils un peu vachards de sa sœur, il était trop accaparé par la scène qui se jouait sur le petit banc de teck. Il restait curieux et impatient de savoir ce que cette lettre allait pouvoir déclencher dans ce havre de paix. Visiblement Rancunia n'avait pas encore terminé sa lecture et Ladygold semblait l'écouter sans vraiment réagir, ses mains sur les lèvres et ses yeux toujours écarquillés.

José arriva en souriant et prit le tire-bouchon et la bouteille des mains de Patrice.

— Laissez-moi faire, señor, il faut boire en attendant Madame ! Surtout si vous dévez loui rémonter lé moral ! Allez, yé veux qué tout lé monde sourit !

— José a raison, dit Charlotte, nous avons tous des airs d'enterrement ! Buvons un coup, après tout, jusqu'ici tout va bien !

Elles semblaient toutes hésiter à prendre un verre, comme si il leur fallait attendre la permission de Ladygold. Elles aimaient véritablement cette femme et l'idée qu'il puisse lui arriver quelque chose de désagréable les perturbait au plus haut point.

— Attendons, s'il vous plaît, dit doucement Lilibeth.

— Oui, je suis d'accord, attendons, surenchérit Patrice.

Pendant deux ou trois minutes, qui leur parurent des heures, ils restèrent silencieux et n'osèrent plus se regarder.

Et puis ils remarquèrent que Rancunia accélérait petit à petit le rythme de sa lecture et Ladygold, enfin, laissa exploser sa joie.

José imita alors le crépitement des castagnettes et ce fut comme un déclic.

Lundi 15 h

Le déjeuner fut, évidemment, très gai et surtout bien arrosé. Des bouteilles de champagne arrivèrent, comme par enchantement, et José veilla à ce qu'aucun verre ne soit vide.

Ne lâchant plus la fameuse lettre, Ladygold leur avait fièrement annoncé qu'elle avait un petit-fils de 18 ans, prénommé Ryan.

— J'en étais tellement persuadée ! C'est vrai, je vous l'assure, je le savais, je le sentais ! Il est champion de surf et vient faire une compétition internationale à Biarritz, le mois prochain ! Et il part en faire une autre en Espagne, juste après. Mon fils s'est décidé à m'écrire parce qu'il ne pourra pas l'accompagner pour ce tour en Europe et il me demande si je peux y aller, parce que c'est une occasion de faire sa connaissance. Ryan, paraît-il, tient, lui aussi, à me rencontrer. Quelle joie, vous pensez, après toutes ces années de silence ! C'est idiot, mais je ne sais plus ce qu'il y a d'autre dans cette longue lettre, je ne crois pas qu'il me parle de la mère, c'est peut-être cette affreuse Anglaise avec laquelle il s'est enfui ? Ou serait-ce une Australienne, rencontrée dès son arrivée ? Je ne sais pas, et finalement, quelle importance ! Vous rendez-vous compte que j'apprends, aujourd'hui, que je suis grand-mère d'un athlète qui mesure, paraît-il, un mètre quatre-vingt-cinq ! Il va falloir que je relise toutes ces nouvelles au calme, quel choc mes amis, je suis toute chamboulée ! Vous voyez que je n'avais pas tort, le destin…

— … Le destin nous rattrape ! enchaîna Patrice, c'est ce que nous nous disions tous en vous attendant, tout à l'heure. C'est merveilleux ce qui vous arrive, nous sommes tellement heureux pour vous ! Je suppose que vous allez partir pour Biarritz ?

— Oh mais plutôt deux fois qu'une ! Je serai sur la plage, et au premier rang pour mieux l'encourager, comme une groupie ! Il paraît qu'il en a beaucoup parce qu'il gagne plein de coupes et qu'il est beau comme un dieu !

— Alors j'ai une proposition à vous faire, poursuivit Patrice, si nous nous retrouvions là-bas, une semaine avant cette fameuse compétition, pour aller faire une petite cure de thalasso ensemble ?

— Quelle idée géniale ! s'écria Ladygold, j'en serais ravie ! Je vous adore… irrévocablement !

— Moizaussi ! répondit-il en la prenant dans ses bras pour lui faire une bise dans le cou.

— Tout le monde se tire, si je comprends bien, intervint Rancunia, et moi alors ? Savez-vous que je ne détesterais pas faire trempette dans un bain bouillonnant.

— Mais moi aussi, bande de salauds ! s'écria l'Autruche, il n'est pas question que vous me larguiez comme une vieille chaussette, je suis du voyage !

— C'est formidable ! dit Ladygold, José nous y conduira. Mais si Grenouillette part pour l'Afrique avec Charlotte, qui va rester pour garder la maison ?

— Nous ! s'écrièrent ensemble Lilibeth et Souris.

— Je pourrai ainsi inviter my dear Harold à passer quelques jours avec moi, dit Lilibeth d'un ton malicieux, si vous n'y voyez pas d'inconvénient, my ladies ?

— Et moi, si vous le permettez, ajouta Souris timidement, j'aimerais profiter de votre absence pour recevoir Coq hardi… mais juste pour les trois jours réglementaires, histoire de vérifier… avant de vous le présenter !

— Tout ce que vous voudrez ! leur répondit Ladygold, sauf si quelqu'un veut s'y opposer ?

— Tu laisserais ces deux femmes recevoir leurs amants !? Quelle honte ! enchaîna Rancunia, heureusement que je ne serai pas là pour voir cette maison tomber dans la luxure et la plus vile concupiscence !

Une fois de plus le silence se fit curieusement et ils se regardèrent tous, totalement médusés par cette réaction.

— Mais qu'est-ce que vous avez ? leur demanda Rancunia, on dirait que vous avez oublié que c'était mon rôle de râler… !

Elle but une gorgée de champagne avant d'ajouter dans un grand rire :

— Je plaisantais évidemment… ! Je regretterai seulement de ne pas voir la crête de ce Coq hardi !

— Salope ! lui cria Souris, hilare.

— Mais oui ! Je suis une salope ! répondit Rancunia, il en faut des salopes, sinon ça serait trop fade. Et avouez que vous vous ennuieriez sans moi !

Ils l'applaudirent tous, en riant de bon cœur.

— Excusez-moi ! intervint Charlotte, mais je revendique également le fait d'être, parfois, une salope moi aussi !

— Toi, tu es la reine des salopes ! lui cria Patrice.

— Non ! s'écria Rancunia, la reine c'est moi !

— Nous n'allons quand même pas voter ! dit Ladygold en pleurant de rire.

— Moi, si je vous écoutais, intervint Souris, je serais la reine des connes ?

— Non ! tu te fais du mal, chérie, lui répondit Rancunia, tu n'es que la reine des pommes !

— Si elle est la reine des pommes, poursuivit l'Autruche, alors moi je suis la reine des poires !

— Et moi dans tout ça, je ne suis, hélas, la reine de rien du tout ! déplora Grenouillette.

— Mais si, rassure-toi ! répondit Rancunia, nous sommes toutes d'accord pour te nommer la reine du clafoutis !

— Elles peuvent dire ce qu'elles veulent, ajouta Lilibeth de sa voix douce, la vraie Queen c'est moi !

— Et vous, chère Ladygold, de quoi êtes-vous la reine ? demanda Charlotte.

— Oh, moi c'est simple, maintenant je veux être la reine des grands-mères !

Elles l'applaudirent toutes, visiblement ravies pour elle.

— C'est inouï cette habitude que vous avez de vous applaudir constamment ! intervint Patrice, j'ai également remarqué que vous vous congratuliez toujours en criant « bravo » !

— C'est notre manière, à nous, de témoigner notre affection aux autres ! Ça fait du bien, ça nous réchauffe ! répondit Ladygold, et je ne crois pas que cette petite coutume existe dans les vraies familles ! D'ailleurs je trouve que c'est le moment de vous applaudir vous, cher Patrice ! Bravo d'avoir osé poser votre candidature, et bravo d'avoir été coopté à l'unanimité !

— Oui, bravo de nous avoir poussées à changer les règles de cette maison ! dit l'Autruche.

— J'avoue que vous nous avez bousculées, en douceur ! ajouta Ladygold.

— Et pourtant, Dieu sait si j'ai détesté votre curiosité de vieille chouette ! conclut Rancunia.

— Alors, finalement, comment va-t-on le baptiser ? demanda Souris, c'est toujours Patriste ?

— Nous voterons le moment venu, dit Ladygold, il y a une décision plus urgente à prendre ! Dans quelle suite allons-nous l'installer ?

— Si vous le permettiez, et si j'osais... intervint Patrice, je vous demanderais d'occuper la suite Touthermès. Elle vient d'être divinement retapissée et elle me plaît infiniment telle qu'elle est. Mes objets et les quelques meubles que je souhaiterais y mettre vont se fondre à merveille dans cet amalgame de foulards, que, personnellement, je trouve hyper chics !

— Elle aurait adoré cette idée ! répondit Ladygold, et personne n'y verra d'objection.

— Vous allez pouvoir le baptiser Touthermès II ! susurra Charlotte d'un ton caustique.

— Tu vois que tu es bien la reine des salopes ! lui répondit Patrice.

Ça fit sourire tout le monde, y compris Charlotte.

— Yé peux poser oune questione ? demanda tout à coup José intrigué, tout en continuant à faire le service.

— Ah ! mon Dieu ! Nous avons oublié de prévenir José ! s'écria Ladygold, pardon, pardon, cher ange gardien ! Nous allons, en effet, accueillir monsieur Patrice dans notre petite communauté ! C'est une grande première ! J'espère que ça ne vous perturbera pas trop d'avoir un homme à la maison ?

— Cé séra oune joie ! Nous allons pouvoir parler d'hombré à hombré… et je né serai plou seul pour la sevillana ! Bienvenido señor Patriche ! Vous mé direz si vous voulez chancher quelque chose dans la souite de la Reina Tout-hermèche ?

— Merci José ! C'est gentil ! Nous verrons ça plus tard… Je reviendrai faire un saut pour tous ces détails, parce que je ne sais pas encore à quelle date précise je pourrai venir m'installer, il me faut quand même régler certains détails avant de quitter Paris.

Patrice remarqua alors que Rancunia et l'Autruche venaient de faire des commentaires à voix basse en ricanant, il attendit que José reparte dans la cuisine pour intervenir.

— Mesdames, je tiens à vous préciser, avant qu'il n'y ait quelques éventuels sous-entendus, qu'il n'y aura jamais aucune espèce d'ambiguïté dans mes rapports avec José. Vous voyez ce que je veux dire ?

— Rassurez-vous, nous n'y pensions même pas, lui répondit Ladygold, un peu décontenancée.

— J'insiste, il faut que les choses soient claires entre nous, poursuivit Patrice, si une quelconque aventure se profilait, un jour ou l'autre, avec qui que ce soit, il est évident que je ne recevrais pas ici, rassurez-vous je découcherais !

— Quel scandale, à ton âge ! dit Charlotte, en pouffant de rire, il faudra que tu demandes la permission !

— C'est marrant, dit Rancunia, on dirait que vous avez des antennes, vous venez de me couper l'herbe sous le pied, je m'apprêtais à vous poser quelques questions insidieuses…

— Maintenant nous savons quoi lui offrir pour son arrivée, intervint l'Autruche, un petit « baise-en-ville » serait tout à fait de circonstance…

— Je vous interdis d'embêter Patrice, intervint Ladygold, ne le découragez pas avant même qu'il n'arrive !

— Pas de problème, je suis assez grand pour me défendre. Les pâles doublures des méchantes sœurs de Cendrillon ne me font pas peur !

— En attendant, Cinderella, il va bien falloir reprendre la route… avec ta gentille sœur ! dit Charlotte, qui semblait très contrariée de n'avoir bu qu'un ou deux verres de vin.

— Déjà ? s'écria Ladygold.

— Laissez-le-nous ! Laissez-le-nous ! Encore un peeu-eu, notre amoureux-eux ! se mit à chanter l'Autruche en imitant Piaf.

— Faites-la taire, par pitié, elle va finir par faire pleuvoir ! s'écria Rancunia.

C'est alors que le portable de Ladygold sonna et le silence se fit pour la laisser répondre. Tout le monde comprit que c'était Chloé. Après s'être isolée sur le petit banc de teck pour bavarder avec la jeune journaliste, Ladygold revint vers le groupe.

— La pauvre petite est très dépitée. Il faut qu'elle revoie sa copie ! Sa rédactrice en chef a bien aimé son article mais comme elle a fait la bêtise de retranscrire à la lettre certains de nos dialogues, ce qu'elle avait juré de ne pas faire, sa chef a trouvé que ça manquait de vraisemblance ! C'est paraît-il trop caricatural, ça donnerait une vision trop décalée entre nos âges et notre langage ! Que voulez-vous, nous sommes « invraisemblables » mesdames !

— Elle n'a qu'à me le mailer, son article, on va le lui corriger, nous ! s'écria Souris, elle ne sera pas déçue du voyage la rédactrice en chef.

— Bonne idée, rappelle-la tout de suite, répondit Ladygold, en lui tendant son portable, ça va lui remonter le moral !

— Et puis, au moins, on pourra lire ce qu'elle a pondu sur nous ! ajouta Rancunia.

— Invraisemblables ? Invraisemblables ! Est-ce qu'on a une gueule d'invraisemblables ? s'écria l'Autruche en imitant la voix d'Arletty.

Lundi 16 h

La séparation dura un moment. Ils échangèrent tous leurs numéros de portable. Souris s'autoproclama boîte de réception pour les éventuels échanges d'e-mails. Charlotte et Grenouillette consultèrent longuement un calendrier, pour leur départ vers l'Afrique, les autres se fixèrent rendez-vous à Biarritz, Patrice devant s'occuper de son côté des réservations d'hôtel et de la cure de thalasso. Lilibeth et Souris, un peu à l'écart, mais ravies, attendirent patiemment la fin de tous ces conciliabules pour noter les dates disponibles pour leurs deux rendez-vous galants au Patio secret. Quand tout le programme fut d'équerre, Lilibeth posa tout à coup la question de son mariage. Si Charlotte et Grenouillette partaient pour deux mois, il fallait l'organiser avant, parce qu'elle voulait que tout le monde soit à ses côtés ce jour-là ! Ils reprirent tous leurs agendas en souriant, et fixèrent de nouvelles dates.

Avant le départ, Charlotte souhaita remonter une minute dans sa salle de bains, pour se remettre du rouge à lèvres, et Patrice l'accompagna pour revoir, en vitesse, cette fameuse suite Touthermès qui allait, prochainement, devenir son royaume, à lui. Il ne put s'empêcher, en balayant du regard tous ces magnifiques foulards, assemblés dans un désordre plus qu'harmonieux, de se demander, avec un petit pincement au cœur, pour combien de temps il occuperait ces lieux.

— Tu feras attention à ce qu'elles te serviront à boire, lui dit Charlotte, au moment où ils ressortaient de la chambre, parce que la dernière occupante, elles l'ont quand même envoyée ad patres avec quelques gouttes diaboliques !

— Ta gueule, Lolotte, ce n'est quand même pas « L'Auberge Rouge » ! Tu n'arriveras pas à me faire changer d'avis, je sais que je vais être heureux ici !

— Tu te souviens de notre conversation, vendredi, avant d'arriver… Tu avais peur de te retrouver seul au milieu de bigotes et tu craignais de ne pas avoir de verre de vin au réfectoire ! Et finalement tu vas venir t'installer ici ! Je n'y crois pas !

— Et toi, pauvre garce, qui depuis cinquante ans déblatérais, à longueur de journée, sur cette pauvre Thérèse Brûlé, alors qu'elle était ta belle-sœur, tu finis par l'embarquer avec toi en Afrique ! Désolé, sœurette, j'ai du mal à y croire, moi aussi ! Pour reprendre tes expressions favorites, putain-bordel, je suis sur le cul !

— Tu as raison, qu'est-ce qui nous arrive ? Nous sommes complètement fous ! Ce n'est tout de même pas une raison pour être grossier ! Tiens-toi Patty, s'il te plaît ! Sinon que vont-elles pouvoir penser de la famille !?

Ils éclatèrent de rire et durent se soutenir, l'un l'autre, pour arriver à descendre l'escalier qui déboulait dans le Patio.

C'est quand ils furent sur la toute dernière marche, qu'une sevillana endiablée retentit. D'entendre cette musique, à cette heure, était déjà une surprise, mais ils restèrent prostrés, et sans voix, quand ils virent toutes les pensionnaires du Patio secret arriver en dansant. C'était pour eux, sans doute pour leur dire au revoir, qu'elles avaient, grâce au Velcro, passé si rapidement leurs jupes à volants. Au son des guitares et des chants andalous, elles s'avançaient toutes, en file indienne, ondulant tant bien que mal, après tout ce qu'elles venaient de boire. Ladygold, plus souriante que jamais, ouvrait cette fois-ci la danse, en claudiquant légèrement, Rancunia la suivait, volontairement sérieuse mais tout de même un peu chancelante, tandis qu'à sa suite l'Autruche chantait à tue-tête, ravie que personne ne puisse l'en empêcher. Grenouillette s'appliquait à bien faire tourner ses mains, au-dessus de son chignon-mémère, Souris semblait confondre les figures sévillanes avec une folklorique danse du ventre, et l'adorable Lilibeth, un peu absente, grâce au bourbon, devait se croire en Écosse. José, qui s'était encore changé, fermait la danse, en faisant crépiter ses fameuses castagnettes vocales. Charlotte et Patrice, encerclés par la petite troupe en fête, ne purent que céder à leur invitation, et se retrouvèrent, bien malgré eux, entraînés dans la danse ! Très ému par cette touchante attention, Patrice se crut même obligé de passer de partenaire en partenaire, pendant que Charlotte, lâchement réfugiée sur une marche de l'escalier, essayait, malgré son fou rire, de le prendre en photo avec son portable.

Quand la musique s'arrêta, tous s'applaudirent mutuellement et s'écroulèrent, épuisés, sur les marches, aux pieds de Charlotte.

— Ne bougez pas ! s'écria celle-ci, je vais vous prendre en photo !

Elles se redressèrent toutes instinctivement, certaines remontant coquettement une mèche de cheveux, d'autres s'épongeant discrètement le front ou le nez avec un mouchoir.

José courut chercher son appareil photo, il voulait, lui aussi, conserver un souvenir de cette journée mémorable. Elles lui réclamèrent à cor et à cris un miroir et il n'hésita pas à leur apporter celui de l'entrée, où l'une d'elles avait, un jour, écrit « marche ou crève » avec son rouge à lèvres ! La séance photo ne put reprendre qu'après cette petite pause coquetterie.

— On dirait une classe de collégiennes dissipées ! s'écria Charlotte, ne bougez pas tant mesdames ! Quant à toi, Patrice, tu as l'air tellement content de toi, qu'on dirait Farouk dans son harem !

Elles rirent encore et encore, comme des gamines, et Charlotte, à cet instant, commença à mieux comprendre son frère. « Il n'a pas tort, se dit-elle, ce lieu est magique et ces femmes sont d'une gaieté incroyable, peut-être qu'un jour j'aurai envie de ce bonheur-là, on dirait qu'il est contagieux et ça semble si simple ! Mais je ne suis pas encore tout à fait mûre, moi. Finalement, je ferais mieux de me remarier une quatrième fois » conclut-elle dans un soupir.

Ce fut au tour de José de mitrailler le petit groupe, et elles finirent, l'une après l'autre, par lui confier leur portable, pour avoir chacune un exemplaire de cette photo souvenir.

— Nous choisirons la meilleure pose et j'en imprimerai un tirage pour chacune sur mon ordi leur dit Souris. Pour vous aussi, évidemment, précisa-t-elle à Patrice.

Elles applaudirent, comme à leur habitude.

— Je sais que je vais jouer les rabat-joie, intervint Charlotte, mais il faudrait vraiment que nous prenions la route maintenant, je n'aime pas trop conduire de nuit, et j'aimerais encore moins devoir lui confier le volant !

Les rires, un à un, s'arrêtèrent à regret et elles les accompagnèrent, tout en gardant leur jupe, jusqu'à la petite porte en fer. Les adieux furent émouvants et les effusions plus qu'affectives, il y avait réellement beaucoup de sincérité dans toutes ces tendres embrassades.

— Ce qui vient de nous arriver, à tous, pendant ces trois jours, est incroyable, leur dit Ladygold, il s'est réellement passé quelque chose d'extraordinaire ! Le lien qui vient de se créer est indescriptible, nous nous sommes adoptés les uns les autres ! C'est comme si on se quittait pour ne plus jamais se quitter ! Quelle émotion !

— Et quand on est seniors, comme nous, intervint Lilibeth, si on se choisit, on est au moins sûr que c'est pour la vie !

Ça les fit sourire, bien qu'ils ressentissent tous un petit frisson dans le dos.

Grenouillette sauta alors au cou de Charlotte :

— Comment te remercier ? Comment…

— Ta gueule, lui répondit-elle en souriant, n'en parlons plus ! Tu as raison, fais-toi couper les cheveux ! Et file dès demain au Monoprix ! Pour le Champommier, je t'enverrai les papiers à signer dès qu'ils seront prêts !

— Te voilà devenue une aventurière, Thérèse ! lui dit Patrice en l'embrassant, qui l'eût cru ! En tout cas je tiens à te féliciter pour ta saine réaction, Hubert serait fier de toi !

Elle le remercia en essuyant une larme, avec le mouchoir qu'elle tortillait en permanence.

— Au revoir Gaby chérie ! dit alors Patrice à Rancunia, et si vous continuez à jouer les mauvaises garces, je vous laisserai tomber en dansant notre premier tango !

— Promis, je serai sage en vous attendant ! lui répondit-elle, j'ai trop besoin de vous, espèce de vieille chouette !

Ce fut au tour de Lilibeth d'embrasser Patrice :

— Don't forget, Daddy ! lui dit-elle tendrement.

— I'll be there ! répondit-il en l'embrassant tendrement sur le front.

Elle se tourna ensuite vers Charlotte et lui redit combien elle était heureuse d'être, à son tour, présentée à la reine, leur amie commune, désormais !

Et puis Souris embrassa Charlotte, en lui demandant pardon de l'avoir lâchée pour l'Afrique. Patrice embrassa l'Autruche, qui se mit à imiter Nina Simone pour lui chanter « Ne me quitte pas » dans l'oreille. Enfin Charlotte embrassa Ladygold, qui la remercia chaleureusement d'avoir aidé Grenouillette, pendant que Patrice embrassait Souris, qui en profita pour lui pincer la fesse. Ça n'en finissait plus !

Finalement, Ladygold et Patrice se retrouvèrent face à face.

— C'est vous le responsable de tout ça ! lui dit-elle en le tenant par le menton.

— Moi ? Mais qu'est-ce que j'ai fait ?

— Je suis persuadée que votre volonté a eu raison du destin ! C'est vous qui avez tout fait basculer ! Vous ne seriez pas un peu diabolique ?

— Vous me prêtez des pouvoirs que je n'ai pas ! Vous pouvez vérifier… Une lettre doit mettre plus de trois jours pour arriver d'Australie ! Il aurait pu, tout aussi bien, vous envoyer un mail.

— Non, il ne peut pas imaginer que le Patio secret puisse être connecté à Internet ! Mais moi je vais lui répondre par mail, maintenant que j'ai son adresse !

— Je crois que c'est Charlotte qui a raison, il y a eu une configuration de planètes extraordinaires au-dessus de nos têtes ! Profitons-en !

— Mais alors ?

— Alors ? Ne vous posez pas trop de questions, lui dit-il en la serrant dans ses bras, nous méritons tous ce qui doit nous arriver !

— Je vous adore !

— Moizaussi ! répondit-il, en lui faisant une bise dans le cou.

José apporta leurs bagages jusqu'à la voiture et Patrice, en le remerciant, lui glissa discrètement deux enveloppes dans la main, une pour lui et l'autre pour les deux femmes de chambre. Il les remercia très chaleureusement et fit, à nouveau, crépiter ses castagnettes de ventriloque pendant qu'ils montaient dans la voiture. Une seconde plus tard, quand ils se retournèrent, pour attacher tous les deux leur ceinture, ils virent que la petite porte en fer était refermée. José, visiblement ému et troublé lui aussi, était déjà parti rejoindre ces dames, sans doute pour les distraire.

Lundi 17 h

Ils ne se dirent pas grand-chose avant d'avoir retrouvé l'entrée de l'autoroute. Puis chacun resta dans ses pensées, revivant, au ralenti, les trois étonnantes journées qu'ils venaient de vivre. Au bout d'un moment, ce fut Patrice qui rompit le silence :

— C'est dingue, non ?

— Oui, c'est même ahurissant !

— C'est inracontable !

— Je pense, en effet, qu'il vaudrait mieux s'abstenir.

— De toute façon personne ne nous croirait.

— Tu as raison, fermons-la !

— Mais, j'y repense tout à coup, tu ne m'avais pas dit, qu'une fois dans la voiture, tu aurais quelque chose à m'avouer !?

— Si… si…

— Et alors ? C'est à quel sujet ?

— Ça concerne mon souvenir exotique…

— Ah ! je me disais bien que tu avais un peu exagéré… Tu voulais juste choquer Thérèse ?

— Je n'ai rien exagéré…

— Tu n'as quand même pas tété le téton turgescent de Théodore ?

— Si, le téton, je l'ai bien tété.

— Mais alors, qu'est-ce que tu n'as pas dit ?

— Il s'agit du pouce…

— Le gros pouce qui a ripé ?

— Oui, le gros pouce !

— Et alors ?

— En fait il n'a pas vraiment ripé !

— J'étais sûr que tu bluffais !

— Je ne bluffais pas, s'il n'a pas ripé, c'est parce que c'est moi qui l'ai guidé !

— Tu l'as… « guidé » !?

— Oui ! j'ai tété le téton et j'ai guidé le gros pouce ! Puisque tout le monde avoue, moi aussi je peux avouer ! Tu es content ?

— Quelle salope tu fais ! Putain-bordel, je suis sur le cul !

— Patty, je t'ai déjà demandé de ne pas jurer comme ça !

— Tu es gonflée, ce sont tes propres expressions !

— Oui, mais moi ce n'est pas pareil, je suis l'aînée !

Ils eurent tous les deux un tel fou rire que Charlotte, ne pouvant plus conduire, préféra aller se garer sur l'aire d'autoroute qui s'annonçait à deux kilomètres.

Ils pleurèrent de rire un bon moment en s'énumérant, l'un après l'autre, toutes les anecdotes les plus croustillantes du week-end. Ils ressemblaient à deux sales gamins se récitant déjà par cœur toutes les répliques du film comique qu'ils venaient de voir.

Ils sursautèrent tous les deux quand le portable de Patrice sonna. Comme il avait enregistré tous les numéros du Patio secret, il vit sur son écran que c'était Ladygold qui appelait.

— Tu lui manques déjà ! dit sournoisement Charlotte.

— Tais-toi ! Et si elles avaient changé d'avis ?

— Mets ton haut-parleur, je veux écouter !

— Patrice ? demanda Ladygold au bout du fil.

— Oui, oui, je vous entends, que se passe-t-il, chère amie ? Aurions-nous oublié quelque chose ?

— Vous non ! Mais nous, oui !

— Ah ? Dites-moi, je vous en prie…

— Eh bien, nous venons d'avoir un débat, un peu houleux, à cause de vous !

— Oh… vraiment ? Que se passe-t-il ? répondit Patrice, en se mordant la lèvre.

— Nous nous sommes demandé s'il fallait, oui ou non, modifier les statuts de notre association ?

— Ah… oui, je vois !

— Finalement, j'ai dû trancher. Après la mention « pas d'homme », je me suis contentée de rajouter, entre parenthèses « sauf exception », et ça a satisfait tout le monde !

— Ouf ! c'est judicieux, me voilà sauvé ! Mais où est le problème, alors ?

— Eh bien, nous avons ouvert une bouteille de champagne, pour fêter ça, et tout le reste, et c'est seulement à l'instant que nous venons de réaliser...

— Quoi donc ?

— Vous savez que nous avions baptisé notre petite association « Ni vieilles, ni moches » ?

— Oui, et alors ?

— Ne pensez-vous pas... maintenant que vous allez nous rejoindre... que c'est un peu gênant pour vous... et qu'il vaudrait mieux chercher un autre nom ?

— Ne changez surtout rien ! « Ni vieilles, ni moches » me convient parfaitement ! Après tout, « Nobody is perfect ! »

Il y eut quelques secondes de silence sur la ligne, puis ils s'écroulèrent de rire en entendant Ladygold répondre, de sa voix chic et rauque de fumeuse :

— Putain-bordel, comme dirait Charlotte, je suis sur le cul !

Note Chloé n° 11

Je me suis vraiment plantée ! Elles ne sont pas du tout raides frappées, elles sont tout simplement géniales ces bonnes femmes !

Je leur ai mailé mon papier, comme elles me l'avaient demandé, et elles n'ont rien corrigé. Au contraire elles en ont rajouté ! Et puis, cerise sur le gâteau, elles ont carrément envoyé un mail perso à la rédactrice en chef pour lui dire que mon article était « é-pa-tant » ! Qu'il reflétait parfaitement leur vie quotidienne au Patio secret et que les quelques dialogues, que j'avais eu la bonne idée de rajouter, étaient strictement conformes à la réalité !

« Nous ne sommes pas vieilles, lui ont-elles écrit par la suite, nous sommes, pour la plupart, un peu âgées ! Ça nous donne le droit de parler comme nous l'entendons ! Si les mots, un peu forts, que nous employons couramment, doivent choquer les plus jeunes, alors c'est le monde à l'envers ! Il est vrai que pour nos grands-mères "saperlipopette" était un juron ! Mais si elles revenaient sur terre, aujourd'hui, elles diraient bien "merde", comme tout le monde, et "putain-bordel", comme certaines d'entre nous ! Il faut vivre avec son temps, sinon à quoi bon ? Nous ne nous sentons pas "décalées" du tout, nous. Nous assumons pleinement notre très longue "expérience", mais nous ne sommes pas retraitées... de la vie !

Profitez de vos colonnes pour libérer les femmes « d'âge mûr » de l'affreux cliché « mémés gâteuses » ! La vieillesse n'est qu'une question d'artères et de rhumatismes. Si, dans sa tête, on a toujours 20, 30, 40 ou même 50 ans, il y a un jour où on arrive à arrêter le temps, croyez-nous ! Et si notre petit modèle d'association peut servir à d'autres, alors allez-y, informez vos lectrices ! Mais ce serait gentil de le faire en toute objectivité !

Merci à vous.

Bien sincèrement.

Le collectif "Ni vieilles, ni moches" »

Un tel manifeste ça a fait du bruit à la rédac' ! On parlait toujours de trois générations de lectrices, il allait bien falloir en compter une quatrième.

Moralité, on m'a demandé d'étoffer mon papier et il va être annoncé sur la couverture !

Ça n'a pas été très difficile d'expliquer ce que mon séjour parmi ces femmes extraordinaires m'avait fait comprendre. La solitude n'est en fait qu'un affreux toboggan, aussi vertigineux que fatal. Et il y a désormais une nouvelle tranche de vie, dont on ne parle pas assez. Avant de retomber en enfance et de chavirer dans la vieillesse, la vraie, il faut bien assumer l'inévitable compte à rebours qui se met tout à coup en marche. On n'est plus jeune, sur le papier, mais on n'est pas encore vieux pour autant ! Pour combien de temps, voilà la question ! L'espérance de vie n'arrêtant pas de s'allonger, comment bien vivre ces dernières années avec cette flopée d'interrogations, toutes aussi angoissantes que celles de l'adolescence ? C'est simple, pour bien vieillir il faut être entouré, et parler, parler, parler… sans oublier d'en rire ! C'est « ensemble », en formant une « bande indestructible » face à leurs derniers émois, que toutes les résidentes du Patio secret ont trouvé les réponses. Quelle leçon de vie !

Elles m'ont réinvitée pour le mariage de Lilibeth, la petite doyenne. Je vais y retourner avec joie. J'ai l'impression de m'être retrouvée de vraies copines, alors tant pis si elles ont cinquante ans de plus que moi, parce que, pendant ces trois jours, j'ai souvent eu l'impression d'être la plus vieille du lot, je peux bien l'avouer aujourd'hui !

Cette fois-ci je n'oublierai pas mon magnéto, il y a vraiment matière à écrire un bouquin, et pas besoin de me prendre la tête pendant des heures, j'ai déjà trouvé le titre qui les dépeint le mieux, ce sera « Les Pétillantes ».

FIN

Table des matières

Ordinateur Chloé 7

Note n° 1 7

Vendredi 15 h 30 11

Note Chloé n° 2 18

Vendredi 17 h 20

Vendredi 18 h 31

Vendredi 19 h 30 40

Vendredi 20 h 45 46

Vendredi 21 h 52

Vendredi 22 h 64

Vendredi 23 h 70

Note Chloé n° 3 79

À la fine pointe de l'aube 81

Samedi 9 h 30 84

Note Chloé n° 4 94

Samedi midi 97

Samedi 13 h 30 110

Samedi 14 h 30 119

Samedi 15 h 128

Note Chloé n° 5 136

Samedi 15 h 30 139

Samedi 17 h 30 149

Note Chloé n° 6 165

Samedi 18 h 30 168

Flash-back 184

Samedi 21 h 189
Note Chloé n° 7 202
Dimanche matin 9 h 30 205
Dimanche matin 10 h 211
Dimanche 11 h 30 221
Dimanche, midi et demie 227
Dimanche 14 h 30 242
Dimanche 16 h 249
Note Chloé n° 8 254
Dimanche Five O'Clock 257
Dimanche 18 h 269
Note Chloé n° 9 273
Dimanche soir, 20 h 275
Note Chloé n° 10 282
Lundi matin 9 h 285
Lundi matin 9 h 30 297
Lundi matin 10 h 304
Lundi 11 h 315
Lundi 11 h 30 324
Lundi 12 h 328
Lundi 12 h 30 335
Lundi 13 h 345
Lundi 15 h 349
Lundi 16 h 358
Lundi 17 h 366
Note Chloé n° 11 370

Composé par Nord Compo Multimédia
7, rue de Fives, 59650 Villeneuve-d'Ascq

Achevé d'imprimer par GGP Media GmbH, Pößneck
en novembre 2013
pour le compte de France Loisirs,
Paris

N° d'éditeur : 74934
Dépôt légal : septembre 2013

Imprimé en Allemagne